≋ | KJB

Mark Huckerby und *Nick Ostler* arbeiten als Drehbuch-autoren für das englische Fernsehen und schreiben z. B. für die englische Kultserie ›Danger Mouse‹. 2016 erhielten sie einen Emmy Award.

Ihr erstes Buch, ›Defender – Superheld mit blauem Blut. Der Schwarze Drache‹, wurde 2017 für den Branford Boase Award nominiert.

Die »Defender«-Reihe bei FISCHER KJB:

›Defender – Superheld mit blauem Blut.
Der Schwarze Drache‹

›Defender – Superheld mit blauem Blut.
Angriff der untoten Wikinger‹

Weitere Informationen zum Kinder- und Jugendbuch-programm der S. Fischer Verlage finden sich auf *www.blubberfisch.de* und *www.fischerverlage.de*

Mark Huckerby ☆ Nick Ostler

DEFENDER
SUPERHELD MIT BLAUEM BLUT

ANGRIFF DER UNTOTEN WIKINGER

Aus dem Englischen
von Leo H. Strohm

※ | KJB

Erschienen bei FISCHER KJB

Das englischsprachige Original erschien 2017 unter dem Titel
›Defender of the Realm #2: Dark Age‹ bei Scholastic Ltd, London
© Mark Huckerby und Nick Ostler, 2017

Für die deutschsprachige Ausgabe:
© 2017 S. Fischer Verlag GmbH, Hedderichstr. 114, D-60596 Frankfurt am Main

Covergestaltung: Punchdesign unter Verwendung einer Illustration von David Wyatt
Satz: Pinkuin Satz und Datentechnik, Berlin
Druck und Bindung: CPI books GmbH, Leck
Printed in Germany
ISBN 978-3-7373-4064-9

*Für unsere Eltern
Richard und Barbara
Stephen und Christine*

Inhalt

1
Auferweckung der Toten

Richard würde den Tag, an dem er anfing, seinen Bruder zu hassen, nie vergessen.

Sie waren acht Jahre alt und spielten gerade Verstecken im Garten des Buckingham Palace. Alfie war nie besonders gut im Verstecken gewesen. Wegen der vielen Blumen bekam er jedes Mal Heuschnupfen, und Richard brauchte nichts weiter zu tun, als seinem unterdrückten Niesen zu folgen. Aber an jenem Nachmittag kam ihr Vater über den akkurat gemähten Rasen auf sie zugeschritten und bereitete ihrem Spiel ein jähes Ende. Richard wusste noch, wie sehr ihn das überrascht hatte. Seit der Krönung vor einigen Monaten hatten sie ihren Vater kaum zu Gesicht bekommen. Und auch jetzt kam König Henry, wie an seiner Uniform eindeutig zu erkennen war, von einem offiziellen Termin. Sein Gesicht war knallrot angelaufen und leuchtete in der Sonne.

»Da seid ihr ja. Wir haben schon überall nach euch gesucht. Der König von Saudi-Arabien möchte dich gerne kennenlernen. Komm mit, schnell!«

Die Jungen setzten sich gleichzeitig in Bewegung, doch ihr Vater streckte Richard abwehrend die Hand entgegen.

»Du nicht. Nur Alfie.«

Verlegen blickte Alfie seinen Bruder an und zuckte mit den Schultern. Richard blieb einsam auf dem Rasen zurück und sah, wie der König seinen Bruder an die Hand nahm. Er hatte das Gefühl, als hätte ihm jemand mit voller Wucht in den Magen geboxt, und er bekäme keine Luft mehr. Das war der Augenblick, in dem Richard etwas klarwurde. Ganz egal, was er anstellen, ganz egal, wie sehr er sich anstrengen und was er in seinem Leben alles erreichen würde, in den Augen seines Vaters würde er immer die Nummer zwei bleiben. Alfie war der Erbprinz, und er war der Ersatzprinz. Ein Niemand.

Richard beschloss, seine verletzten Gefühle so tief wie nur möglich in seinem Innersten zu vergraben. Er wollte nicht, dass die anderen ihn bedauerten. Wozu auch? Es ließ sich ja sowieso nicht ändern. Also tat er so, als sei er froh über sein Dasein als jüngerer Zwillingsbruder, als würde er die damit verbundene Freiheit genießen. Er brachte hervorragende Leistungen in der Schule und in jeder Sportart, die er ausprobierte. In den Augen seiner Familie und seiner Freunde war er der Lockere, der Sorglose, der Sieger. Selbst, als seine Eltern sich scheiden ließen und er sich einen Monat lang Nacht für Nacht in den Schlaf weinte, redeten alle bloß davon, wie sehr Alfie und seine kleine Schwester Ellie darunter zu leiden hatten. Um Richard kümmerte sich keiner, er war ja schließlich der Reifere, der Stärkere. Richard würde damit schon zurechtkommen.

Als die Brüder dann im Teenager-Alter an die Harrow School wechselten, wurde Richard mehr und mehr bewusst, mit welchen Augen die Außenwelt seine Familie betrachtete. Die Tage, als die königliche Familie noch beliebt gewesen war, als seine von allen geliebte Großmutter Grace noch auf dem Thron gesessen hatte, diese Tage waren längst Vergangenheit. Sein Vater galt als kalt und distanziert, als schlechter Ehemann und abgehobener Monarch. Und dann Alfie und seine unendliche Ansammlung von »Missgeschicken«: dass er die alljährliche Truppenparade mit offenem Hosenladen abgenommen hatte, dass er dem Präsidenten der Vereinigten Staaten versehentlich mitten ins Gesicht geniest hatte, dass er im Müllcontainer einer Pizzeria fotografiert worden war. Es hatte fast den Anschein, als hätte Alfie sich fest vorgenommen, das Haus Arundel endgültig in den Untergang zu treiben. Richard hatte aus reiner Loyalität nie etwas gesagt, aber es war klar, dass seine Familie zum Gespött der Leute geworden war, und dass er nichts dagegen tun konnte. Hatte er zumindest gedacht. Und dann hatte er Professor Lock kennengelernt.

»Fenster zu, Euer Hoheit. Bitte!«

Locks gebieterische Stimme riss Richard aus seinen Erinnerungen. Sie saßen in einem Auto und hatten London bereits ein ganzes Stück hinter sich gelassen. Vor zwei Stunden, bei Einbruch der Dunkelheit, waren sie losgefahren, doch die Nacht hatte kaum Abkühlung gebracht. Eine Hitzewelle hatte Großbritannien fest im Griff, und sie hockten in einem alten Sportwagen ohne Klimaanlage, zusammen mit einhundertfünfzig Cheeseburgern, die in einem riesigen Sack auf der Rückbank lagen. Sie hatten sechs verschiedene Fast-Food-Läden angesteuert, um möglichst wenig Verdacht zu erregen, aber Richard hatte immer noch keine Ahnung, für wen dieses fragwürdige Festmahl eigentlich gedacht war. Die Hitze und der Fleischgeruch drohten ihn fast zu ersticken, und seine Begleitung machte es auch nicht besser.

»Ich kriege keine Luft hier drin«, beschwerte sich Richard.

»Wenn Euch jemand sieht, bekommt Ihr ganz andere Probleme als das bisschen Gestank«, zischte Lock. »Also seid bitte so nett und macht das Fenster zu.«

Professor Locks Formulierung entsprach zwar den Gesetzen der Höflichkeit, doch sein Tonfall ließ keinen Zweifel daran, wie sie gemeint war. Es war ein Befehl, keine Bitte. Richard seufzte, aber es ließ sich nicht viel dagegen sagen. Wie hätte er erklären sollen, wieso er, Prinz Richard, Bruder des Königs und erster Anwärter auf den Thron, mitten in der Nacht durch das ländliche Suffolk kurvte? Und das ausgerechnet in Begleitung von Professor Cameron Lock, einem Mann, der seit den Ereignissen im Verlauf der Krönungszeremonie offiziell als »vermisst, vermutlich tot« galt. Inoffiziell hatte Lock, sollte er jemals gefasst werden, nichts anderes als eine kalte Kerkerzelle in den tiefsten Tiefen des Towers von London zu erwarten.

»Wo fahren wir eigentlich hin?«, wollte Richard wissen, während er das Fenster nach oben kurbelte. »Wozu nehmen wir die ganze Mühe überhaupt auf uns?«

»Ihr werdet schon sehen. Es ist nicht mehr weit«, erwiderte Lock und bog bei einem verbeulten Wegweiser mit der Aufschrift »Hadleigh, 5 km« nach links ab.

Frustriert ließ Richard sich in seinen klebrigen Ledersitz sinken. So war das alles nicht gedacht gewesen. Eigentlich hätte *er* jetzt auf dem Thron sitzen müssen. *Er* hätte über die Kräfte verfügen müssen, die untrennbar mit dem Amt verbunden waren. *Er* war der rechtmäßige Defender. Stattdessen musste er wie eine Ratte durch die Dunkelheit schleichen. Erneut spürte er das sprudelnde Gift, die glühend heiße Wut in seinem Inneren auflodern, die jenes andere Wesen entfesseln wollte, das wie eine Krankheit in seinen Gebeinen schlummerte – den Schwarzen Drachen.

Lock lenkte den Wagen jetzt von der Straße auf einen Schotterweg. Mit knirschenden Reifen hielten sie vor einem verwitterten Schild mit der Aufschrift »St. Mary's« an.

»Ist es das?«, wollte Richard wissen und betrachtete die Umrisse der alten Kirche vor dem dunklen Nachthimmel.

»Ja. Vergesst die Burger nicht«, erwiderte Lock und kletterte aus dem Wagen.

Richard schleppte den schweren Sack an der Kirche vorbei auf den überwucherten Friedhof, wo der Professor bereits lässig an einem alten Grab lehnte und ihn erwartete. Auf einer benachbarten Wiese blökten Schafe, die sich durch die Ankunft der Fremden in ihrem Schlaf gestört fühlten. Lock holte eine seltsame, klobige Brille aus der Innentasche seines Jacketts. Er setzte sie auf und machte sich an den dicken, weit vorstehenden Gläsern zu schaffen, drehte sie von Stellung zu Stellung und ließ währenddessen den Blick suchend über den Friedhof schweifen.

»Aha! Da!«

Er zeigte an etlichen zerbröckelten Grabsteinen vorbei auf einen großen Hügel in der hinteren Ecke und eilte darauf zu.

»Was ist das?«, wollte Richard wissen und zerrte den Sack mit den Burgern durch einen stacheligen Brombeerbusch.

»Seht selbst«, erwiderte Lock und reichte ihm die merkwürdige Brille.

Richard setzte sie auf und erkannte, wenn auch ziemlich verschwommen, dass der Hügel von einer dicken, hellgrün schimmernden Moosschicht überzogen war. Noch nie hatte er etwas Ähnliches gesehen.

»Das nennt man Feenfeuer«, fuhr Lock fort. »Für das bloße Auge unsichtbar. Sehr selten. Und durchaus nützlich. Aber jetzt, wenn Ihr nichts dagegen habt, brauchen wir unseren schuppigen Freund …«

»Was? Ich soll mich verwandeln? Davon war bis jetzt aber noch nicht die Rede!«, protestierte Richard.

Als Lock ihm mitgeteilt hatte, dass sie ein paar Hamburger besorgen würden, war er von einer heimlichen Unterredung ausgegangen, aber nicht von einem Einsatz für den Schwarzen Drachen. Die Verwandlung in ein grässliches Monster war alles andere als einfach. Die Schmerzen waren kaum zu ertragen. Es fühlte sich an, als würden alle Knochen seines Körpers gleichzeitig brechen. Aber was noch schlimmer war: Jedes Mal, wenn Richard sich in den Schwarzen Drachen verwandelte, hatte er das Gefühl, als würde ein weiteres Stück seiner Menschlichkeit verlorengehen. Wenn er der Drache war, dann waren seine Sinne so sehr von Wut umnebelt, dass er kaum noch klar denken konnte. Es war, als wollte man das Einmaleins aufsagen, nachdem man sich den großen Zeh angestoßen hatte.

»Ich habe Zeit …«, sagte Lock und kletterte auf einen mit Efeu überwucherten Grabstein.

Richard stieß einen resignierten Seufzer aus. Er hatte mittlerweile gelernt, dass es keinen Zweck hatte, mit dem Professor zu diskutieren. Also schloss er die Augen und konzentrierte sich, entspannte jeden Muskel seines Körpers und erlaubte dem Monster, sich zu erheben. Er hielt den Atem an, als plötzlich seine Arme und Beine ihre Gestalt veränderten. Er sank auf alle viere und grub seine Finger in die Erde, während schwarze Schuppen seine Haut durchbrachen. Dann fielen seine Kleider in Fetzen zu Boden und der zuckende Drachenschwanz kam zum Vorschein. Er stieß ein lautes, schrilles Heulen aus. Seine

Kiefer wurden länger, und scharfe Zähne brachen durch sein Zahnfleisch. Zu guter Letzt bildete sich auf seinem Rücken ein einzelner, lederiger Flügel. Von dem zweiten, den der Defender ihm in der Westminster Abbey abgetrennt hatte, war nur noch ein vernarbter Stumpf zu sehen. Seine Verwandlung in den Schwarzen Drachen war jetzt abgeschlossen. Die Schafe auf der Wiese waren verstummt, als könnten sie die Gegenwart eines urzeitlichen Raubtiers spüren.

»Und? Was wollen Sie von mir?«, grollte der Schwarze Drache und scharrte mit seinen schweren Klauen ungeduldig in der Erde.

Lächelnd kratzte Lock eine Handvoll Feenfeuer vom Hügel und trat damit hinter das Ungeheuer.

»Kann sein, dass es gleich ein bisschen brennt ...«

Lock streckte die Hand aus und rieb das schimmernde Moos auf den schorfigen Flügelstumpf des Schwarzen Drachen. Das Untier brüllte vor Schmerz und stieß eine Stichflamme aus, mit der es einen Baum in Brand setzte. Der Professor wich zurück und beobachtete, wie der Drache in die Knie ging und sich vor Schmerzen krümmte. Aber dann, begleitet von einem grässlichen Knacken, brach ein neuer Flügel aus dem Stumpf auf seinem Rücken hervor. Der Drache atmete jetzt ein wenig ruhiger und schlug mit seinem frischen Flügel. Er war beeindruckt.

»Sind wir deshalb hierhergekommen?«, stieß er knurrend hervor.

»Nein. Das ist lediglich eine Zugabe. Feenfeuer wächst nur auf ganz bestimmten Grabstätten. Wie heißt es so schön? Sie haben Ihr Ziel erreicht«, erwiderte Lock. »Und jetzt lautet das Gebot der Stunde: Graben. Bitte.«

Rauch quoll aus den Nüstern des Schwarzen Drachen, und er wandte sich dem Hügel zu, ließ sich auf alle viere fallen und schlug seine langen Klauen in die Erde. Währenddessen ballten sich am Himmel über ihren Köpfen in unnatürlichem Tempo dicke, schwarze Wolken zusammen und verdeckten die Sterne. Blitze zuckten über den Himmel, und Regentropfen platschten auf die Grabsteine. Lock schien es überhaupt nicht zu bemerken. Mit angeklatschten Haaren starrte er in das tiefe Loch, das da vor seinen Augen entstand.

TSCHAK.

Der Drache hielt inne. Er war auf etwas Hartes gestoßen. Jetzt packte er mit seinen Klauen zu und wuchtete einen riesigen Gegenstand aus dem nassen Untergrund. Gewaltige Erdklumpen fielen herab und brachten ein langes, verrottetes, hölzernes Schiff zum Vorschein. Majestätisch ragte der geschwungene Bug mit dem Schlangenkopf in die Höhe. An seinem schnittigen Rumpf zogen sich lange Kerben entlang, ähnlich wie an der Kehle eines Wals. Ein einzelner Holzmast ragte aus der Mitte des Rumpfes empor, in dem auf jeder Seite sechs Löcher für die Ruderblätter zu erkennen waren.

»Das alles wegen einem Schiff?«, lachte der Drache.

»Los, hoch«, zischte Lock.

Der Drache flog los und landete auf der Seitenwand des Langschiffs. An Deck befanden sich zehn schlammverkrustete Särge. Sie waren auffallend groß, mit kunstvollen Schnitzereien verziert und mit dicken Lederriemen fest verzurrt worden, als hätten sie eine stürmische Seereise vor sich.

»Stell sie hin«, blaffte Lock.

Der Schwarze Drache hüpfte nach unten, schnitt mit seinen Krallen die Riemen durch und warf die Särge einen nach dem anderen von Bord, bis sie wie Schachfiguren in Reih und Glied senkrecht auf dem Friedhof standen. Nachdem seine Arbeit offensichtlich beendet war, verwandelte der Drache sich wieder in Richard. Zitternd stand er im strömenden Regen und hastete zurück zum Auto, um in seine Ersatzkleider zu schlüpfen. Als er wieder neben Lock stand, hatte der Sturm noch mehr Wucht bekommen. Donnerschläge grollten wie Kanonenfeuer über das Land. Nachdenklich betrachtete Richard die Särge, die da aufgereiht vor ihnen standen.

»Wenn das der Sinn der Sache war, dann hätten wir vielleicht lieber einen Lastwagen mitbringen sollen.«

Lock lächelte. »Nicht nötig.«

Der Professor zog ein kleines Büchlein aus seiner Tasche. Der Einband war rau und dick wie Rindsleder, aber gleichzeitig von einem sanften, goldenen Schimmer umgeben. Lock passte gut auf, dass das Buch nicht nass wurde, schlug es vorsichtig auf und brachte eine steife, vergilbte Seite zum Vorschein. Sie war mit seltsamen Runen und Symbolen beschriftet. Dann las er etwas vor, in einer Sprache, die Richard nicht kannte.

»Inn mesti hermenn!«, rief Lock. *»Vaknit ór úendiliga svepnit yðr! Rekjazk!«** [*]

Anschließend steckte er das alte Buch wieder ein, klopfte mit den Knöcheln dreimal an den größten, am aufwändigsten verzierten Sarg und trat einen Schritt zurück. Ein Blitz schlug in den Kirchturm ein, und Dachziegel fielen wie riesige Hagelkörner krachend zu Boden. Eine knisternde Spannung lag in der Luft. Irgendetwas hatte sich verändert. Richard erstarrte, als aus dem Inneren des Sarges ein markerschütterndes Stöhnen erklang. Plötzlich sprang der Deckel auf, flog in Einzelteilen davon, und heraus trat der größte Mann, den er je gesehen hatte. Ein gewaltiger Krieger in wurmzerfressenem Pelz und einer rissigen Lederrüstung. Lange rote Haare und ein verfilzter Bart bedeckten ein blutunterlaufenes Gesicht mit der Farbe eines aufgedunsenen Leichnams. Allerdings war der Leichnam sehr lebendig. Der Kerl brüllte noch lauter als der Sturm und rammte seine Streitaxt in den Boden, so dass die Erde bebte. Jetzt sprangen auch die anderen Särge auf, alle gleichzeitig, und noch mehr untote Krieger kamen zum Vorschein, schüttelten die Erde ab und brüllten und röhrten wie wilde Tiere. Es konnte keinen Zweifel geben, womit sie es hier zu tun hatten: Das waren Wikinger.

---

[*] »Erhabene Krieger! Erwacht aus Eurem endlosen Schlaf! Steht auf!«

Lock trat einen Schritt vor, hob die Arme und rief: »GUTHRUM!«

Ob so der Anführer heißt?, überlegte Richard. Jedenfalls drehte der riesenhafte Wikinger sich zu ihnen um und starrte sie durch den strömenden Regen hindurch aus toten, milchig-weißen Augen an.

»*Hverr þorir at vakna mik**?!«, blaffte er sie an.

Eine Wolke des ekelerregenden Gestanks, der an diesen … diesen Dingern klebte, hüllte Richard ein, und er zuckte zusammen. Es roch wie ein Müllsack voller Fleisch- und Fischreste, der zu lange in der Sonne gestanden hatte.

»*Jarl Guthrum inn mesti! Fylgit mik enda skal ék færa þér góða gripi ór gull. En í fyrstu, búum til veizlu*«**, erwiderte Lock gelassen.

Guthrum starrte die beiden eine gefühlte Ewigkeit lang an, dann brach er in langes, tiefes Gelächter aus. Dabei entblößte er seine fauligen Zähne und blies ihnen seinen Atem ins Gesicht, Duftnote »Verstopfter Abfluss«. Aber die Worte des Professors schienen ihm zu gefallen.

»Ich wusste gar nicht, dass Sie untotes Wikingerisch beherrschen«, flüsterte Richard Lock zu.

»Das ist Altnordisch«, erwiderte Lock. »Und das da ist Guthrum, der berühmte Wikingerfürst.«

»Was macht der denn in Suffolk?«

---

* »Wer wagt es, mich aufzuwecken?«
** »Großer Fürst Guthrum. Folget mir, und ich verspreche Euch reiche Beute. Doch zunächst nehmt dieses Festmahl ein.«

»Er ist hier begraben worden, von dem Mann, der ihn in der Schlacht besiegt hat, Alfred dem Großen. Ach ja, wir sollten nicht erwähnen, dass Ihr mit ihm verwandt seid. Kommt wahrscheinlich nicht so gut an.«

Guthrums Männer stampften mit den Füßen und fuchtelten mit den Armen. Sie schienen irgendwie ungeduldig zu sein.

»Was haben Sie denn zu ihm gesagt?«, wollte Richard wissen.

»Ich habe gesagt, dass ich ihm zu großem Reichtum verhelfen kann, wenn er sich mir anschließt. Für Gold sind Wikinger zu fast allem bereit. Ach ja, und ich habe ihm versprochen, dass wir ihnen etwas zu essen geben. Nach allem, was ich gelesen habe, sind sie nach dem Aufwachen immer ziemlich ausgehungert.«

Richard schnappte sich den Sack mit den Burgern und kippte den Inhalt vor den untoten Wikingern auf den Boden. Wie ein Rudel Wölfe fielen sie darüber her, schubsten einander beiseite und knurrten sich gegenseitig an, um an ihren Teil des Festmahls zu kommen. Nur Guthrum konnte sich unbehelligt den Löwenanteil sichern, wie Richard interessiert feststellte. Schon nach wenigen Sekunden hatten sie alles verputzt. Guthrum blaffte Lock in wütendem Tonfall an.

»Sieht ganz so aus, als wären sie immer noch hungrig«, sagte Lock, und seine Stimme klang ein ganz klein wenig besorgt.

Richard überlegte bereits, wie lange es wohl dauern

würde, um sich in den Schwarzen Drachen zu verwandeln und mit Lock zusammen wegzufliegen, da ertönte auf der Wiese neben dem Friedhof ein schrilles Blöken. Einer von Guthrums untoten Kriegern hatte sich ein Schaf geschnappt und war gerade dabei, ihm den Kopf abzubeißen. Die restlichen Wikinger durchbrachen die Friedhofsmauer und fielen über die arme Herde her, um endlich ihren Heißhunger zu stillen.

»Glück gehabt«, stieß Lock erleichtert hervor.

Richard verzog das Gesicht und wandte sich ab, als Guthrum mit einer Hand ein Schaf packte und ihm das Genick brach, bevor er genüsslich anfing es zu verspeisen.

»Wozu brauchen wir denn diese … Monster?«, wollte er wissen.

»Ihr wollt den Thron Eures Bruders erobern? Dann brauchen wir sie«, erwiderte der Professor, während ein greller Blitz den Himmel erhellte. »Es wird einen Sturm geben, wie dieses Land noch keinen erlebt hat.«

2
Der Glastonbury Tor

Wir sinken viel zu schnell!

Alfie und Hayley dachten beide dasselbe, während sie sich an Wyverns Rücken krallten und wie ein Stein aus dem sternenübersäten Himmel dem Boden entgegenplumpsten. Obwohl ... Sie hatten es ja selbst genau so geplant. Unbemerkt in den Schatten des kleinen Turms auf der einsamen Hügelspitze zu gelangen würde nicht einfach werden, das wussten sie. Wenn sie zu langsam waren, liefen sie Gefahr, entdeckt zu werden. Aber wenn sie zu schnell waren, dann konnte das Geisterpferd des Defenders nicht rechtzeitig bremsen. Wobei es Alfie gar nicht um sich selbst ging. Er konnte sich ja schließlich auf seine magische Uniform verlassen, die ihn bei einem Sturz vor Schaden bewahren würde. Aber Hayley, die sich von hinten an ihn klammerte, war völlig ungeschützt.

Wie Nadelspitzen bohrte sich der Wind in Hayleys Augen, als sie den Kopf hob und ihr Ziel anvisierte. Sofort wünschte sie, sie hätte es nicht getan. Steinerne Mauern kamen ihr entgegengerast, und im nächsten Augenblick würden sie gegen die Turmspitze krachen!

Schon allein bei der Vorstellung taten ihr alle Knochen weh. Aber dann, nur einen Sekundenbruchteil vor dem Aufprall, als sie die Spitze des Turms mit dem fehlenden Dach schon längst hinter sich gelassen hatten und durch den engen Schacht stürzten, hob Wyvern den Kopf und streckte die Beine. Ihre Passagiere wurden platt auf ihren Rücken gepresst, und dann folgte eine Landung wie auf einem weichen Teppich. Wyvern schüttelte ihre flaumige Mähne und wieherte stolz, als wollte sie sagen: »Wieso habt ihr euch eigentlich solche Sorgen gemacht?«

Hayley lachte erleichtert und tätschelte dem Pferd die Flanke. »Ich hatte keine Sekunde lang Zweifel, mein Mädchen«, flüsterte sie.

Schnaubend bäumte Wyvern sich auf, so dass Hayley unsanft auf dem Boden landete.

Alfie unterdrückte ein Grinsen und dachte *Sporen*, damit Wyvern sich in seine Stiefel zurückzog. Dann reichte er Hayley die Hand.

»Wir können froh sein, dass sie dich überhaupt mitreiten lässt. Du kannst dich geehrt fühlen.« Seine Stimme klang durch den Helm ziemlich gedämpft.

»Geehrt? Ja, genau.« Hayley beachtete Alfies Hand nicht und klopfte sich im Aufstehen den Schmutz von der Jeans. »Nächstes Mal nehme ich den Bus, erinnere mich bitte dran.«

Irgendwo weiter unten im Tal ertönten jetzt vielstimmige Rufe und Schreie, und dazu hörte man das Stampfen Tausender Füße. Es klang wie eine aufmarschierende Armee.

»Es geht los«, sagte Alfie aufgeregt. »Komm.«

Gemeinsam krochen sie durch einen niedrigen Torbogen nach draußen und huschten geduckt weiter, damit ihre Silhouetten nicht zu sehen waren, falls jemand zufällig zu dem einsamen Türmchen auf dem Hügel hochblicken sollte. Es war schon wieder eine heiße, wolkenlose Nacht, und der Mond stand hell am Himmel. Auf den Wiesen am Fuß des Hügels war ein Lichtermeer zu sehen, als ob tausend Sternbilder auf die Erde gefallen wären. Dahinter befand sich ein riesiges, weißes Zelt, das von kräftigen, umherwandernden Scheinwerfern angestrahlt wurde. Jetzt stieß die Menschenmenge unter dem Lichtermeer einen langgezogenen Jubelschrei aus, und dann erfüllte ohrenbetäubender Lärm die Luft.

Musik.

Alfie hob den Arm, und schlagartig verschwand seine Rüstung. Jetzt lag sie in Form der schlaffen Schleiertunika in seiner Hand. Er machte seinen Rucksack auf und stopfte sie zusammen mit den goldenen Sporen hinein. Jeder Nicht-Eingeweihte sah in diesen Dingen nichts weiter als ein zerknittertes altes T-Shirt und zwei neumodische Flaschenöffner. Aber in Wirklichkeit handelte es sich um zwei der wertvollsten königlichen Insignien des Vereinigten Königreichs von Großbritannien. Sie waren absolut unbezahlbar.

»Ich wollte schon immer mal nach Glastonbury«, sagte

Hayley und machte es sich bequem, um das Konzert zu genießen.

»Und da wären wir. Na ja, zumindest ganz in der Nähe«, erwiderte Alfie und setzte sich neben sie.

Der Sänger auf der Bühne war schon beim Refrain angelangt, und die Menge stimmte ein und schwenkte ihre Smartphones im Takt. Es war erst ein paar Stunden her, dass Alfie den Namen der Band zum ersten Mal gehört hatte. Da hatte Hayley ihm einen Zeitungsartikel gezeigt, in dem sie als Top-Act des Festivals angekündigt wurde. Und um diese Peinlichkeit wiedergutzumachen, hatte er vorgeschlagen, am Abend heimlich zum Glastonbury Tor zu fliegen. So hieß der Hügel, auf dem der alte Kirchturm stand. Von dort konnten sie das Konzert vermutlich ungefährdet verfolgen.

Seit der Krönungsfeier vor drei Monaten hatten sie beide nur wenig Freizeit gehabt. Tagsüber war Alfie seinen Verpflichtungen als der neue König, Alfred der Zweite, nachgekommen, und nachts hatte er als Defender versucht, das mysteriöse Rätsel von Professor Locks Flucht zu lösen, der bei seinem Transport in den Tower von London spurlos verschwunden war. Es deutete alles darauf hin, dass Alfies verräterischer ehemaliger Lehrer sich irgendwie noch einmal in den Schwarzen Drachen verwandelt und seine Wachen überwältigt hatte – obwohl sie sich eigentlich sicher gewesen waren, dass das Monster bei der Schlacht in der Westminster Abbey endgültig vernichtet worden war. Aber jetzt war die Spur erkaltet, und der Hofmarschall hatte nichts gegen einen freien Abend einzuwenden gehabt. Auch, wenn er natürlich nicht wusste, dass Alfie einen heimlichen Ausflug mit Hayley geplant hatte. *Das* hätte der alte Zausel garantiert nicht gut gefunden.

Hayley wiederum hatte sich intensiv mit der Verbesserung der Informationsbeschaffung und der Kommunikationsmöglichkeiten befasst, um die Operationsbasis in der Zitadelle auf den Stand des 21. Jahrhunderts zu bringen. Der Hofmarschall war von all den Änderungen nicht gerade begeistert. Das merkte sie vor allem daran, dass er in regelmäßigen Abständen »Hören Sie auf, alles zu verändern!« rief. Im Gegensatz dazu schienen Brian, das war der Leibwächter des Königs, und die Yeoman Warders einer gewissen Modernisierung nicht abgeneigt zu sein. Allerdings war Hayley mit ihrer neuesten Idee – Zumba für alle, jeden Donnerstagabend – auf relativ wenig Begeisterung gestoßen. Sie wollte die Beefeater ermuntern, ein wenig abzuspecken. Und außerdem … wenn sie wirklich Nacht für Nacht in einem kalten, streng geheimen, unterirdischen Stützpunkt verbringen musste, dann konnte sie auch versuchen, ein bisschen Leben in die Bude zu bringen. Da alle plötzlich immer etwas wahnsinnig Wichtiges zu erledigen hatten, sobald der Kurs losgehen sollte, hatte sie allerdings den Eindruck, dass es nicht ganz einfach werden würde. Doch abgesehen davon, dass sie die Yeoman Warders mit der Aussicht auf ein anstrengendes Fitnessprogramm in Angst und Schrecken versetzt hatte, war eine Sache in den vergangenen Wochen entschieden zu kurz gekommen, und das war der Spaß. Der heutige Abend war dafür eine Entschädigung. So war es zumindest gedacht.

»Was ist denn los mit dir?« Alfie spürte, dass Hayley etwas quälte.

»Meine Gran. Das würde ihr gut gefallen.«

»Deine Großmutter mag die Band?«

Hayley verzog das Gesicht zu einem schiefen Grinsen. »Nein, du Idiot. Ich meine, hier zu sein. An einem Ort mit so viel Geschichte. Sie hängt in diesem blöden Pflegeheim fest, und ich habe hier meinen Spaß. Das ist doch irgendwie ungerecht.«

»Na ja, ich könnte ja Wyvern bitten, aber sie hat sich gerade erst daran gewöhnt, dass du ab und zu mitfliegst. Ich weiß nicht, ob sie noch einen blinden Passagier …«

Hayley packte Alfie und drehte ihm den Arm auf den Rücken.

»Also gut, also gut! Keine Witze mehr!«, jammerte Alfie.

Hayley ließ ihn los. »Weißt du was? Für einen Superhelden bist du ziemlich leicht rumzukriegen.«

Alfie rieb sich den Arm. Sehr bedauerlich, dass er seine Defender-Rüstung schon abgelegt hatte.

»Tja, eigentlich müsstest du mir ja treu zur Seite stehen. Sonst lasse ich dir den Kopf abschlagen, wegen verräterischer Umtriebe.«

»Mm-hmm.« Hayley hatte sich schon wieder dem Festival am Fuß des Hügels zugewandt. Die Band spielte das nächste Stück.

»Und falls du dich dadurch besser fühlst«, fuhr Alfie fort. »Ich dürfte eigentlich auch gar nicht hier sein. Ich müsste nämlich dringend mal mit Richard Kontakt aufnehmen.«

Er hatte seinen Bruder seit Wochen nicht gesprochen. Früher hatten sie immer sofort reagiert, wenn der andere sich gemeldet hatte, ganz egal, was sie selbst gerade um die Ohren hatten, aber seit der Krönung hatte Richard sich nach und nach zurückgezogen. Er verbrachte seine Wochenenden nicht mehr im Palast, und seit einiger Zeit reagierte er noch nicht einmal auf Alfies Anrufe.

»Was ist denn los?«, erkundigte sich Hayley. »Ist der kleine Bruder immer noch sauer, weil du ihn vor den Augen der ganzen Welt gedemütigt hast?«

»Ich hab ihm einen Gefallen getan!«, gab Alfie zurück. »Er hat ja keine Ahnung, was für ein Glück er hat.«

»Ja, schon, aber das ist ihm nicht bewusst, oder? Na ja, was soll's, irgendwann wird er schon drüber wegkommen. Schließlich seid ihr Brüder. Zwillinge sogar.«

Alfie lächelte. Hayley hatte recht. Richard konnte nicht ewig auf ihn sauer sein.

»Ich mache dir einen Vorschlag«, sagte er. »Sobald wir zurück sind, gehst du deine Gran besuchen und ich Rich. Wir verbringen ein bisschen Zeit im Kreis unserer Familien.«

»Einverstanden.« Hayley lauschte dem Chor der Men-

29

ge, die den nächsten Song mitsang. Das tiefe Wummern der Basstrommel hallte von den Talwänden wider. »Das ist schön, Alfie. Aber es ist nicht dasselbe, oder?« Sie seufzte.

»Dasselbe wie was?«

»Da unten zu sein.«

Alfie sprang auf, schwang sich den Rucksack auf die Schultern und zog Hayley auf die Füße.

»Wo gehen wir hin?«, wollte sie wissen.

»Dreimal darfst du raten!«

Lachend fassten Alfie und Hayley sich an den Händen und rannten in der Dunkelheit den steilen, grasbewachsenen Hügel hinunter.

Zehn Minuten später hüpften sie mit hochgereckten Armen inmitten der Menge zur Musik auf und ab. Alfie hatte eine Kappe aufgesetzt, nur zur Sicherheit, aber hier rechnete kein Mensch damit, dem König zu begegnen. Hier war er nur einer unter vielen. Pulsierende Bässe brachten ihren Körper zum Beben, von den Füßen bis hinauf zu ihren strahlenden Gesichtern. Jetzt, in diesem Augenblick, war er nicht mehr König Alfie, der heimliche Superheld, und sie war nicht mehr Hayley Hicks, die Ausreißerin aus der Sozialbausiedlung. Heute Abend waren sie Teil von etwas Größerem, Teil einer fröhlichen, tanzenden Menschenmenge, vereint mit allen anderen, und das fühlte sich unfassbar großartig an.

Alfie spürte, dass er angestarrt wurde. Es war ein ungutes Gefühl, irgendwo am Rand seines Bewusstseins, und es wurde immer stärker. Hatte ihn womöglich jemand erkannt? Er blickte suchend in die Menge. Kein Problem, alle Blicke waren auf die Bühne gerichtet. Halt, Moment. Da. Am anderen Ende dieses wogenden Waldes aus menschlichen Leibern stand eine Gestalt in einer langen, roten Robe mit Kapuze. Wer immer das sein mochte, er sah aus wie ein Mönch, und während alle anderen um ihn herum nur Augen für die Band hatten, starrte die Rote Robe regungslos in Alfies Richtung. Alfie blinzelte kurz, und dann stand die Gestalt mit einem Mal ungefähr zehn Leute weiter rechts. *Wie hat sie das gemacht?* Die Rote Robe hatte der Bühne nach wie vor den Rücken zugewandt und stand vollkommen regungslos da, tat nichts anderes, als ihn anzustarren. Und dass Alfie ihr Gesicht nicht sehen konnte, verunsicherte ihn noch mehr. Scheinwerfer wurden über die Menge geschwenkt und – *zack* – stand die Rote Robe schon wieder woanders.

»Was ist denn los?«, brüllte Hayley ihm ins Ohr und riss ihn aus seiner Trance.

»Da starrt mich jemand an.« Alfie zeigte mit dem Finger in die Richtung der Roten Robe, aber da war sie schon wieder verschwunden.

Alfie blickte sich um. Es gab genügend andere Leute, die sich irgendwie kostümiert hatten, lustige Hüte trugen oder bemalte Gesichter zur Schau stellten. Dazu noch die grellen Scheinwerfer … Vielleicht litt er einfach nur ein bisschen unter Verfolgungswahn.

»Vergiss es. War nichts.«

Hayley packte ihn an der Schulter. »Alfie! Dein Rucksack!«

Alfie wirbelte herum, fasste sich auf den Rücken und erwischte nur noch ein Stück vom Riemen. Es sah so aus, als sei er durchgeschnitten worden. Der Rucksack war weg, und mit ihm auch die Schleiertunika und die Sporen!

»Wyvern!«, stieß Alfie hervor.

In heller Panik suchten sie den Boden ab. Alfie stieß alle möglichen Leute zur Seite und kroch auf allen vieren herum, verzweifelt auf der Suche nach seinem Rucksack.

»Wo ist er?«

Die Menschen hörten auf zu tanzen und starrten sie an. Hayley versuchte, Alfie auf die Füße zu zerren.

»Die Leute gucken schon«, zischte sie ihm zu.

Da hörte Alfie ein schrilles, wieherndes Geräusch. Er verzog das Gesicht und hielt sich die Ohren zu. Das was Wyvern. Sie hatte Angst und rief nach ihm. Alfie sprang auf und zog Hayley mit sich durch die Menge.

»Da entlang!«

Das Geschrei in seinem Kopf war ausgesprochen unangenehm, aber Alfie war sich sicher, dass es tatsächlich Wyvern war, die um Hilfe rief, die wollte, dass er nach ihr suchte. Er bemühte sich, alles andere auszublenden – die Musik, das Geschrei der Leute, die er beiseitestieß. Als sie das Gedränge schließlich hinter sich ließen und vor einer langen Reihe Dixi-Klos standen, zerrte Hayley ihn am Arm.

»Wo willst du denn hin, Alfie? Wir müssen doch deinen Rucksack suchen!«

»Ich kann Wyvern hören – frag mich nicht, wie. Sie ruft nach mir. Sie ist ganz in der Nähe.«

Hayley blickte zum dunklen Ende der Wiese. Überall waren Menschen unterwegs – tranken aus ihren Bechern, tanzten in kleinen Grüppchen, aßen oder machten sich auf den Weg zu ihrem Zelt. Plötzlich sah sie einen großen Mann mit langen, strähnigen, blonden Haaren bei der Schlange vor den Klohäuschen herumstehen. Er blickte sich nervös um und hatte etwas unter den Arm geklemmt – Alfies Rucksack!

»DA! STEHEN BLEIBEN!«, brüllte Hayley und raste los. Alfie stolperte ihr hinterher.

Der Mann hörte den Schrei und sah Hayley näher kommen. Er drängte sich durch die Schlange und rannte los. Hayley kam auf dem unebenen Boden ins Straucheln, hatte sich aber schnell wieder gefangen und kam dem Dieb in Windeseile näher. Sie war sich sicher, dass sie ihn erwischen konnte. Sie musste ihn nur zu fassen bekommen, bevor er wieder in der Menschenmasse untertauchen konnte. Der Mann hielt Alfies Rucksack fest in den Händen, während er sich an einem Einradfahrer und zwei Stelzenläufern vorbeidrängte. Dann blieb er kurz stehen, drehte sich um und versetzte dem Einradfahrer einen Tritt, so dass er genau gegen die beiden Stelzenläufer kippte. Die drei landeten laut schreiend in einem chaotischen Knäuel auf dem Boden. Bis Alfie und Hayley sich schließlich an dem Durcheinander aus Armen und Beinen und Stelzen vorbeigezwängt hatten, hatte der Dieb einen großen Vorsprung. Gleich würde er die Menge der Zuschauer erreichen. Gleich hatten sie ihn verloren!

Doch als der Kerl sich noch einmal umdrehte und sie frech angrinste, klappte die Tür des letzten Dixi-Klos in der Reihe ruckartig auf und holte ihn unsanft von den Beinen. Hayley war mit ein paar schnellen Schritten neben ihm, kniete sich hin und riss ihm den Rucksack aus den schlaffen Händen. Als Alfie wenige Sekunden später auch zur Stelle war, glaubte er für einen Moment, durch den Türspalt des Klohäuschens ein rotes Stück Stoff gesehen zu haben. Im Inneren ertönte ein leises PLOPP, und dann streifte ihn ein warmer Luftzug.

Hayley stand auf und streckte Alfie den Rucksack entgegen.

»Was würdest du bloß ohne mich machen, Alf, hmm?«

Aber Alfie hatte die Tür des Dixi-Klos geöffnet und starrte wortlos in das leere Innere.

»Wieso ist die denn so plötzlich aufgegangen? Ich glaube, ich habe gesehen, wie …«

»Was soll's?« Hayley hielt sich die Nase zu. »Mach die Tür zu, bevor ich in Ohnmacht falle.«

Alfie konnte das, was er gerade gesehen hatte, zwar nicht erklären, ohne dass es sich völlig verrückt anhörte, aber er war sich sicher, dass die mysteriöse Rote Robe ihnen gerade geholfen hatte, den Dieb zu stellen. Alfie machte den Rucksack auf und blickte hinein. Tunika und

Sporen waren noch da, sicher und unversehrt. Er legte die Fingerspitzen an die Sporen, und Wyverns Schreie wurden leiser, bis sie völlig verklungen waren.

»Geschafft. Ich hab dich wieder, mein Mädchen«, flüsterte Alfie.

Nicht zu fassen, dass er sie um ein Haar verloren hätte, von seiner Rüstung ganz zu schweigen. Für fünf Minuten Spaß hatte er seine tausendjährige Familiengeschichte aufs Spiel gesetzt. Das wäre seinem Vater niemals passiert. Während der Dieb langsam wieder zu Bewusstsein kam und sich stöhnend den Schädel hielt, suchten Alfie und Hayley das Weite.

»Und nun?«, fragte Hayley. »Müssen wir schon wieder nach Hause?«

»Ja«, erwiderte Alfie. »Aber ich glaube, wir machen noch einen kleinen Umweg.«

***

Auf dem Flug Richtung Westen spürte Alfie, wie Wyvern sich zusehends entspannte. Als sie über den vertrockneten, bräunlichen Wiesen der Hochebene von Salisbury schwebten, hatte sie ihre Angst vollkommen überwunden. Sie hatte ihm verziehen. Sie kreisten noch ein wenig, bis sie sicher waren, dass sonst niemand in der Nähe war, und landeten dann in Sichtweite der umgestürzten Trilith-Steine von Stonehenge. Alfie blieb am Zaun, der rund um die verwüstete Stätte errichtet worden war, stehen, um ein wenig zu verschnaufen. Als der Defender das letzte Mal hier gewesen war, hatte noch sein Vater, König Henry, in der Rüstung gesteckt. Das war an jenem Abend gewesen, als er gegen den Schwarzen Drachen gekämpft und dabei sein Leben gelassen hatte. An genau jenem Abend, als Alfie gespürt hatte, wie die Macht der Nachfolge von seinem Körper Besitz ergriffen und sein Leben für immer verändert hatte.

»Alles in Ordnung, Alf?«, erkundigte sich Hayley.

Alfie holte tief Luft und stützte sich gegen den Zaun.

»Alles gut. Machen wir weiter.«

Er packte den Zaun mit beiden Händen und hob ihn mit Hilfe der Zauberkräfte seiner Rüstung an, so dass Hayley darunter hindurchkriechen konnte.

Eine Stunde später waren sie fast fertig. Alfie hatte jeden einzelnen Stein wieder an seinen ursprünglichen Platz gestellt, und Hayley hatte seine Arbeit mit Hilfe einer Skizze, die sie sich auf ihr Smartphone geladen hatte, genau überprüft.

»Ein bisschen nach links … Ein bisschen nach rechts … So ist es richtig!«, rief sie, nachdem der Defender den letzten Stein wieder dort aufgerichtet hatte, wo er seit Jahrtausenden gestanden hatte.

Alfie legte seine Rüstung ab und setzte sich erschöpft neben Hayley auf den Boden.

»Ich weiß schon, dass sie es so oder so wieder aufgebaut hätten«, sagte er. »Aber ich hatte irgendwie das Gefühl, als müsste ich das erledigen.«

36

»Kein Problem«, erwiderte Hayley. »Und weißt du was? Falls das mit dieser Superhelden-Nummer doch nicht so richtig hinhaut, dann hast du, so wie's aussieht, eine steile Karriere als Maurer vor dir.«

3
Audienz beim König

»Herne, verschwinde …«, krächzte Alfie mit geschlossenen Augen.

Sein treuer irischer Wolfshund hatte sich angewöhnt, mitten in der Nacht in sein Bett zu kriechen, und jetzt schnarchte er ihm wieder einmal direkt ins Ohr.

»Herne, ich mein's ernst. Hau ab!«

Mühsam schlug Alfie ein Auge auf und stellte verdutzt zwei Dinge fest. Erstens: Er war nicht zu Hause, sondern lag mit dem Kopf auf seinem Rucksack mitten in Stonehenge. Und zweitens: Es war nicht Hernes Schädel, der da auf seinem Brustkorb ruhte. Es war Hayleys.

»Ähm … Hayley?« Alfie räusperte sich. »Aufwachen.«

Hayley schlug die Augen auf und blickte Alfie an. Sie lächelte kurz, bis ihr klarwurde, wo sie war. Dann schreckte sie peinlich berührt auf.

»Oh, 'tschuldigung«, stieß sie hervor.

Alfie zuckte so lässig, wie es ihm möglich war, mit den Schultern, lief aber trotzdem knallrot an.

»Mein Nacken ist total verspannt. Du bist ein miserables Kissen«, sagte Hayley, nachdem sie die Fassung wiedererlangt hatte.

»Und du schnarchst noch lauter als Herne«, erwiderte Alfie und streckte sich ausgiebig.

Die Sonne löste den Morgennebel schnell auf. Zum Glück war niemand in der Nähe. Es wäre ziemlich schwierig geworden, den Leuten zu erklären, wieso der junge König mit seiner Freundin hier übernachtet hatte.

»Wie viel Uhr ist es eigentlich?«, wollte Hayley wissen. Irgendwie schaffte sie es, gleichzeitig zu lächeln und zu gähnen.

Alfie sah auf seine Armbanduhr und spürte, wie sein Magen sich zusammenballte. »O nein. Wir müssen los. Sofort. Ich habe einen Termin im Palast!«

Er schlüpfte in seine Rüstung und holte Wyvern aus den Sporen. Dann streckte er die Hand aus und zog Hayley hinter sich auf den Pferderücken.

»Wieso denn so eilig?«, sagte sie. »Ist es was Wichtiges?«

✳✳✳

Premierministerin Vanessa Thorn trommelte mit ihren leuchtend roten Fingernägeln auf die kunstvoll verzierte Armlehne und schnalzte so laut mit der Zunge, dass der Diener an der Tür es hören konnte. Sie trug den dunklen Hosenanzug, der ihr Markenzeichen war, und hatte die pechschwarzen Haare zu einem strengen Knoten zusammengebunden. Sie saß im Großen Salon des Buckingham Palace und starrte ein düsteres, vergilbtes Ölgemälde an. Darauf war irgendein König mit einem dreieckigen Hut zu sehen, der vor einem riesigen Heer auf dem Pferd hockte und seinen Truppen die Richtung zeigte, in die sie vorrücken sollten. *Er selber würde natürlich niemals kämpfen*, dachte Thorn. Ihrer Erfahrung nach hatten Könige gar nicht den Mumm für so etwas. Die eigentliche Arbeit überließen sie lieber ihren armen Untertanen.

Im Gegensatz zu dem jungen König hatte Thorn sich gegen alle Widerstände bis ganz nach oben gekämpft. Ihre Mutter war bei ihrer Geburt noch ein Teenager gewesen und hatte sie im Schatten eines stillgelegten Stahlwerks in Wales ganz alleine großgezogen. Trotzdem hatte Thorn einen Schulabschluss geschafft, der gut genug war, um bei der Lokalzeitung einen Job zu ergattern. Sie lernte schnell und war bereit, hart zu arbeiten, und so war sie innerhalb von gut zehn Jahren von der Kleinstadtzeitung bis in einen großen Fernsehsender aufgestiegen, wo sie die Hauptnachrichtensendung moderierte. Doch die Illusion der Macht war ihr nicht genug – sie wollte wahre, echte Macht. Darum ging sie in die Politik und sicherte sich mit Hilfe ihres Charmes und ihrer Bekanntheit einen Sitz im Parlament. Ihre harte Kindheit und Jugend hatten sie entschlossen und erfinderisch gemacht – und darüber hinaus auch skrupellos, wie ihre Mitbewerber um das Amt des Parteivorsitzenden schon sehr bald feststellen mussten.

Die Premierministerin warf noch einen Blick auf ihre Armbanduhr und nippte an ihrem Tee. Angewidert verzog sie das Gesicht. Das Gebräu passte genau zu ihrer

Stimmung – kalt und bitter. Ihre wöchentliche »Audienz« beim König hätte eigentlich schon vor fünfundzwanzig Minuten beginnen müssen. Wie üblich würde sie den Monarchen über die Vorhaben ihrer Regierung informieren, Interesse für seine blödsinnigen Fragen heucheln und so schnell wie möglich wieder verschwinden. Es passte ihr überhaupt nicht in den Kram, dass sie einer lächerlichen Tradition so viel von ihrer kostbaren Zeit opfern musste, zumal sie es ja mit einem Kind zu tun hatte. Mit einem nichtsnutzigen, kleinen Lausejungen, der noch kein einziges Mal pünktlich gewesen war. Die Berater der Premierministerin hatten dem neuen König den Spitznamen »Alfred der Verspätete« gegeben.

Thorn seufzte und blätterte noch einmal die Papiere auf ihrem Schoß durch. Das Meiste war nur der übliche Routinekram: Wirtschaft und Steuern, Straßenbau und Krankenhäuser. Aber dann war da noch ein anderes, eher ungewöhnliches Thema. Thorns Arbeitstag hatte um 5.00 Uhr morgens mit einer Besprechung in der Downing Street Nummer zehn, ihrem Amtssitz, begonnen. Dort hatten Sicherheitsexperten in dunklen Anzügen von ihrer Jagd auf sogenannte »Außergewöhnliche Individuen« berichtet. Die Premierministerin hatte bei diesem Begriff sofort die Augen verdreht.

»Damit sind doch Superhelden gemeint, oder nicht?«, hatte sie ihre Gesprächspartner angefahren und per Handzeichen um eine zweite Tasse Kaffee gebeten. »Dann sollten wir sie auch so nennen.«

Agentin Fulcher, die neben dem Präsentationsbildschirm stand, nickte. Sie war, fand die Premierministerin, die mit Abstand hässlichste Frau, die sie je zu Gesicht bekommen hatte. Nicht, dass sie ihr das je sagen würde – schließlich sah Fulcher so aus, als könnte sie mit bloßen Händen Walnüsse knacken. Agent Turpin dagegen wirkte in seinem ordentlichen, dunklen Anzug eher klein und schmierig. Jetzt lächelte er.

»Ja, in der Tat, Herr … ääh … Frau Premierministerin. Super … ääh-ääh … helden.« Turpin grinste.

»Tja, haben Sie sie mittlerweile entdeckt?«

»Nein«, erwiderte Fulcher.

»Ja«, erwiderte Turpin.

»Was denn nun?«, stieß die Premierministerin zwischen zusammengebissenen Zähnen hervor.

»Gewissermaßen«, murmelte Fulcher. »Eigentlich nicht.«

»Halt die Klappe«, zischte Turpin seine Partnerin an.

Die Premierministerin stieß einen langen, tiefen Seufzer aus. Die erste Sitzung des Tages und schon hatte sie Kopfschmerzen. Die Regierung hatte den Sicherheitsbehörden Millionen Pfund an Sondermitteln zur Verfügung gestellt, damit sie diese Super-Freaks endlich hinter Gitter brachten, und das war alles, was dabei rausgekommen war? Nach dem »Feuerwerk« in der Westminster Abbey vor drei Monaten befand sich das Land immer noch im Zustand der kollektiven Fassungslosigkeit. Nicht zu glauben, dass Superhelden überhaupt existierten! Tagtäglich gab es Berichte, dass der »Defender« oder der »Schwarze Drache« irgendwo in Großbritannien gesichtet worden sei. Wenn man allerdings Turpin und Fulcher glauben konnte, dann waren 99,9 % dieser Meldungen »Fälschungen, Täuschungen oder Halluzinationen«. Das war vermutlich die Wahrheit. Seit der Krönungsfeier hatte es jedenfalls keinen einzigen bestätigten Bericht über ein erneutes Auftauchen eines dieser beiden Zauberwesen gegeben. Trotzdem stand die Premierministerin erheblich unter Druck. Das Volk verlangte nach Antworten. Was waren das für Wesen? Stellten sie eine Gefahr dar? Doch das, was Thorn mehr als alles andere beschäftigte, war folgender Gedanke: Sie hatte jahrelang darum gekämpft, an die Schalthebel der Macht zu gelangen, nur um jetzt feststellen zu müssen, dass sie, was diese sogenannten Superhelden anging, völlig machtlos war. Was brachte es denn, Premierministerin zu sein, wenn ein paar Typen mit Superkräften einfach durch die Gegend fliegen und machen konnten, was sie wollten? Sie würde nicht ruhen, bis sie auch die letzte dieser Gestalten zur Strecke gebracht hatte, angefangen bei diesem vollkommen lächerlichen weißen Ritter.

»Frau Premierministerin, Ihre Majestät ist jetzt bereit, Sie zu empfangen.«

Die hagere Gestalt des Hofmarschalls war in der Tür erschienen. Er strich sich die dünnen, grauen Haare glatt, und nach seinem geröteten Gesicht zu urteilen war er hierhergerannt. Die Premierministerin lächelte so höflich, wie es ihr unter den gegebenen Umständen möglich war, und folgte dem Hofmarschall in das Arbeitszimmer des Königs. Die Frage, ob die Uhren im Palast eigentlich noch funktionierten, lag ihr auf der Zunge, aber ihr war klar, dass das jetzt nicht angebracht gewesen wäre.

Alfie saß hinter dem alten Schreibtisch seines Vaters. Er atmete schwer und tat so, als müsste er noch schnell einen Brief zu Ende schreiben. Dann trat die Premierministerin ein.

»Euer Majestät«, sagte sie und deutete einen winzig kleinen Knicks an.

»Oh, hallo. Tut mir leid, dass Sie warten mussten. Jede Menge Papierkram, Sie wissen ja, wie das ist. Also, was gibt's Neues?«, sagte Alfie und bemühte sich nach Kräften, normal zu wirken.

Die Kunst, sich nichts anmerken zu lassen, beherrschte Thorn meisterhaft. Sie lächelte und übergab Alfie einen Aktenordner.

»Als Erstes möchte ich Euch in Bezug auf die Suche nach dem sogenannten Defender auf den neuesten Stand bringen. Das hier sind die aktuellen Entwicklungen.«

Alfie schlug den Aktenordner auf und erblickte ein schlechtes Schulfoto von Hayley, auf dem sie mit strubbeligen Haaren und grimmiger Miene in die Kamera starrte. Er brach in schallendes Gelächter aus.

»Was gibt es denn da zu lachen, Euer Majestät?«

Alfie schluckte. *Cool bleiben*, dachte er. *Sie hat keine Ahnung*.

»Gar nichts, gar nichts. Ich musste bloß gerade an einen Witz denken. Äh, wer ist denn das?«

»Hayley Hicks. Eine Ausreißerin aus einer schäbigen Hochhaussiedlung. Wir vermuten, dass sie der Schlüssel zu all diesen Geschehnissen ist, aber sie ist leider untergetaucht.«

»Da haben Sie so was von recht«, platzte Alfie heraus ohne nachzudenken. Er war mit seinen Gedanken bei dem Labyrinth aus geheimen Höhlen und Räumen unter dem Tower von London. »Ich meine, wo könnte sie bloß sein?«, ergänzte er hastig und legte das Gesicht in tiefe Falten.

»Wir haben unsere besten Leute darauf angesetzt, seid versichert«, log die Premierministerin und dachte an Turpin und Fulcher.

Dann zeigte sie Alfie das nächste Foto. Darauf war Hayleys Gran zu sehen, wie sie auf einer Bank vor dem Seniorenstift Flüsterwäldchen saß. Die Aufnahme war aus großer Entfernung mit einem starken Teleobjektiv gemacht worden. Alfie nahm sich vor, Hayley zu warnen, dass sie sich in Zukunft bei eventuellen Besuchen vorsehen musste.

»Wir hatten gehofft, über die Großmutter an das Mädchen herankommen zu können«, fuhr Thorn fort. »Aber die arme Alte hat leider nicht mehr alle Tassen im Schrank und muss in diesem trostlosen Heim ihr Dasein fristen.«

Alfie versuchte, sich seinen Ärger nicht anmerken zu lassen. Hayleys Gran war eine der liebenswürdigsten

Personen, die er kannte, und er war empört, dass Thorn so boshaft über sie sprach.

»Ist bestimmt nicht leicht so ganz ohne heiße Spur«, sagte Alfie und gab ihr den Ordner zurück. »Vor allem, wenn man alle Hände voll zu tun hat, um für die vielen Menschen in den Hochhaussiedlungen und den Altersheimen bessere Lebensbedingungen zu schaffen.«

Thorn zuckte zusammen und zwang sich zu einem Lächeln.

»Da wäre noch etwas, Majestät. Hattet Ihr schon Gelegenheit, über meinen Vorschlag einer königlichen Rundreise nachzudenken?«

»Oh, ja, steht ganz oben auf der Liste«, sagte Alfie. Er erinnerte sich dunkel, dass beim letzten Treffen auch schon die Rede davon gewesen war. Es ging irgendwie darum, dass er durch das Land reisen sollte, damit die Menschen ihren neuen König kennenlernen konnten. Er war nicht besonders scharf darauf.

»Die Öffentlichkeit hat ein erstaunlich kurzes Gedächtnis«, sagte die Premierministerin und wischte ein paar imaginäre Staubkörnchen von den Ärmeln ihres Blazers. »Das könnt Ihr mir glauben. Was Ihr bei der Krönungsfeier erlitten habt, hat die Menschen im Land für Euch eingenommen, keine Frage. Aber seither wart Ihr, wenn Ihr mir die Bemerkung verzeihen wollt, nicht besonders aktiv. Die Presse wird jedenfalls langsam unruhig.«

Ein beliebter König war so ziemlich das Letzte, was

Thorn sich wünschte. Aber sie war sich sehr sicher, dass Alfie jedes Mal, wenn er sich irgendwo außerhalb des Palastes sehen ließ, gründlich blamieren würde. Nur aus diesem Grund hatte sie diese Rundreise vorgeschlagen. Als Premierministerin konnte sie nicht öffentlich für ein Ende der Monarchie eintreten, aber sie wollte es wenigstens irgendwann noch erleben.

Alfie erhob sich. »Ich denke darüber nach, Frau Premierministerin. Versprochen.«

»Euer Majestät.«

Kaum war Thorn gegangen, betrat der Hofmarschall durch eine andere Tür das Zimmer. Offensichtlich hatte er gelauscht.

Alfie streifte seine Schuhe ab und seufzte erleichtert.

»Na, ein Riesenspaß, wie immer.«

»Ihr habt Eure Aufgabe gut gemeistert, Euer Majestät. Aber, bitte, versucht doch, sie nicht unnötig zu reizen. Die Premierministerin mag in ihren Äußerungen gelegentlich ein wenig freimütig sein, aber sie besitzt die hilfreiche Fähigkeit, die Stimmung in der Öffentlichkeit richtig einzuschätzen.«

»Ich werde mein Bestes tun«, erwiderte Alfie.

»Sie ist eine intelligente, junge Frau«, fuhr der Hofmarschall fort. »Wenn sie auch nur ansatzweise etwas von Eurer Superhelden-Identität ahnen würde, sie würde dem Duft der Wahrheit folgen wie ein Bluthund der Spur des Fuchses.«

»Sie sind so redegewandt, HM.«

»Oh, vielen Dank, Euer Majestät«, erwiderte der alte Mann lächelnd.

»Er will Sie doch bloß verarschen, Sie komischer, alter Kauz«, lachte Brian, während er mit einem Schinkensandwich in der Hand das Zimmer betrat.

»Also wirklich, königlicher Waffenmeister, Sie befinden sich hier in einem königlichen Palast und nicht in einer heruntergekommenen Cafeteria.« Der HM verzog angewidert das Gesicht. »Außerdem missbillige ich die ungenehmigte Exkursion Seiner Majestät gestern Abend ausdrücklich. Und Sie sind für seine Bewachung zuständig. Also haben Sie bitte die Güte, ihn an solchen Ausflügen zu hindern!«

»Er war schon schwer genug zu bewachen, bevor er ein eigenes fliegendes Pferd hatte«, gab Brian zurück.

Alfie fuchtelte verärgert mit den Händen. »Hallo? Ich bin immer noch hier, kapiert?«

»In der Tat, Euer Majestät«, sagte der HM. »Soll ich Anweisung geben, ein Bad einlaufen zu lassen?«

»Bad?« Alfie blickte an sich hinunter und merkte, dass die Hand, die er gerade eben noch der Premierministerin gegeben hatte, lehmverschmiert war. »Ach so, richtig.«

»Hab mich schon gewundert, was hier so stinkt«, sagte Brian mit verschmitztem Blick. »Sieht fast so aus, als hättest du auf einem Acker geschlafen, Boss.«

4
Hüterin der königlichen Pfeile

»Auf dass Ihr nicht als Yeoman Warder sterben möget!«

Der Chief Yeoman Warder Seabrook hob seinen Becher und prostete den drei neuen Beefeatern zu, während die Antwort der Zuschauer durch die weitläufige Zitadelle hallte:

»AUF DASS IHR NICHT ALS YEOMAN WARDER STERBEN MÖGET!«

Ein vielstimmiger Jubelschrei ertönte, und die frischgebackenen Rekruten wurden mit Händedruck und Schulterklopfen von ihren neuen Kollegen beglückwünscht. Die Zeremonie hatte heute schon einmal stattgefunden, oben auf dem sonnenbeschienenen Tower Green, damit die Touristen und die Presse auch etwas davon hatten. Die drei altgedienten Soldaten – oder besser die zwei Soldaten und die eine Soldatin – hatten ihren Treueid auf König und Vaterland geschworen und waren offiziell zu »Yeoman Warders des Königlichen Palastes seiner Majestät und der Festung des Towers von London« ernannt worden. Aber das hier unten in der Zitadelle, wo lediglich die Beefeater, der König, der Hofmarschall, der königliche Waffenmeister und Hayley anwesend waren, das war die

eigentliche Feier – die geheime Einsetzung. Beziehungsweise das »Nachglühen«, wie Brian es formuliert hatte.

Alfie kicherte leise vor sich hin, als die neuen Rekruten
sich in dem gewaltigen, unterirdischen Saal umsahen. Die
Wände waren mit Wandteppichen drapiert, auf denen die
wahre Geschichte des Vereinigten Königreichs abgebildet war. Dort kämpften Defender aus unterschiedlichen
Zeitaltern gegen die verschiedensten Superschurken und
Monster. Es war noch gar nicht lange her, da hatte er
genauso ungläubig und erstaunt davorgestanden wie sie
jetzt.

»Interessanterweise leitet sich der Eid der Yeoman
Warders nicht von der Sorge her, dass sie in der Schlacht
sterben könnten«, ließ sich der HM mit dröhnender
Stimme vernehmen. »Er bezieht sich vielmehr auf eine
historische Eigenart hinsichtlich der Bezahlung …«

»Was Sie uns schon mehr als einmal verraten haben,
HM«, fiel Alfie ihm ins Wort.

»Ich will ja gar nicht behaupten, dass das irgendwie
langweilig wäre«, fügte Hayley hinzu, »aber finden Sie
nicht, wir sollten die Party so langsam mal in Schwung
bringen?«

Sie holte eine kleine, silberfarbene Fernbedienung aus
der Tasche und drückte auf ein paar Tasten. Plötzlich
wurde das Licht gedimmt, und von der Decke senkte sich
eine Glitzerkugel herab. Stroboskoplicht zuckte durch
die Zitadelle. Laute Popmusik dröhnte aus unsichtbaren
Boxen. Die Yeoman Warders jubelten erneut und fingen

mit besorgniserregender Begeisterung an zu tanzen. Der Hofmarschall presste die Hände auf die Ohren und lief knallrot an.

»Wa-wa-was ist denn DAS?«, stieß er hervor.

»Ein paar Verbesserungen«, erwiderte Hayley achselzuckend und ging auf Sicherheitsabstand.

Kurze Zeit später hatten die meisten Beefeater genug getanzt und stürzten sich in die Schlacht am Büfett. Gebäckkrümel sammelten sich in ihren Bärten. Nachdem der größte Ansturm vorbei war, nahm auch Alfie die Gelegenheit wahr und suchte sich ein einsames Würstchen im Schlafrock aus. Doch als er es in den Mund stecken wollte, wurde es ihm von einem Raben aus den Fingern geschnappt.

»He, das gehört mir!«, rief Alfie.

Der große, schwarze Vogel hüpfte jedoch damit unter den Tisch und würgte das Miniwürstchen mit einem Happs hinunter. Yeoman Eshelby, der Rabenmeister, der von allen nur Esh genannt wurde, kam sofort herbeigeeilt und verscheuchte den Vogel.

»Verschwinde, Gwenn, aber sofort!« Er drehte sich zu Alfie um und verneigte sich. »Tut mir leid, Euer Majestät. Sie hält sich für einen Menschen, immer noch. Lässt sich einfach nicht erziehen.«

»Das macht doch nichts, Esh«, lachte Alfie. »Auch Raben müssen essen.«

Abgesehen von dem geklauten Würstchen fand Alfie es gut, dass die Raben sich im Tower frei bewegen konnten. Schon kurz nach seiner Ankunft in der Zitadelle hatte er erfahren, dass die großen schwarzen Vögel mehr waren als nur eine touristische Attraktion. Die Yeoman Warders, und Esh ganz besonders, nahmen das mystische Band zwischen den Raben und dem Tower sehr ernst. Seit seiner Erbauung hatten hier immer mindestens sechs dieser Vögel gelebt. Die Legende besagte, dass das Verschwinden der Raben gleichbedeutend mit dem Zusammenbruch des Königreichs wäre. Als Alfie diese Geschichte zum ersten Mal gehört hatte, hatte er gelacht – wie konnten ein paar Vögel über das Schicksal des gesamten Königreichs entscheiden? Aber Esh hatte ihm gezeigt, dass die Flügel der Raben keineswegs »gestutzt« waren, wie es in den offiziellen Broschüren des Towers hieß. Sie konnten vielmehr völlig ungehindert durch die Gegend fliegen und den Tower jederzeit verlassen, wenn sie wollten. Sie wollten nur nicht.

»Und wieso nicht?«, hatte Alfie sich erkundigt.

»Das weiß niemand, Majestät. Aber wenn Ihr mich fragt: Raben sind genauso klug wie Menschen. Und ebenso treu«, hatte der Rabenmeister mit einem freundlichen Augenzwinkern erwidert.

Jetzt kamen noch mehr Raben zum Büfetttisch geflattert. Alfie sah ein, dass sie in der Überzahl waren, zog sich zurück und schlenderte an ein paar Yeoman Warders vorbei, die in einer Ecke vor einem Fernseher saßen. Sie verfolgten das Tennisturnier von Wimbledon, und zwar das Eröffnungsmatch der großen britischen Tennishoffnung Kate Robertson, einer temperamentvollen, jungen Frau.

Gleichzeitig versuchte Hayley, Herne mit einer Mohrrübe unter dem Kartentisch hervorzulocken.

»Los, komm schon, du dämlicher Köter. Eines Tages wirst du mich schon mögen, und wenn es mich noch so viel Mühe kostet.«

Der silbergraue Hund knurrte und fletschte die Zähne. Alfie kam herüber und stieß einen leisen Pfiff aus. Herne kroch unter dem Tisch hervor und trottete zu ihm, um ihm die Hand zu lecken.

»Was soll ich sagen, Hayley? Er ist eben ein Menschenkenner. Oder es liegt daran, dass er kein Vegetarier ist.«

»Du wirst schon sehen«, erwiderte Hayley und biss selbst von der Mohrrübe ab.

Die Musik verstummte, und das Licht ging an. Brian stieß zwei Gläser aneinander, um die Aufmerksamkeit der Anwesenden zu bekommen.

»Da nun die Leibgarde des Königs wieder in voller Stärke vertreten ist, gibt es nur noch eine Unklarheit zu beseitigen, und bedauerlicherweise hat es mich getroffen. Ich bitte also um Aufmerksamkeit.«

Die Anwesenden tauschten besorgte Blicke untereinander aus. Brian machte ein todernstes Gesicht.

»Die von alters her überlieferten Gesetze für diesen Ort sind unmissverständlich: Kein Zivilist darf ohne offizielles Amt in der Zitadelle wohnen. Und daher, Miss Hicks …«

Überall im Saal hielten die Menschen den Atem an. Alle Augen waren auf Hayley gerichtet. Wollte er sie tatsächlich rauswerfen?

Alfie trat einen Schritt vor. »Brian, das kannst du doch n…«

»Tut mir leid, Sir«, gab Brian zurück. »Aber Gesetz ist Gesetz.

Hayley legte Alfie die Hand auf den Arm. »Ist schon okay«, sagte sie. »Ich wusste ja, dass es nicht ewig so weitergehen würde.« Dann drehte sie sich zu den versammelten Yeoman Warders um und lächelte, so gut sie eben konnte. »Keine Sorge. Ich halte den Mund. Tja, na dann, bis bald, würde ich sagen.«

Die Yeoman Warders machten ihr mit gesenkten Köpfen Platz, und sie ging an ihnen vorbei Richtung Tür. Alfie blickte sich um. Wo war eigentlich der HM? Das konnte er doch nicht zulassen. Doch der alte Mann war weit und breit nicht zu sehen.

»Einen Moment noch, Miss!«, dröhnte Brian jetzt los. Hayley drehte sich zu ihm um. »Ich bin noch nicht fertig. Kein Zivilist darf ohne offizielles Amt in der Zitadelle wohnen. Darum haben wir beschlossen, einen uralten Posten wieder zum Leben zu erwecken, der seit der Regentschaft Henrys V. nicht mehr besetzt war.«

Brian marschierte zu Hayley und überreichte ihr eine lange Schriftrolle.

»Miss Hayley Hicks aus Watford. Ich ernenne Euch hiermit zur Hüterin der königlichen Pfeile.«

»Pfeile? Was denn für Pfeile?«, sagte Hayley.

Die Yeoman Warders kicherten, als sich hinter ihnen ein Vorhang hob und ein langes Metallregal voller Bogen und Hunderten von Pfeilen hereingerollt wurde. Aufgeregt nahm Hayley einen der Bogen heraus. Er war größer als sie selbst.

»Toll.«

»Das ist ein Kriegsbogen aus Eschenholz. Aber zunächst ist es wahrscheinlich besser, wenn du mit einem halb so großen anfängst zu üben«, sagte Brian.

»Ach was. Ich komm schon klar mit dem Burschen hier«, gab Hayley zurück.

Sie packte den Bogen fest mit einer Hand und versuchte, die Sehne zu spannen. Sie war jedoch so hart, dass sie sie kaum bewegen konnte.

Brian lachte und versetzte ihr einen Klaps auf die Schulter.

»Keine Sorge, das üben wir noch. Also, zu dieser Stelle gehört auch ein eigenes Quartier im Tower. Du brauchst ab sofort also nicht mehr auf dem Sofa zu ratzen. Oh, und eine Uniform bekommst du auch.«

Jetzt trat Yeoman Box nach vorne, eine Beefeaterin, die Hayley im Lauf der vergangenen Monate ein wenig unter ihre Fittiche genommen hatte. Sie hielt eine rotschwarze Tunika mitsamt einer Tudor-Mütze im Arm.

»Sieht ganz so aus, als wärst du jetzt eine von uns, Liebes«, strahlte sie.

Noch nie zuvor hatte Alfie Hayley so rot werden sehen. Sie nahm die Uniform entgegen und wischte sich eine Träne aus dem Augenwinkel.

»Danke, Brenda. Ich weiß nicht, was ich sagen soll«, flüsterte sie.

»Sag ja«, rief Alfie.

Hayley lachte. »Ja!«

Die Yeoman Warders jubelten und drängten sich alle um sie, um ihr zu gratulieren. Sie ließ sogar zu, dass Alfie sie kurz drückte.

»Schickes Outfit«, sagte er bewundernd und ließ den Blick über ihre Uniform gleiten.

»Ja, na ja, der Bogen, der ist cool. Aber den Fetzen da ziehe ich ganz bestimmt nicht an. Das ist mein Ernst. Und zwingen kannst du mich nicht.«

✳✳✳

Die Raben plusterten ihr Gefieder auf und machten sich zum Schlafen bereit. Die Party neigte sich langsam ihrem Ende entgegen. Hayley sah sich gerade ihr neues Zimmer an, das über der Zitadelle am oberen Ende einer Wendeltreppe lag. Brian verstaute das Regal mit den Pfeilen und Bögen. Da bemerkte Alfie die brennenden Kerzen in der Trainingsarena. Als er nachsah, entdeckte er den Hofmarschall, der nachdenklich vor dem Schrein für die gefallenen Yeoman Warders saß. Alfie hatte den eigentlichen Anlass der Party beinahe vergessen, aber sie hatten ja nur deshalb drei neue Yeoman Warders benötigt, weil der Schwarze Drache während Professor Locks Flucht drei andere getötet hatte. Die Gefallenen lächelten ihm auf den Fotos entgegen. Alle drei trugen stolz ihre Uniform, alle drei waren ein Sinnbild der Treue. Einer Treue, die sie das Leben gekostet hatte.

»Irgendetwas habe ich übersehen.« Die Stimme des Alten klang leise, als wäre es mehr ein Gedanke, der gar nicht für andere Ohren bestimmt war.

»Was denn, HM?«

Der Hofmarschall verneigte sich vor dem Schrein und ging dann zu einem niedrigen steinernen Tisch neben dem Schrank mit den königlichen Insignien. Darauf lag das Drachenskelett, das sie in Locks geheimer Kammer unter seinem Arbeitszimmer in der Harrow School gefunden hatten. Obwohl das Skelett aussah, als hätte die Kreatur sich zum Schlafen zusammengerollt, war es immer noch riesig. Selbst im Tod ließen die schrägen Augenhöhlen und die gewaltigen Zähne den Betrachter vor Angst schlottern.

»Der Professor muss eine Möglichkeit gefunden haben, wie er den Drachen mit Hilfe von Alfreds Krone zum Leben erwecken kann. Aber all unsere Tests nach der Schlacht in der Westminster Abbey haben ergeben, dass in seinem Körper keine Spur dieser Kreatur mehr übrig geblieben war.«

»Vielleicht haben die Tests nicht richtig funktioniert?«, vermutete Alfie.

Der Hofmarschall rieb sich das graue Kinn. Er wirkte sehr müde.

»Vielleicht, Majestät. Aber warum hat er dann so lange gewartet, bis er sich wieder in den Schwarzen Drachen verwandelt hat? Dann hätte er doch jederzeit entkommen können. Irgendetwas stimmt da nicht.«

Alfie hätte ihn gerne aufgemuntert. Der HM war zwar meistens ein nervtötender alter Langweiler, aber er hatte zu Alfie gehalten und an ihn geglaubt, als das niemand sonst getan hatte. Nicht einmal Alfie selbst.

»Es wäre mir natürlich lieber, Lock wäre nicht entkommen. Aber zumindest ist er jetzt weg«, sagte Alfie. »Nach allem, was passiert ist, traut er sich bestimmt nicht noch mal hierher. Wir sollten ihn einfach vergessen.«

Der HM deckte das Drachenskelett mit einem Tuch zu und kicherte leise.

»Was gibt's denn da zu lachen?«, wollte Alfie wissen. »Sie lachen doch sonst nie. Sofort aufhören. Das ist ja richtig unheimlich.«

»Ich dachte nur gerade, dass die Jugend so wundervoll optimistisch ist, Majestät.« Schlagartig wurde seine Miene wieder düster und voller Sorgenfalten. »Aber wenn die Geschichte uns eines lehrt, dann, dass Männer wie Cameron Lock nicht einfach so von der Bildfläche verschwinden. Wir müssen wachsam sein.«

5
Plünderer

Roderick »Sultana« Raisin platschte durch den Morast zurück zu seiner Hütte auf der heiligen Insel Lindisfarne und blickte die Reihe grober Holzpflöcke entlang, die den so genannten »Pilgerpfad« durch den Sand zurück zum Festland markierten. Es verblüffte ihn immer wieder aufs Neue, wie schnell die See sich in die schmale Meerenge drängte und die Insel für Stunden vom englischen Festland abschnitt. Ungefähr einmal im Monat kam es vor, dass irgendwelche dusseligen Touristen die riesigen gelben Warnschilder zu beiden Seiten der Dammstraße ignorierten, vom Wasser überrascht wurden und von der Küstenwache gerettet werden mussten. Wenn sie Glück hatten. Als Sultana vor vielen Jahren zum ersten Mal die Insel betreten hatte, hatte das Meer ihm Angst gemacht. Und im Grunde hatte sich bis heute nichts geändert. Es war einfach so … gleichmütig. Dem Meer war es egal, ob man mit den Füßen im Sand feststeckte, es machte immer was es wollte. Es war unbeherrschbar. Die Kasernen der Yeoman Warders im Tower von London, wo er früher stationiert gewesen war, waren immer sauber und ordentlich gewesen, so, wie er es gerne hatte. Aber hier draußen, auf diesem einsamen Außenposten, herrschten andere Bedingungen. Wenn das Meer nicht gerade versuchte, einen zu ertränken, dann hielt es einen wach, brandete nachts unter Getöse ans Ufer, spülte Schiffswracks an Land und verunstaltete den Strand mit verrostetem Unrat, wie ein Monster, das die unverdaulichen Knochen seines letzten Opfers wieder ausspuckte.

Sultana erreichte jetzt den sicheren Boden der Insel und blieb stehen, um wieder zu Atem zu kommen. Sein tagtägliches Wettrennen mit dem Meer war ein gutes Training, aber er war ziemlich kräftig gebaut und zudem nicht mehr der Jüngste. Er spähte durch das Fernglas in Richtung der funkelnden Lichter auf dem Festland und seufzte. *Wenn ich so dicht am Wasser wohnen wollte, dann wäre ich zur Marine gegangen*, dachte er zum hundertsten Mal und wühlte in seiner Tasche nach dem Hausschlüssel.

»'n Abend Rod«, sagte Trisha Harald, die mit dem Fahrrad die Straße entlanggerattert kam. Sie war die Wirtin der Kneipe »The Ship Inn« und gerade auf dem Weg zur Arbeit. »Heute Abend Darts, denkst du dran?«

»Will ich auf keinen Fall verpassen«, erwiderte er.

»Sieht so aus, als käme da was Größeres auf uns zu!«, rief Trisha zurück und strampelte weiter, so dass ihre Worte vom Wind verweht wurden.

Sie hatte recht. Im Osten braute sich ein Sturm zusammen. Der Himmel hinter den Türmen der Burg von Lindisfarne war pechschwarz und die See unruhig und aufgewühlt. *Das ging aber schnell*, dachte Sultana und betrachtete die dicken Wolken verwundert. Alle Vorzeichen deuteten auf eine »Ohrstöpsel-Nacht« hin – wer noch nie eine Nacht bei Windstärke zehn auf der Heiligen Insel verbracht hat, der weiß nicht, welchen Lärm Wind machen kann. Sultana zog die Vorhänge seiner gemütlichen Fischerhütte zu und setzte heißes Wasser auf.

»Na, und du, Imp? Was machst du so? Immer auf deinem Posten?« Er kicherte.

Imp war seine getigerte Katze, die den ganzen Tag auf dem Fensterbrett hockte und schnurrend aufs Meer hinausstarrte. Und sie war die einzige lebende Kreatur, die wusste, was Sultana tatsächlich auf Lindisfarne machte. Für alle anderen auf dieser abgelegenen Insel war er einfach nur der gute, alte Rodney, ein ausgezeichneter Dartsspieler und weit weniger ausgezeichneter Fischer. Aber Sultana mochte nicht einmal Fisch. *Es hat schon seinen Grund, dass wir Beefeater genannt werden*, sagte er sich gerne. In Wirklichkeit war er einer der »Königlichen Schutzvögte«, ein geheimer Bund bestehend aus ausgeschiedenen Yeoman Warders, die als eine Art Frühwarnsystem im Dienst des Defenders entlang der britischen Küste stationiert waren.

Sultana blickte sich kurz um, wie immer, wenn er sichergehen wollte, dass ihn niemand beobachtete. Dann betrat er die kleine Speisekammer neben seiner Küche und drehte an einer Dose, die nur so aussah wie eine Konservenbüchse mit dicken Bohnen. Eine verborgene

Tür öffnete sich und gab den Zugang zu einem kleinen, fensterlosen Raum frei. Sultana trat ein und hängte sein Fernglas an einen Haken neben einem verblassten Poster mit der Überschrift »Monster erkennen leichtgemacht«. Darauf waren die Umrisse sowie die genauen Beschreibungen aller grässlichen Gestalten abgebildet, die in der Vergangenheit das Land überfallen hatten: Meeresungeheuer, Riesen, Drachen und so weiter. Als Königlicher Schutzvogt hatte Sultana die Aufgabe, den Himmel und die See zu beobachten und alle außergewöhnlichen Vorkommnisse sofort dem Hofmarschall in der Zitadelle zu berichten.

In der Mitte des engen, muffigen Raumes stand ein Holzständer, und darauf war ein seltsames Messgerät aus Messing montiert. Es sah aus wie eine Kreuzung aus einem Kompass und einer altmodischen Lampe. Es war ein sogenanntes Prognoskop. Es diente der Überwachung der Ley-Linien, jener unsichtbaren, magischen Energiebahnen, die sich, wie die Adern eines Körpers, als dichtes Netz kreuz und quer über Großbritannien zogen. Jeder geheime Schutzvogt des britischen Königs besaß ein solches Prognoskop. Und falls ein übernatürliches Monster eine der Ley-Linien berührte oder auch nur in deren Nähe kam, reagierte das nächstgelegene Messgerät sofort, genau wie bei einem Stolperdraht.

So lautete zumindest die Theorie. In Wirklichkeit hatte Sultanas Prognoskop in all den Jahren, seit er auf Lindisfarne seinen Dienst versah, keinen einzigen Piep von sich gegeben. Damals, während seiner Zeit als Beefeater im Tower von London, hatte er sich über Arbeit nicht beklagen können. Einmal hatte er an der Seite von Alfies Vater, dem verstorbenen König Henry, unter den Straßen der Stadt gegen eine Zombie-Armee aus dem 17. Jahrhundert gekämpft. Alle hatten gesagt, dass er den Ruhestand und die Tätigkeit als Schutzvogt ganz bestimmt genießen würde, aber um ehrlich zu sein: Ihm war es eigentlich zu ruhig. Einmal im Jahr, an Weihnachten, fuhr er nach London, um sich mit den anderen Schutzvögten im Tower zu treffen und bei einer gemütlichen Zusammenkunft das eine oder andere Glas zu leeren. Und jedes Mal hörte er neidisch zu, wenn die anderen von ihren neuesten Abenteuern erzählten. Kenny »Kettle« Davies war am Loch Ness stationiert und hatte viel zu tun, weil das berühmte Monster ständig Alarm auslöste. Und Phil »Talc« Powder an der Küste von Suffolk hatte einmal sogar eine Begegnung mit Black Shuck gehabt, dem legendären Geisterhund, der in jenem Teil des Landes sein Unwesen trieb. Talc gab liebend gerne damit an und redete ständig von »der berühmten Schlacht bei Blythburgh«, auch wenn Sultana in den offiziellen Geschichtsbüchern bis jetzt noch kein Wort darüber gelesen hatte. Trotzdem, was unter dem Strich blieb, war, dass seine Kumpels einen ziemlich aufregenden Ruhestand verbrachten, während Sultana seit Jahren nichts anderes machte, als über die windumtoste Insel zu schlendern, sein stummes Messgerät anzustarren und Tee zu trinken.

Imp strich jetzt schnurrend um seine Beine. Sie wollte gefüttert werden.

»Von mir aus. Dann komm mal mit.«

Riiiiiing!

Sultana wirbelte herum, suchte die Quelle dieses Geräuschs. Hatte er versehentlich den Wecker gestellt? Was, um alles in der Welt, konnte das sein? Das Prognoskop! Er stürzte in die geheime Kammer und starrte das Messgerät mit offenem Mund an. Er traute seinen Augen kaum. Der Klöppel schlug wie wild auf die kleinen Messingglöckchen ein und entlockte ihnen ein schrilles Klingeln. Eine Mischung aus Freude und Furcht rieselte Sultana wie eiskaltes Wasser den Rücken hinunter. Er holte tief Luft und griff nach seiner Hellebarde – eine Art Axt an einem langen Stiel –, die an der Wand lehnte. Er strich mit dem Finger über die Klinge, um zu überprüfen, ob sich damit immer noch Schaden anrichten ließ. Dabei fiel ihm ein, dass er sie schon eine ganze Zeit lang nicht mehr geschärft hatte.

Riiiiiing!

Keine Zeit. Sultana sah Imp achselzuckend an.

»Tut mir leid, Schätzchen, das Abendessen wird noch ein bisschen auf sich warten lassen.«

Und mit diesen Worten stürmte Sultana nach draußen, mitten hinein in den Sturm.

✳ ✳ ✳

In der Zitadelle wollte Alfie sich gerade auf den Weg in den Palast und in sein Bett machen, da schrillte die Alarmglocke. Auf dem Kartentisch blinkte eine Lampe, oben an der Nordostküste.

»Der Posten in Lindisfarne«, meldete Yeoman Box. »Fünfundfünfzig Grad, vierzig Sekunden nördliche Breite, ein Grad, achtundvierzig Sekunden westliche Länge«, fügte sie hinzu und schob eine kleine Defender-Figur auf der riesigen Landkarte von Großbritannien ziemlich weit an der Ostküste hinauf.

»Die Pflicht ruft, Majestät«, sagte der HM und blickte Alfie an. »Ich denke, Ihr solltet Euch startklar machen.«

Alfie streifte die Schleiertunika über. Eine Sekunde später hatte die Defender-Rüstung ihn fest umschlossen. Er musste unwillkürlich lächeln. Das war sein erster Kampfeinsatz seit der Schlacht bei der Krönungsfeier, und sein Magen ballte sich vor Aufregung zusammen. Kaum hatte er das Wort »Sporen« geflüstert, kam Wyvern unter ihm hervor und trug ihn aus der Zitadelle. Wie ein Kampfjet zischte sie mit ihm über den dunklen Nachthimmel. Wolkenfetzen jagten vorbei, und es kam ihm vor, als würde die Welt in atemberaubendem Tempo an ihm vorübersausen. Als hätte jemand die Vorspultaste gedrückt. In wenigen Minuten würden sie am Ziel sein.

Da hörte er die knisternde Stimme des Hofmarschalls. »Sir, wir bekommen Meldung, dass Ihr einem gewaltigen Sturm entgegenfliegt.«

Alfie blickte zum Himmel. Es war eine perfekte, sternklare Sommernacht. Als der Defender sich jedoch seinem Ziel näherte, sah er, dass die Insel von dichten, düsteren Wolken umhüllt war. Und die Art und Weise, wie sie sich ballten und Wirbel bildeten, gefiel Alfie ganz und gar nicht. Zumal es sich keineswegs um normale, schwarze Sturmwolken handelte. Sie waren mit ekligen grünen und lila Punkten gesprenkelt, so dass sie aussahen wie üble blaue Flecken.

»O ja, der ist heftig«, erwiderte Alfie. »Ich fliege mal außen rum und schaue, ob ich von der anderen Seite besser rankomme – auf geht's, Wyvern.«

Das Zauberpferd des Defenders stieß ein verächtliches Schnauben aus und raste direkt auf die hoch aufragenden Gewitterwolken zu. Blitze zuckten Richtung Erdboden, als wollten sie sie zu einem Wettrennen auffordern, und der Regen trommelte wie Kieselsteine auf Alfies Rüstung ein. Noch bevor er wusste, was los war, landeten sie in dichtem Regen und unter lautem Platschen in einem verfallenen Kloster. Wyvern wieherte zufrieden und verschwand in Alfies Sporen.

»Der Defender ist gelandet«, sagte Alfie mit schwacher Stimme und nahm sich fest vor, sein Pferd bei nächster Gelegenheit darauf hinzuweisen, wer hier eigentlich das Sagen hatte.

Der Sturm wütete weiter, während Alfie die eingestürzten Mauern, umgekippten Säulen und leeren Bogengänge des Klosters inspizierte. Über ihm grollte der Donner.

Blitze tauchten die hohen Wände in grelles Licht. Dadurch wirkte das alles natürlich ziemlich gruselig, aber Alfie kam sich eher vor wie in einer Geisterbahn oder einer Halloween-Kulisse. Als sei das Ganze ein Spiel, und als gäbe es keinen Grund, sich ernsthaft Gedanken zu machen.

»Sieht alles ziemlich unverdächtig aus«, teilte Alfie den anderen in der Zitadelle mit. »Kann es vielleicht sein, dass der Sturm den Alarm ausgelöst hat?«

Doch dann duckte er sich instinktiv, wirbelte herum und zog sein Schwert aus der Scheide. Die Klinge schimmerte sanft, leuchtete beinahe. Jetzt sauste eine Axt in unmittelbarer Nähe an ihm vorbei und bohrte sich neben ihm in die Erde. Alfie wollte gerade zurückschlagen, da fiel sein Gegner, ein dicker, bärtiger Mann, vor ihm auf die Knie und breitete die Arme aus.

»Majestät! Es tut mir furchtbar leid!« Sultana war zu Tode erschrocken und wischte sich ein paar nasse Haarsträhnen aus den Augen.

»Ist schon gut«, stieß Alfie schwer atmend hervor. Er zog den Mann auf die Füße und gab ihm seine verrostete Hellebarde zurück. »Ich glaube kaum, dass das alte Ding da allzu großen Schaden angerichtet hätte. Sind Sie der Königliche Schutzvogt?«

»Ja, Sir. Yeoman Raisin zu Diensten. Man nennt mich Sultana«, sagte er und machte eine Verbeugung.

»Steht bequem, Yeoman. Ist Ihnen heute Abend etwas Ungewöhnliches aufgefallen?«

»Nein. Noch nicht. Aber ich könnte meinen Bart drauf verwetten, dass da draußen etwas ist«, knurrte Sultana und ließ seinen Blick aufmerksam durch das alte Kloster schweifen.

Er holte einen Schleifstein aus seiner Tasche und fing eifrig an, die Klinge seiner Hellebarde zu schärfen. Alfie stellte sich ein paar Schritte abseits und funkte die Zitadelle an.

»Bis auf einen wahnsinnigen Sturm und einen mordlüsternen Schutzvogt ist hier nichts los. Könnte vielleicht doch blinder Alarm sein.«

»Wie Ihr meint, Majestät.« Der HM hörte sich erleichtert an. »Ich habe Eure Schwester in der Leitung. Wollt Ihr mit ihr sprechen?«

»Na klar.« Alfie seufzte.

Das war auch eine von Hayleys Verbesserungsmaßnahmen – dass er telefonieren konnte, während er seiner Pflicht nachging. Natürlich hatte Prinzessin Eleanor keine Ahnung, dass er gerade eine Zauberrüstung trug und inmitten einer Klosterruine stand. Er versuchte, seiner Stimme einen neutralen Klang zu geben.

»Hallo, Ellie. Was gibt's?«

»Du hast überhaupt nicht auf meine E-Mail reagiert!«, blaffte Ellie ihn an. »Und Richard auch nicht. Aber du weißt schon, was gemeint ist, wenn am Schluss einer Einladung *Um Antwort wird gebeten* steht, oder?«

»Ja, ja, Ellie, tut mir leid. Ich hatte in letzter Zeit eine Menge zu tun.«

»Weißt du, wer das auch immer gesagt hat? Dad.«

Tuuuuuuuuuuuuut!

Das tiefe Dröhnen, das wie ein gespenstisches Nebelhorn klang, ließ die Ruine um ihn herum zittern. Erschrocken wirbelte Alfie herum. Sultana stand kerzengerade da, in Verteidigungsstellung, seine frisch geschärfte Hellebarde zum Stoß bereit. Zuerst dachte Alfie, dass es ein Donner gewesen war, aber dann ertönte das Geräusch noch einmal.

Tuuuuuuuuuuut!

»Was war denn das?«, sagte Ellie. »Ich dachte, du findest Drum 'n' Bass scheußlich? Mach um Himmels willen das Ding leiser, sonst bist du bald taub …«

»Tut mir leid, Ellie! Muss los!«, sagte Alfie und unterbrach die Verbindung.

Bei der nächsten Begegnung mit seiner Schwester würde er bitter dafür büßen müssen, das war klar, aber er hatte das Gefühl, als müsste der Defender hier doch noch eingreifen.

Alfie und Sultana krochen im Schutz einer Ruinenmauer vorwärts. Vor ihnen lag ein Pfad, auf dem riesige, matschige Fußabdrücke den Strand hinauf zu einem flachen, modernen Gebäude führten. Davor standen mehrere Picknicktische. Durch das Geheul des Windes konnten sie entfernt das Krachen und Knacken aus dem Inneren des Gebäudes hören. Dort wurden Tische und Stühle umgekippt und Fenster eingeworfen. Verwesungsgeruch hing in der Luft, als hätte jemand in einer großen

Schüssel vergammelte Eier, toten Fisch und saure Milch zusammengerührt.

»Den Gestank kenne ich«, flüsterte Sultana. »Das sind die Untoten. Ich habe damals in der Schlacht um die Londoner Pesthöhlen an der Seite Eures Vaters gekämpft.«

Alfie nickte, obwohl er auch von dieser Episode aus der Vergangenheit des Defenders noch nie etwas gehört hatte.

»Das ist das Souvenirgeschäft des National Trust«, sagte Sultana und zeigte auf das flache Gebäude. »Dort gibt es wunderbares Shortbread zu kaufen«, fügte er hinzu, als könnte das etwas helfen.

»Ich kann mir beim besten Willen nicht vorstellen, dass die Untoten ausgerechnet hierherkommen, um nach Shortbread zu suchen«, erwiderte Alfie.

Jetzt flog die Tür des Souvenirgeschäfts auf, und fünf aufgedunsene, sehr tot aussehende Wikinger kamen heraus. Sie hatten Berge von Wolldecken, »I love Lindisfarne«-Becher und unzählige Packungen Shortbread in den Armen.

»Aber ich kann mich natürlich auch täuschen«, sagte Alfie verblüfft.

Die untoten Wikinger waren riesige Kerle, und sie stanken fürchterlich, doch es waren nicht besonders viele. *Wenn wir sie überrumpeln, dann können wir sie vielleicht in die Flucht schlagen*, dachte Alfie. Aber selbst, wenn nicht, was wäre er für ein Defender, wenn er zulassen würde, dass sie sich in seinem Land, auf seinem ureigenen

Grund und Boden benahmen wie in einem Selbstbedienungsladen?

»Wie sieht's aus? Lust auf eine kleine Prügelei?«, flüsterte Alfie Sultana zu.

Der Schutzvogt reckte stolz das Kinn in die Luft. »Ihr braucht nur das Kommando zu geben, Euer Majestät.«

»Sporen!«, sagte Alfie, und Wyvern nahm ihn auf den Rücken. Sultana blickte ihn staunend an.

Alfie zog sein Schwert und gab seinem Geisterpferd die Sporen. Er visierte den Mittelpunkt der kleinen Wikingergruppe an und sorgte dafür, dass sie wie Kegel in alle Richtungen davonflogen. Aus der Nähe war der Gestank fast nicht zu ertragen. Sie brüllten und schrien in einer Sprache, die Alfie noch nie zuvor gehört hatte.

Eine Axt sauste durch die Luft, aber Alfie lenkte sie mit seinem Schild zur Seite ab und ließ den Knauf seines Schwerts, der wie ein Löwenkopf geformt war, auf einen der Wikingerhelme krachen, so dass es über den ganzen Strand zu hören war.

»Das Souvenirgeschäft hat geschlossen!«, rief Alfie. »Verschwindet von hier! Haut ab!«

Da sprang einer der riesigen, untoten Wikinger mit einem gewaltigen Satz auf Alfie zu. Die Hälfte seines Gesichts war bereits abgefault, und der gelbliche Schädelknochen war deutlich zu sehen. Wyvern sah ihn kommen und versetzte ihm mit ihren kräftigen Hinterbeinen einen Tritt, so dass er rückwärtsgeschleudert wurde. Mit einem lauten Schrei sprang Sultana Alfie zur Seite. Gekonnt schwang er seine Hellebarde, traf einen Wikinger am Kopf und ließ den zweiten über den Stiel seiner Waffe stolpern. Ein breites Grinsen war auf seinem Gesicht zu sehen.

»Ich freu mich schon, wenn ich *das* dem guten Talc erzähle.«

Alfie hatte keine Ahnung, was Sultana damit sagen wollte. Er machte sich mehr Gedanken über die Axthiebe, die jetzt von allen Seiten auf ihn einprasselten. Hoffentlich hatte er diese untoten Raufbolde nicht unterschätzt. Im Moment deutete nämlich nichts darauf hin, dass sie sich zurückziehen wollten. Und dann war da noch die klitzekleine Frage, wie sie diese Kerle überhaupt besiegen sollten.

»Wie bringt man eigentlich etwas um, was schon tot ist?«, brüllte Alfie.

Sultana ließ die Hellebarde über seinem Kopf kreisen. »In möglichst kleine Stücke geschnitten rührt sich meiner Erfahrung nach bald nichts mehr, Sir!«

Tuuuuuuuuuuuuuuuuuuuuuuuuut!

Das mysteriöse Nebelhorn dröhnte erneut über den Strand. Die Wikinger stellten den Kampf ein, drehten sich um und rannten zum Wasser.

»Wo wollen die denn hin?« Sultanas Stimme klang enttäuscht.

Sie sahen, wie die Wikinger bis zur Brust ins Meer wateten.

TUUUUUUUUUUUUUUUUUUUUUUUUT!

Dieses Mal spürte Alfie den Klang des Horns weniger in den Ohren, als in seinem ganzen Körper. Das tiefe Dröhnen schüttelte ihn regelrecht durch. Selbst Wyvern geriet unter dem Druck der Schallwellen ins Wanken. Verblüfft sah Alfie zu, wie ein verfaultes, algenfarbenes Langschiff sich aus der Gischt erhob und durch die Brandung auf die Wikinger zuhielt. Seine zerfetzten, nassen Segel flatterten im Wind. An den Rudern saßen noch einmal vier untote Wikinger. Und an dem schlangenkopfförmigen Bug stand Guthrum, blies in sein Horn aus Walrosszahn und rief die Plünderer zurück auf sein Schiff. Der Wikingerfürst starrte Alfie mit seinen milchig-weißen Augen an und grinste. Dabei kamen seine zerklüfteten, unregelmäßigen, schwarz-gelblichen Zähne zum Vorschein.

Als Reaktion stieg Wyvern auf die Hinterbeine, und Alfie schwang sein Schwert über dem Kopf. *Zisch ab, du tote Beule. Und lass dich hier nie wieder blicken.* Alfie und der Schutzvogt sahen, wie das Wikingerschiff wendete und dann unter der Wasseroberfläche verschwand. Den wütenden Sturm nahmen sie mit. Der Regen versiegte, der Wind legte sich, und dann war plötzlich alles wieder still.

»Diesen toten Typen haben wir's aber gezeigt, was, Sir?« Schwer atmend und mit einem breiten Grinsen im Gesicht ließ Sultana sich auf den Strand sinken.

Alfie warf ihm etwas in den Schoß. Eine Packung Shortbread.

»Aber nicht alles auf einmal aufessen.« Er lächelte.

73

6
Der Unterschlupf

Als Richard das erste Mal in Professor Locks Arbeitszimmer bestellt worden war, hatte er sich sehr gewundert. Schließlich hatte er gar keinen Unterricht bei Lock. In seiner Klasse gab Mr Ramsden Geschichte, während Lock für Alfies Klasse zuständig war. Vonseiten der Schulleitung wurde immer darauf geachtet, dass die beiden Brüder in verschiedenen Klassen waren. Vermutlich auch, weil man Alfie die Peinlichkeit ersparen wollte, dass er immer schlechtere Noten bekam als sein Zwillingsbruder. Jedenfalls hatte Richard sich mit einer gewissen Nervosität und großer Neugier auf den Besucherstuhl in dem dunklen, baufälligen Zimmer gesetzt. Er wartete, während Lock in Richards letztem Aufsatz mit dem Titel »Die Auflösung der Klöster durch Henry VIII.« blätterte. Schließlich warf Lock die Blätter auf seinen Schreibtisch und ließ sich gegen die Stuhllehne sinken. Er musterte Richard mit seinen stechenden, blauen Augen.

»Sehr gut. Klar. Schlüssig. Du weißt, was du tust, das merkt man sofort.«

»Danke, Sir.«

»Aber natürlich ist das alles reine Phantasie.«

»Wie meinen Sie das, Sir?«

»Henry VIII. hatte überhaupt nichts gegen die Mönche. Aber wenn man ein Rudel Werwölfe im Winterschlaf aufspüren muss, dann sind Klöster nun mal die erste Adresse. Anscheinend gefällt ihnen der Gesang. Er lullt sie ein.«

Richard lachte, doch als er sah, dass Locks Miene ernst blieb, verstummte er wieder. Der Professor fixierte Richard mit starrem Blick.

»Die Geschichte des Vereinigten Königreichs, wie die meisten sie kennen, ist eine Lüge«, fuhr Lock fort. Er erhob sich und trat vor ein übervolles Bücherregal. »Churchills Geschichte der englischsprachigen Völker? Abfall.« Er nahm etliche Bände aus dem Regal und warf sie in den Papierkorb. »A. J. P. Taylor? Unsinn. Von diesem Simon Schama ganz zu schweigen.« Das nächste Geschichtsbuch flog quer durch den Raum und landete an der gegenüberliegenden Wand. »Wenn du wissen willst, wie die Geschichte unseres Landes wirklich aussieht, dann wäre ich bereit, dich einzuweihen. Aber du müsstest mir versprechen, dass du niemandem etwas davon sagst, am allerwenigsten deinem Bruder.«

»Alfie? Wieso denn nicht?« Richard hatte immer noch den leisen Verdacht, dass Lock ihn auf den Arm nehmen wollte.

»Ich möchte nicht bösartig wirken, Richard, aber dein Bruder ist in gewissen Bereichen … nun ja, nennen wir es

75

beschränkt. Bei dir hingegen, da sehe ich mehr Potential. Du könntest, wenn du willst, eine großartige Zukunft haben. Soll ich sie dir zeigen?«

Richard wusste, dass der Professor mit seinen Lobhudeleien einen bestimmten Zweck verfolgte, aber trotzdem freute er sich darüber. Und er war neugierig geworden. Darum nickte er. Lock machte einen Schrank auf und holte einen großen Gegenstand hervor. Er war mit einem Tuch aus schwarzem Samt zugedeckt. Jetzt stellte er das Ding auf den Schreibtisch und nahm das Tuch ab. Darunter kam ein sehr alter, ovaler Spiegel mit einem verzierten, silbernen Rahmen und einem Holzständer zum Vorschein. Das Glas war schwarz und von langen Kratzern überzogen.

»Ein Spiegel? Na und?«

So langsam wurde Richard sauer. Er ließ sich nur ungern zum Narren halten.

»Geduld. Es dauert ein bisschen …«

Lock holte eine große, schwarze Kerze aus einem Regal und stellte sie neben den alten Spiegel. Er strich mit der Hand über den Docht, der sich daraufhin von selbst zu entzünden schien. Das Licht im Arbeitszimmer erlosch, ohne dass Lock den Schalter berührte. Richard hätte gerne gewusst, wie er das angestellt hatte, doch die Worte blieben ihm im Hals stecken. Wenn das wirklich ein Trick war, dann ein ziemlich guter. Die Luft in Professor Locks Zimmer roch mit einem Mal abgestanden und moderig, wie ein frisch geöffnetes Grab.

»Der Zukunft Schein, was könnte einst sein«, flüsterte Lock und winkte ihn zu sich.

Unsicher kam Richard auf die Füße und ging zum Schreibtisch.

»Ich nenne ihn meinen ›Sehenden Spiegel‹. Die Alchimisten haben so etwas früher oft benutzt.«

Richard hatte immer noch das Gefühl, als könne der Professor ihn jeden Moment auslachen und wegen seiner Leichtgläubigkeit verspotten. Trotzdem beugte er sich dicht vor den Spiegel und blickte in das fleckige Glas. Zunächst konnte er gar nichts erkennen, nur sein Spiegelbild im Kerzenschein, und dahinter Lock, der lächelte, als ob er ein großes Geheimnis kannte. Doch je länger Richard hineinstarrte, desto mehr schien das Arbeitszimmer aus dem Spiegelbild zu verschwinden, fast wie Filmkulissen, die weggeklappt wurden. Die Wände mit den Bücherregalen wurden nach oben gezogen und gaben den Blick auf eine riesige Schwärze frei, bevor sie von anderen Wänden ersetzt wurden. Der atemberaubende Innenraum der Westminster Abbey. Eine Gestalt in einem langen Umhang kniete vor einem Priester, der der Gestalt eine Krone aufsetzte. Es handelte sich um eine Krönungsfeier.

»Wie haben Sie …? Ist das die Krönung meines Vaters?«

Lock brauchte ihm nicht zu antworten. Denn noch während Richard die seltsame Vision im Spiegel betrachtete, erhob sich die Gestalt und wandte den Blick ihren Untertanen zu, die im Chor riefen: »Gott schütze

77

den König! Gott schütze den König! Gott schütze den König!« Richard stand in dem dunklen Arbeitszimmer und hielt den Atem an. Das hier war keine magische Aufzeichnung von der Krönung seines Vaters. Es war *seine* Krönungszeremonie. Er selbst war es, der da zum König ernannt wurde. Ein Ereignis, das niemals geschehen war. Zumindest *noch* nicht.

Das Bild verblasste, und Professor Lock deckte den Spiegel wieder zu. Richard starrte ihn an. Seine Gedanken überschlugen sich.

»Vielleicht glaubst du mir jetzt«, sagte Lock und lächelte. »Es gibt noch so vieles, was ich Euch gerne mitteilen würde, Euer Hoheit.«

Danach war Richard fast an jedem Abend heimlich zu Lock gegangen, um sich von ihm unterweisen zu lassen. Der Professor hatte ihm alles dargelegt – die wahre Geschichte des Vereinigten Königreichs, dass die mythologischen Ungeheuer in Wirklichkeit keineswegs Mythen waren, sondern ausgesprochen echt, dass die Könige und Königinnen seit Alfred dem Großen – dem ersten Defender – über gewaltige Superkräfte verfügten, und wie sie sie eingesetzt hatten, um die Nation vor allen möglichen übernatürlichen Bedrohungen zu beschützen und auf anderen Kontinenten Krieg zu führen. Er machte ihm auch klar, wie das Ganze irgendwann schiefgelaufen war. Dass einige schwächere Defender die Nerven verloren und beschlossen hatten, sich zurückzuziehen und ihre Kräfte nur in äußerster Not einzusetzen. Wie der Defender ein klammheimlicher Held geworden war, der seine Identität verbarg, als sei es etwas, wofür man sich schämen müsste. Und infolgedessen war auch das Land mitsamt seinen Bewohnern faul und undankbar geworden.

Trotz der Bilder im »Sehenden Spiegel« des Professors hatte Richard große Mühe, das alles zu glauben. Lock redete von Magie und Ungeheuern, als seien das völlig alltägliche Dinge. Richards Dad war angeblich so eine Art Superheld. Das war einfach lächerlich. Und doch … Der Professor war so leidenschaftlich von alledem überzeugt, dass es Richard schwerfiel, das Ganze einfach abzutun. Darum gab es nur eine Möglichkeit: Er musste es mit eigenen Augen sehen. Also brütete er einen Plan aus.

Die Woche vor Weihnachten verbrachte die gesamte königliche Familie im Schloss Balmoral in den schottischen Highlands. Es hatte tagelang geschneit, und die Straßen waren unpassierbar geworden. Aber sie hatten mehr als genug Vorräte und brauchten sich daher keine Sorgen zu machen. So genossen sie die Ruhe und verbrachten die Zeit mit Brettspielen vor dem Kamin. Eines Nachts schlich Richard sich in das Pförtnerhäuschen und nahm sich die Schlüssel für den Range Rover seines Vaters. Vorsichtig, um nicht von der eisglatten Straße abzukommen, fuhr er bis zu dem See im Wald, wo sie im Sommer manchmal den Grill aufbauten. Der See war zugefroren und lag vollkommen regungslos da. Es war fast unheimlich. Richard schaltete den Motor aus und zog sein Handy aus der Tasche. Er wählte die Nummer des Festnetztelefons im Arbeitszimmer seines Vaters. Er wusste, dass er dort war.

»Ja?«

»Dad, ich bin's. Ich hab Mist gebaut.« Richard hatte den keuchenden Atem und die hastig hervorgestoßenen Worte vorher ausgiebig geübt. »Ich hab den Wagen genommen und bin von der Straße abgekommen. Jetzt bin ich auf dem See. Ich glaube, das Eis bricht. Dad, Hilfe …« Dann legte er auf.

Er ließ den Motor an und fuhr hinaus auf die Eisfläche. Zwei Sekunden später sackte der Wagen seitlich weg. Eiskaltes Wasser umspülte Richards Füße. Schon wenige Augenblicke später hatte es seine Knie erreicht. Und mit einem Blick zum Seitenfenster stellte er fest, dass das Auto ziemlich schnell in den Fluten versank. Richard überlegte, ob er sich abschnallen, die Heckscheibe eintreten und ans Ufer schwimmen sollte. Er war immer noch zuversichtlich, dass er sich selbst retten konnte, wenn er sich beeilte. Aber, nein! Er wollte seinen Plan bis zum Ende durchziehen. Er musste wissen, ob Professor Lock die Wahrheit gesagt hatte. Das Wasser stand ihm jetzt bis zum Hals. Er suchte den Türgriff, aber in seiner Panik konnte er ihn nicht finden. Das Wasser war bereits bis über seinen Mund gestiegen, und es stieg immer weiter. Jetzt gab es keinen Ausweg mehr. Wie hatte er nur so dämlich sein können? Das war der letzte Fehler seines Lebens gewes…

TSCHAK.

Etwas Schweres landete auf dem Autodach. Richard hatte gerade noch Zeit genug, die Augen zu schließen und so zu tun, als sei er bewusstlos, dann wurde das Dach aufgerissen und er emporgehoben. Ein kräftiger Wind blies ihm übers Gesicht, und er hatte das Gefühl, als würde er sich sehr schnell bewegen. Trotzdem blieb er mit schlaffen Gliedern und geschlossenen Augen liegen. Als Nächstes hörte er Kies knirschen und spürte, wie er sanft auf den Boden gelegt wurde. Ein Handschuh streifte sein Gesicht und er hörte eine tiefe, gedämpfte Stimme sagen: »Dummes Kind …« Dann wurde zweimal die Türklingel betätigt. Erst jetzt schlug Richard die Augen auf. Was er da zum Himmel aufsteigen und hinter dem Dach des Schlosses verschwinden sah, sagte ihm, dass jedes Wort von Professor Lock wahr gewesen war. Ein durchsichtiges Pferd flog durch die Luft, und darauf saß der Defender – sein Vater.

✳ ✳ ✳

*»HVAR ER ENGILSMAÐR INN LITILL?«**

Guthrums kehliges Organ dröhnte durch die kalten Katakomben der Kirche und vertrieb das Bild seines Vaters aus Richards Gedanken. Er fühlte sich erleichtert. Richard dachte nicht gerne an ihn. Schuldgefühle regten sich irgendwo in seiner Brust, aber nur schwach, wie eine

---

* »Wo steckt dieser mickerige Engländer?«

Kerze kurz vor dem Verglimmen. Es war nichts weiter als die Erinnerung an ein Gefühl aus früherer Zeit, als er noch durch und durch Mensch gewesen war.

Auf den Straßen über ihren Köpfen waren Autos und Fußgänger unterwegs, die sich einen schönen Abend gemacht hatten und jetzt nach Hause wollten. Sie wussten nicht, dass das Böse direkt unter ihren Füßen lauerte. Richard hatte sich im Lauf der vergangenen Monate an solche Unterschlüpfe gewöhnt. Lock wollte immer in Bewegung bleiben, um nicht Gefahr zu laufen, entdeckt zu werden, und hatte von den Kerkerräumen zerfallener Schlösser bis hin zu den feuchten Kellern verlassener Landhäuser praktisch alles ausprobiert. Immer wieder hatte er Richard geheime Nachrichten nach Harrow geschickt und ihm mitgeteilt, wo er als Nächstes zu finden sein würde. Aber diese alte Krypta unter der Kirche, das hatte er versprochen, sollte ihr letztes Versteck sein. Bald schon würden sie nicht mehr im Schatten ihr Dasein fristen müssen, wie Tiere. Das zumindest hatte der Professor gesagt.

Die untoten Krieger waren nach dem kurzen Kampf auf Lindisfarne einigermaßen erschöpft. Sie schlurften durch die steinernen Gänge und fielen bald in einen tiefen, lauten Schlaf. Nur Guthrum schien nicht das Bedürfnis zu haben, sich zu erholen. Der Wikingerfürst duckte sich unter einem steinernen Torbogen hindurch und warf Lock etliche Packungen mit National-Trust-Shortbread vor die Füße.

*»AUÐ HEITAÐU OSS!«**

Lock blieb angesichts des wütenden Wikingermonsters, das sich da vor ihm aufgebaut hatte, erstaunlich ruhig. Er riss eine Packung auf, nahm sich einen Keks heraus und biss hinein.

»Mmm, gar nicht schlecht«, sagte er.

Richard beobachtete Guthrum, der sie mit wütenden Schritten und misstrauischen Blicken umkreiste.

»Was hat er denn?«

»Es scheint, dass unser Freund nicht besonders erfreut über die Beute seines Raubzuges ist«, sagte Lock. »Ich habe schon im Vorfeld versucht ihm zu erklären, dass sich auf Lindisfarne in den letzten tausend Jahren einiges geändert hat. Klostergold gibt es dort heutzutage jedenfalls keines mehr. Aber ein Wikinger lässt sich eben nichts sagen.«

*»Var hvitr riddari á strǫnd«***, schimpfte Guthrum.

»Der weiße Ritter?« Lock lächelte und erklärte Guthrum in dessen Sprache, dass es sich um einen gewissen Defender handelte, der aber nicht weiter von Bedeutung sei.

Guthrum spuckte auf den Boden.

»Hestr hans jós miklu hermǫnunnum mínum!«

»Was hat er gesagt?«, wollte Richard wissen.

»Dass das Pferd des Defenders einen seiner Männer in

---

* »Du hast uns Reichtümer versprochen!«
** »Am Strand war ein weißer Ritter.«

den Hintern getreten hat.« Lock lachte. »Geschieht dem dämlichen Nordmann wahrscheinlich recht.«

»Vorsicht«, meinte Richard. »Sonst hört er Sie womöglich noch.«

»Keine Sorge. Wikinger sprechen kein Englisch. Die sind ziemlich beschränkt.«

TSCHAAAKKK! Guthrum rammte die Axt zwischen ihnen in den Boden, Funken stieben an Locks verdutztem Gesicht vorbei. Der Wikinger stieß noch einen letzten, altnordischen Fluch aus, dann stürmte er davon und schloss sich seinen Männern an.

»Vielleicht versteht er ja mehr, als man glaubt«, sagte Richard und grinste.

In dieser Nacht war der Gestank der untoten Wikinger ringsumher absolut atemberaubend. Er setzte sich in Richards Haaren und seinen Kleidern fest wie der Rauch eines Lagerfeuers. Er konnte nicht schlafen und ging unruhig auf und ab. Im Morgengrauen musste er wieder aufbrechen und zur Schule gehen. Schließlich durfte niemand von seinem Doppelleben erfahren. Aber die Vorstellung, seiner Umgebung wieder einen Tag lang Normalität vorgaukeln zu müssen, war mehr als frustrierend.

»Ich verstehe immer noch nicht, wieso wir uns mit diesen stinkenden Leichen abgeben müssen«, beschwerte er sich bei Lock. »Warum konzentrieren wir uns nicht einfach auf den Defender? Ich bin jedenfalls bereit.«

»*Hafðu við þol*«, entgegnete Lock.

Richard zuckte mit den Schultern. Er wurde immer wütender.

»Das bedeutet: *Habt Geduld*, Euer Hoheit«, sagte Lock. »Eure Zeit wird kommen.«

Das rote Blitzen in Richards Augen vermittelte Lock eine Ahnung von dem Drachen, der in ihm schlummerte.

»Es wäre besser für uns alle, wenn Sie recht behalten.«

7
Wieder in der Schule

Alfie landete in der Trainingsarena, wuschelte Wyvern durch die Mähne und ließ sie in seinen Sporen verschwinden. Dann nahm er seine Rüstung ab und warf Brian, der neben dem Insignienschrank auf ihn wartete, die Schleiertunika zu.

»Was denn, kriege ich nicht mal ein ›Gut gemacht‹ zu hören?«, sagte er dann.

»Sekunde, ich hole nur schnell Euren Orden, Sir«, erwiderte Brian.

»Echt?«

»Nein, natürlich nicht«, wieherte Brian. »Die Wikinger, die sind nicht wegen dir abgehauen, Chef. Sondern weil sie nichts Vernünftiges zum Plündern gefunden haben.«

»Unglaublich. Manche Leute sind einfach nie zufrieden.«

Alfie sah Brian stirnrunzelnd an und machte sich auf den Weg in die Kommandozentrale. Dort sah er den Hofmarschall über den Kartentisch gebeugt dasitzen, während Hayley wie gebannt auf ihren Laptop starrte. Die Yeoman Warders werteten einzelne Standbilder aus den Defender-Videos von Lindisfarne aus.

86

»Nicht schlecht, was?«, sagte Alfie schließlich, nachdem ihm klargeworden war, dass niemand den Kopf heben würde. »Ihr wisst schon, ich gegen eine ganze Horde Wikinger, die heldenhaft von mir ins Meer gejagt wurden … ›Hilfe, nein, der Defender, bloß weg hiiieeer!‹«

»Ja, ja, sehr beeindruckend«, knurrte Hayley ohne aufzuschauen.

Herne kam zu ihm getrottet und sprang aufgeregt an ihm in die Höhe. Alfie kraulte den Hund hinterm Ohr.

»Wenigstens einer, der es zu schätzen weiß, wie ich die Wikinger in den Hintern getreten habe.«

»Also, ehrlich gesagt, ich glaube, er hat bloß Hunger«, gab Hayley zurück.

»Dies ist gewiss kein Anlass um Scherze zu machen«, schaltete der HM sich ein. »Das waren keine gewöhnlichen Wikinger. Das waren *Draugar*.«

»Wie bitte?«, sagte Alfie.

»Es bedeutet ›Wiedergänger‹. Die Untoten.« Der HM schnalzte tadelnd mit der Zunge, als sei es unglaublich, dass Alfie das noch nicht wusste. »Seit Jahrhunderten hat es keinen solchen Angriff auf britischem Boden mehr gegeben.«

»Schafe!«, platzte Hayley heraus und drehte den Laptop so, dass alle den Bildschirm sehen konnten.

»Ich bitte um Verzeihung?«, sagte der HM und starrte mit zusammengekniffenen Augen auf den Bericht, den Hayley im Netz gefunden hatte.

Sie fuhr fort: »Ich habe einfach die Wikingerchronik

mit den letzten Alarmberichten der Schutzvögte und den Artikeln in den diversen Lokalzeitungen abgeglichen.«

»Aber das würde Tage in Anspruch nehmen.« Der HM war verwirrt.

»Ach was, dazu braucht man bloß einen ganz normalen Suchalgorithmus«, setzte Hayley an. Erst dann wurde ihr bewusst, dass der Hofmarschall und die Beefeater sie ratlos anstarrten. »Egal. Aber hier, seht euch das mal an. In Suffolk ist eine Schafherde von unbekannten Tätern angegriffen worden, und außerdem wurde der Friedhof von St. Mary's in Hedleigh verwüstet. Dort befindet sich angeblich auch das Grab von ... Wie spricht man den aus?«

»Guthrum, der Wikinger-Kriegsfürst«, erwiderte der HM düster. »Vor tausend Jahren, unter der Herrschaft von Alfred dem Großen, führte er eine Armee von Skandinavien aus nach Süden. Guthrums Männer, die sogenannten ›Berserker‹, waren Krieger, die in der Schlacht, getrieben von einer übernatürlichen Wut, angeblich zu unverwundbaren, wilden Kämpfern wurden. Guthrum ist es sogar gelungen, Alfred ins Exil zu treiben.«

Eine unbehagliche Stille senkte sich über die Zitadelle, als ob die Erinnerung an einen längst vergessenen Albtraum plötzlich wieder zum Leben erwacht wäre.

»Aber ... das könnte doch auch Zufall sein, oder nicht?«, sagte Alfie.

Der HM betrachtete die Fotos von dem Friedhof und das gewaltige Loch, aus dem Guthrums Langschiff gehoben worden war.

»Ich fürchte, nichts davon geschieht zufällig, Majestät«, sagte er. »Guthrum und seine Plünderer wurden aus einem ganz bestimmten Grund exhumiert. Von jemandem, den wir kennen, und der keine Angst davor hatte.«

»Das war dieser Verräter, Professor Lock«, fauchte Brian, der ebenfalls die Kommandozentrale betreten hatte. »Der buddelt doch gerne irgendwelche Sachen aus, die ihn nichts angehen.«

Alfie wandte den Blick zum Hofmarschall. Er würde doch bestimmt gleich sagen, dass das nicht stimmte. Aber der Alte starrte einfach nur stumm in die Ferne, tief in Gedanken versunken. *Ist es möglich, dass Lock so schnell zurückschlägt?*, fragte er sich. Alfie hatte den Schwarzen Drachen einmal geschlagen, bei der Krönungsfeier, aber es war ein hauchdünner Sieg gewesen. Und die harte Wahrheit war: Der Hofmarschall wusste nicht, ob Alfie dieses Kunststück noch einmal gelingen würde, schon gar nicht, wenn Lock von einer Horde wilder Wikinger unterstützt wurde.

»Warum kann es nicht eine einmalige Angelegenheit sein?«, wandte Alfie beinahe flehend ein. »Einem Haufen Wikinger wird es langweilig, immer nur tot zu sein, sie machen Stunk und kriegen vom Defender eins über die Rübe. Ende. Wieso muss immer alles gleich Teil einer riesigen Verschwörung sein?«

»Sämtliche Yeoman-Schutzvögte müssen alarmiert werden«, befahl der Hofmarschall den Beefeatern. »Sie sollen die Patrouillen verdoppeln und jegliche übernatürlichen Aktivitäten melden, ganz egal, wie unbedeutend sie erscheinen mögen. Dann wissen wir sehr bald, ob es sich tatsächlich um ein einzelnes Ereignis handelt … oder um etwas anderes.«

Kaum waren die Beefeater in Aktion getreten, ließ Alfie sich neben Hayley auf das Sofa plumpsen.

»Hier stinkt irgendwas gewaltig«, sagte sie.

»Dann bist du ja mit dem HM einer Meinung«, erwiderte Alfie.

»Nein, ich meine, hier stinkt es tatsächlich gewaltig«, meinte sie und schnüffelte an seiner Schulter. »Ich glaube, das bist du, Alfie.«

Alfie hielt sich das T-Shirt vor die Nase und tatsächlich … Es roch nach untoten Wikingern.

»Igitt. Sogar durch die Rüstung?«

Alfie verabschiedete sich, ging zu der geheimen Untergrundkutsche und raste zurück in sein Schlafzimmer im Palast. Er warf seine Kleider in den Wäschekorb, stellte sich zwanzig Minuten lang unter die heiße Dusche und ging ins Bett. Am nächsten Morgen, nach einer ruhelosen Nacht und noch einer heißen Dusche, wurde ihm klar, dass er einen Tapetenwechsel brauchte. Er wollte einem freundlichen Gesicht begegnen und mit jemandem sprechen, der nichts von Superhelden-Schlachten und Wikinger-Zombies und bösartigen Drachen wusste. Er würde Richard besuchen.

***

Nebel umhüllte den Glockenturm wie eine warme Decke. Alfie ging die vertraute Eingangstreppe des Schulgebäudes der Harrow School hinauf. Da rannte ein verspäteter Erstklässler mit Strohhut an ihm vorbei, rief laut »Entschuldigung!« und steuerte sein Klassenzimmer an. Alfie war verblüfft, wie gut sich die Rückkehr anfühlte. Vor ein paar Monaten noch hätte er alles dafür gegeben, die Schule verlassen zu dürfen, die er im Stillen immer nur »das Gefängnis« genannt hatte. Aber obwohl es aufregend war und durchaus Spaß machte, der Defender zu sein – bis auf die Momente, wo ein grässliches Monster ihm den Garaus machen wollte –, sehnte er sich manchmal nach dem einfachen Leben vergangener Schultage zurück.

Der Nachteil seiner Rückkehr war, dass er mit dem Direktor über seine Abschlussprüfungen sprechen musste. Weil der Hofmarschall nämlich der Meinung war, dass es nicht reichte, gleichzeitig König UND Defender zu sein. Nein, nein, Alfie sollte außerdem auch noch wissen, dass $E = mc^2$ war, und dass das lateinische Wort für Löffel … Also gut, er hatte keine Ahnung. Darum tat Alfie so, als würde er aufmerksam zuhören, während der Direktor etwas von Stundenplänen und Nachhilfeunterricht laberte. Eigentlich war es ziemlich amüsant, wie viel freundlicher Mr Lang sich verhielt, seitdem er, na ja, König geworden war. Aber das nahm er alles gerne in Kauf, wenn er anschließend mit seinem Bruder sprechen konnte. Ganz egal, welchen Groll Richard noch hegen mochte, Alfie war sich sicher, dass er es wiedergutmachen konnte.

Nach einer halben Stunde (die ihm sehr viel länger vorkam) gelang Alfie die Flucht aus dem Büro des Direktors. *So, jetzt ist es Zeit, Richard zu suchen.* Da landete eine große, schweißnasse Hand auf seinem Arm.

»Hallo, Alfie!«

Alfie fuhr zurück und sah den lächelnden Besitzer der Hand an. Es war Sebastian Mortimer, das prügelnde Riesenbaby, der Kerl, der ihm vom ersten Tag an das Leben an der Harrow School zur Hölle gemacht hatte, der Schwachkopf, dem er irgendwann dann doch das Maul gestopft hatte, indem er ihn mit Hilfe seiner Defender-Fähigkeiten quer über einen der Tische im Speisesaal geschleudert hatte. Mortimer wollte doch nicht etwa schon wieder Streit anfangen, oder?

»Mortimer! Das ist ja … äh … hallo«, stieß Alfie hervor.

»Was machst du denn hier?«, erkundigte sich Mortimer und grinste dämlich über beide Backen.

»Hatte einen Termin bei Lang. Wegen Prüfungen. Also, war nett, dich zu sehen, Seb …« Alfie machte sich mit schnellen Schritten aus dem Staub, aber Mortimer lief neben ihm her wie ein treuherziger, riesiger Hundewelpe.

»Also, Alfie, was ich noch sagen wollte, es, äh, tut mir leid, dass ich dich früher so getrietzt hab.«

Alfie reagierte erstaunt. »Du? Willst dich entschuldigen? Bei mir?«

Entweder hatte Mortimer eine Art Gehirntransplantation bekommen, oder er war eines von diesen oberflächlichen Weicheiern, die gar nicht anders konnten, als sich jetzt, wo er König war, bei ihm einzuschleimen.

»Ich mein's ernst, Alfie. Mir ist mittlerweile klargeworden, wie falsch ich mich verhalten habe. Hier, schau mal.«

Mortimer zeigte Alfie seinen Jackettaufschlag. Daran war ein silbrig glänzendes Schild in Form des Schulwappens mit der Aufschrift »House Captain« befestigt. Alfie hatte das Gefühl, als müsste er seinem ehemaligen Todfeind ein paar aufmunternde Worte mitgeben, als Anerkennung für seine wundersame Verwandlung.

»Also dann, ähm, prima. Weiter so«, sagte Alfie und näherte sich mit schnellen Schritten der Unterkunft seines Bruders.

Als er sich noch einmal umdrehte, reckte Mortimer ihm fröhlich beide Daumen entgegen. *Wow*, dachte Alfie, *vielleicht können Menschen sich ja tatsächlich ändern.*

Ihm war klar, dass die Begegnung mit Richard ziemlich unangenehm werden konnte, aber trotzdem freute er sich. Immer zwei Stufen auf einmal nehmend stieg er die Treppe hinauf. Sie würden sich aussprechen, und dann würde es wieder so sein wie früher – sie würden sich über den neuesten Klatsch und Tratsch bei Hof austauschen, gemeinsam lachen, würden einfach wieder zwei Brüder sein. Alfie klopfte an Richards Zimmertür und wollte sie öffnen.

»Rich? Ich bin's …«

Es war abgeschlossen. *Merkwürdig*, dachte Alfie. Sein

Bruder schloss doch nie ab. Er machte die Tür ja kaum einmal zu. Alfie klopfte noch einmal an.

»Bist du da? Ich bin's, Alfie.«

Er drückte das Ohr an die Tür. Obwohl er keinen Laut hören konnte, wurde er das eigenartige Gefühl nicht los, dass da jemand im Zimmer war. Er sah sich um, ob er auch wirklich alleine im Flur stand, dann holte er den Ring der Herrschaft aus seiner Tasche und streifte ihn über seinen Finger. Den hatte Brian ihm heute Morgen im Palast in die Hand gedrückt, »nur für den Fall«, nicht ohne ihm einzuschärfen, dass er dem Hofmarschall nichts verraten durfte. Alfie hatte sich gewundert, dass Brian gegen die Regeln verstieß und ihm eines der königlichen Insignien anvertraute, obwohl er nicht als Defender im Einsatz war. Aber wenn er den Ring nun schon einmal dabeihatte, konnte er ihn auch benutzen. Er richtete den Ring – ein Kreuz aus roten Rubinen auf einem Bett aus blauen Saphiren – auf das Türschloss und machte die Augen zu. *Ich hoffe, es besteht aus britischem Stahl*, dachte er und konzentrierte sich, richtete all seine Gedanken auf den Ring und »befahl« dem Riegel, sich zurückzuschieben. Mit leisem Klicken schwang die Tür auf.

Alfie betrat das kleine, ordentlich aufgeräumte Zimmer. Ungewöhnlich ordentlich. Wo waren die Haufen schlammiger Rugbystiefel? Die überall herumliegenden Bücher? Sein Bruder war vielleicht überdurchschnittlich gut in allem, was er tat, aber kein vierzehnjähriger Junge war so ordentlich. Das Bett war völlig unberührt, als hät-

94

te er gar nicht darin geschlafen. Vielleicht hatte er gestern ein Auswärtsspiel gegen eine andere Schule gehabt? Nur das Fenster passte nicht ins Bild. Es stand sperrangelweit offen und schwang leise quietschend im Luftzug hin und her. Alfie warf einen Blick nach draußen. Auf der anderen Seite des Rasens war eine Klasse beim Kunstunterricht zu sehen. Natürlich, das war die Lösung. Es war ja noch keine Pause. Richard war bestimmt noch im Unterricht.

Doch das war er nicht.

***

Als Alfie vor seiner Tür angelangt war, war Richard tatsächlich in seinem Zimmer gewesen. Er hatte gehört, wie sein Bruder seinen Namen rief. Einerseits hätte er liebend gerne die Tür aufgemacht und mit ihm geredet, hätte so getan, als wäre alles normal, als würde er kein Doppelleben führen und an Alfies Sturz arbeiten. Doch die Rolle des guten, loyalen Bruders zu spielen war ihm in den vergangenen Wochen immer schwerer und schwerer gefallen. Jedes Lächeln, jedes Lachen, zu dem er sich gezwungen hatte, hatte einen bitteren Nachgeschmack hinterlassen. Darum war er Alfie, so gut es eben ging, aus dem Weg gegangen, hatte nicht mehr auf seine Anrufe und Nachrichten reagiert. Warum auch, wo Alfies Schicksal doch bereits besiegelt war? Richard würde ihn beiseitewischen, so wie er auch ihren Vater beiseitegewischt hatte. Aber noch war es nicht so weit. Das hatte Lock sehr deutlich gemacht. Ihr Plan erforderte, dass Alfie noch ein wenig länger im Amt blieb, nur so lange, bis sie alles für den entscheidenden Schlag vorbereitet hatten. Nachdem er also das Klopfen und anschließend Alfies Stimme gehört hatte, war Richard zum Fenster hinausgeklettert, hatte sich in den Schwarzen Drachen verwandelt und war auf das Dach des Wohnheims geflogen.

Jetzt kauerte der Schwarze Drache dort oben im Nebel wie ein riesengroßer Wasserspeier und starrte nach unten. Er konnte den Kopf seines Bruders erkennen, als dieser sich aus dem Fenster lehnte. Es wäre so einfach gewesen, ihn hier und jetzt zu überrumpeln, die Sache zu Ende zu bringen. Lock wäre zwar sauer gewesen, aber was spielte das für eine Rolle? Er war schließlich auch nicht bei der Krönungszeremonie gedemütigt worden. Er hatte nicht sein ganzes Leben im Schatten eines anderen verbringen müssen, ganz im Gegensatz zu Richard. Wenn er der Drache war, dann liefen seine Gedanken in anderen Bahnen, dann waren sie weniger menschlich, ohne jedes Mitgefühl. Der Drache war ein Raubtier, und genauso dachte er auch. Er spürte, wie seine Krallen sich vom Dach lösten, und ehe er sich's versah, breitete er die Schwingen aus und stürzte auf Alfie zu. Der Schwarze Drache riss das Maul auf. Feuer sammelte sich in seinem Rachen. Feuer, das seinen Bruder auslöschen und ihm die Rache verschaffen würde, nach der er sich so sehnte.

In diesem Augenblick wurde Alfie von hinten gepackt

und ins Zimmer zurückgezogen. Der Schwarze Drache
sah seinen Bruder verschwinden und kam im selben Augenblick zur Vernunft. Was dachte er sich eigentlich dabei? Wenn er Alfie jetzt auslöschte, dann machte er damit
ihren ganzen Plan zunichte. Er drehte ab und schwebte
wieder hinauf auf das schützende Dach, bevor ihn jemand
sehen konnte.

Für einen Moment glaubte Alfie, dass Mortimer ihn
wieder einmal im Schwitzkasten hatte. Doch dann sah er,
wer da bei ihm war.

»Tony! Wo kommst du denn her?«

Alfies Freund fiel ihm freudestrahlend um den Hals.

»Ich war bei Mrs Fry in Kunst und hab dich gesehen.
Also hab ich gesagt, dass mir schlecht ist, und bin rausge-
rannt, damit ich mich mit dir treffen kann.«

Tony hieß in Wirklichkeit Hong-Xian, aber nach seiner Ankunft in England hatte er sich, wie die meisten
chinesischen Jungen an der Schule, einen westlichen Namen zugelegt. Er war der einzige von Alfies ehemaligen
Mitschülern, den es anscheinend nie interessiert hatte,
dass Alfie ein Mitglied der königlichen Familie war. Alle
anderen waren immer entweder besonders gemein oder
übertrieben freundlich gewesen oder hatten gar nicht gewusst, was sie sagen sollten. Aber Tony schien Alfie einfach zu mögen, nur weil er Alfie war. Und er brachte ihn
jedes Mal zum Lachen, in der Regel, weil er sich in seiner
eigenen Welt bewegte und Sachen sagte wie:

»Gestern Abend hab ich hinter dem Naturwissenschaft-Gebäude eine tote Eule gefunden. Ich hab ihr eine Mütze aufgesetzt. Soll ich sie dir zeigen?«

»Na klar, auf jeden Fall«, erwiderte Alfie. »Hey, hast du meinen Bruder heute schon gesehen?«

»Richaramus?«, erwiderte Tony. Er fügte den Namen von anderen gerne irgendwelche Silben hinzu. Alfie hatte keine Ahnung, wieso. »Nein, dem gehe ich zurzeit lieber aus dem Weg. Seit er wieder da ist, ist er bloß muffig und schlechtgelaunt. Er ist doch nicht immer noch sauer auf dich, oder?«

»Kann sein. Ich weiß es nicht. Eigentlich wollte ich ihn besuchen«, erwiderte Alfie.

Er überlegte, ob er seinem Bruder eine Nachricht dalassen sollte, aber dann hätte er ihm erklären müssen, wie er die Tür aufbekommen hatte. Und außerdem zog Tony ihn am Ärmel mit nach draußen und redete dabei ununterbrochen auf ihn ein.

»Seit du weg bist ist es so langweilig hier, Alfie-beth. Bleibst du jetzt wieder hier?«

»Ich fürchte, nein, Tony. Ich habe jetzt schließlich eine ganze Menge zu tun.«

»Was soll's. Also, diese Eule. Ich glaube, ich taufe sie Hu-Hu-Hutablage. Oder Monsieur Midnight.«

Zwei Minuten später schlüpfte Richard in ein frisches Hemd und beobachtete von seinem Fenster aus, wie Alfie und Tony den Innenhof überquerten und dabei schallend lachten. *Er hat keine Ahnung, was auf ihn zukommt*, dachte Richard. *Nicht den Hauch einer Ahnung.*

8
Augen zu und durch

Die Zugbrücke über den Wallgraben bildete seit über siebenhundert Jahren den Haupteingang des Towers von London. Aber es war nicht der einzige Zu- und Ausgang der altertümlichen Festung. Hayley jedenfalls kam auf mindestens drei geheime Eingänge, von denen sie durch Brenda erfahren hatte. Yeoman Brenda Box war als allererste Frau in die Reihen der Beefeater aufgenommen worden, und es hatte eine ganze Weile gedauert, bis die älteren, spießigeren Yeomen sie akzeptiert hatten. Aber sie hatte den erforderlichen Militärdienst absolviert, und sie wusste sich zu wehren. Jedenfalls hatten die anderen schnell kapiert, dass sie sich mit sexistischen Bemerkungen zum Thema Frauen und ihrer Eignung für gewisse Jobs zurückhalten mussten, wenn sie nicht von Brenda einen kräftigen Tritt in den Hintern bekommen wollten. Ihre beiden erwachsenen Töchter waren ebenfalls zur Armee gegangen, und darum hatte sie nach Hayleys Ankunft in der Zitadelle ganz selbstverständlich die Rolle der Ersatzmutter übernommen. Normalerweise wollte Hayley sich von niemandem wie ein Kind behandeln lassen, aber bei Brenda war das etwas anderes. Sie vermisste die Gesellschaft ihrer Mum und ihrer Gran, und obwohl Alfie mittlerweile ihr bester Freund war, tat es manchmal doch gut, sich mit einer Frau zu unterhalten.

Von Brenda erfuhr Hayley von dem geheimen »Ausfalltor«. Das hörte sich harmlos an, aber in Wirklichkeit musste man einen kalten, feuchten, pechschwarzen Tunnel durchqueren, der von der Zitadelle unter dem Burggraben hindurch zu dem Tor nach draußen führte. Der Hofmarschall hatte zwar gesagt, dass Hayley selbstverständlich keine Gefangene war, aber er hatte gleichzeitig ebenso deutlich gemacht, dass überflüssige Ausflüge in die Außenwelt eine Gefahr für sie alle darstellten. Die Geheimdienstagenten, die schon vor der Krönungsfeier versucht hatten, sie festzunehmen, weil sie davon überzeugt waren, dass sie die wahre Identität des Defenders kannte, waren zweifellos immer noch auf der Suche nach ihr. Zum Glück war Brenda der Meinung, dass Hayley zumindest ab und zu die Gelegenheit haben sollte, ihre Gran zu besuchen. Sie musste nur vorsichtig sein.

»Die Zitadelle ist löchrig wie ein Schweizer Käse«, hatte Brenda gesagt. »Ich glaube nicht, dass es irgendjemanden gibt, der sämtliche geheimen Tunnels kennt.«

Mit zitternden Fingern schaltete Hayley die Taschenlampenfunktion an ihrem Smartphone ein und leuchtete in die feuchtkalte Düsternis. Auch, wenn sie es Brenda gegenüber niemals zugegeben hätte, aber dieser Tunnel jagte ihr mehr als nur einen Schauer über den Rücken. Die Steine schienen eine eklige Kälte zu verströmen, es fühlte sich so ähnlich an wie in der Tiefkühlabteilung im Supermarkt. Aber es war nicht nur die Kälte, die einem hier unter die Haut kroch, es waren auch die Geräusche. Das dumpfe Rattern einer U-Bahn in der Ferne, das den Tunnel erbeben ließ, das Tropfen eines alten Abflussrohrs oder der Nachhall einer fiependen Ratte. Wobei … mit Ungeziefer und undichten Rohren kam sie ja noch einigermaßen zurecht, solange sie nicht …

Rrrruuu-chuuuuuhhhh!

Ja, genau, solange sie nicht so was zu hören bekam. Ruckartig und mit klopfendem Herzen blieb Hayley stehen und leuchtete mit ihrer Handytaschenlampe in alle Richtungen, doch der Lichtstrahl schnitt nur einen schmalen Streifen in die Dunkelheit. War das gespenstische Heulen nun hinter ihr, vor ihr oder vielleicht sogar unter ihr erklungen? Schwer zu sagen. Natürlich wusste sie, dass es im Tower spukte. Nicht, dass sie selbst schon einmal ein Gespenst zu Gesicht bekommen hatte, aber die Beefeater, die schon länger dabei waren, sprachen mit einer solchen Selbstverständlichkeit darüber, dass auch sie mittlerweile keine Zweifel mehr hatte. Ob es sich nun um die »Graue Lady« handelte – den kopflosen Geist von Anne Boleyn, jener »treulosen« Ehefrau, die Henry VIII. geköpft hatte – oder die beiden weinenden kleinen Jungen – die »Tower-Prinzen«, die von ihrem eigenen Onkel ermordet worden waren – oder gar den Geist des Bären, der einst im Privatzoo des Tower gelebt hatte, eines war klar: Früher oder später würde

Hayley einem Gespenst über den Weg laufen. *Aber nicht heute Abend, bitte, bitte, nicht heute Abend!*, dachte sie.

Sie hastete durch den Tunnel, summte dabei so laut wie möglich eine fröhliche Melodie vor sich hin und versuchte, nicht daran zu denken, dass sie nach dem Besuch bei ihrer Gran denselben Weg wieder zurückgehen musste.

Durch eine Geheimtür im Merchant Navy Memorial, das genau gegenüber des Towers stand, gelangte sie nach draußen. Dankbar sog sie die heiße, abgasgeschwängerte Luft in ihre Lungen. Während sie darauf wartete, dass ihr Herzschlag sich wieder einigermaßen normalisierte, sah sie sich mit zusammengekniffenen Augen um. Es war alles so, wie Brenda gesagt hatte. Das Denkmal, das zum Andenken an die getöteten Fischer und Angehörigen der Handelsmarine aus den beiden Weltkriegen errichtet worden war, lag an der vielbefahrenen Tower Hill Road. Die wenigen Touristen, die hier ihre Schnappschüsse machen wollten, nahmen Hayley gar nicht wahr. Wer immer diesen geheimen Eingang konstruiert hatte, hatte ihn hervorragend versteckt. Falls sie von irgendjemandem beobachtet worden wäre, hätte es jedenfalls so ausgesehen, als sei sie nur hinter einer steinernen Säule hervorgekommen. Ein weiterer großer Vorteil dieses Ausfalltors war, dass es direkt neben einer Bushaltestelle ins Freie mündete.

Hayley bemühte sich, so gut sie konnte, sich wie ein ganz normaler, gelangweilter Teenager zu benehmen. Sie kauerte sich auf die Rückbank, hörte Musik und beobachtete insgeheim die anderen Fahrgäste. Keiner sah aus wie ein Geheimdienstagent, und der Eine in dem grauen Anzug, der ihr ein klein wenig Sorge bereitet hatte, stieg schon bald aus, ohne sie eines Blickes zu würdigen.

Du wirst von der Polizei gesucht, Hayley, sagte sie sich und lachte in sich hinein. *Wer hätte das gedacht?*

Aber wenigstens kannte Hayley ihre Gegenspieler. Sicher, Fulcher war eine wahre Bestie in Frauengestalt, aber sie sah aus, als würde sie sogar vergessen zu atmen, wenn man sie nicht in regelmäßigen Abständen daran erinnerte. Und Agent Turpin war unglaublich durchschaubar und keinesfalls so schlau, wie er aussah. Soweit Hayley es beurteilen konnte, hatten die beiden einen einzigen Plan, um sie zu fangen, nämlich das Altersheim zu beobachten, in dem ihre Gran wohnte, und sie abzupassen, wenn sie dort auftauchte. Aber heute würde Hayley sich dort gar nicht blicken lassen. Heute ging sie zum Bingo.

Max's Mega Bingo Hall war ein riesiger, knallbunter Kitschtempel, in dem es fettiges Essen und lärmende Geldspielautomaten gab – und natürlich das Wichtigste: Bingo. Es wurde in einem riesigen Saal gespielt, der mehrere hundert Teilnehmer fasste. Die Straße war vollgeparkt mit Minivans und Bussen aus den umliegenden Altersheimen, und es gelang Hayley, sich unbemerkt an dem gelangweilt dreinschauenden Aufpasser am Haupteingang vorbeizuschleichen. Sie schlenderte am hinteren Ende des Saals entlang, besorgte sich zwei Tassen Tee und suchte sich eine Stelle, wo sie die zahlreichen grauen Köpfe im Blick hatte, die sich eifrig über ihre Bingokarten beugten.

»Eins und drei, die Dreizehn!«, gähnte der Ansager in das Mikrophon, das er sich viel zu dicht vor den Mund hielt. »Vier und zwei, die Zweiundvierzig!«

Hayleys Herz machte einen Sprung – da war ja ihre Gran. Sie hatte ihr den Rücken zugewandt und kritzelte mit einem großen Bleistift auf ihrer Karte herum. Eine der Pflegerinnen im Heim hatte ihre Haare besonders hübsch zurechtgemacht, und das versetzte Hayley einen leichten Stich – eigentlich war das immer ihre Aufgabe gewesen, als sie noch zusammen weggegangen waren. Und dann war da noch etwas, was sie störte, auch wenn sie gar nicht genau sagen konnte, was. Außerdem war sie mit ihrer Geduld jetzt am Ende. Nachdem sie sich versichert hatte, dass alle im Saal in das Spiel vertieft waren, huschte sie zwischen den Tischen hindurch und setzte sich auf den freien Platz neben ihrer Gran.

»Zwei dicken Damen, achtundachtzig«, flüsterte sie ihrer Gran ins Ohr.

Gran hob den Blick und musterte sie mit gerunzelter Stirn. Sie war eindeutig verwirrt.

»Kennen wir uns?«, wollte sie wissen.

Tränen schossen Hayley in die Augen.

»Ich bin's doch, Gran.«

Mit einem Mal hellte sich das Gesicht der alten Dame auf.

»Hayley!«, strahlte Gran, umarmte sie herzlich und küsste sie auf die Wangen. »Was machst du denn hier, Kind? Arbeitest du jetzt hier?«

»Nein, Gran. Ich wollte bloß mal nachsehen, ob du nicht heimlich betrügst.« Sie lachte erleichtert.

Während die Stimme des Ansagers die nächsten Zahlen verkündete, machte Hayleys Gran ihre Kreuzchen und erzählte dabei ununterbrochen, was sie in letzter Zeit alles erlebt hatte. Jackie von gegenüber borgte sich ständig Grans Wasserkocher aus und vergaß, ihn zurückzubringen. Gestern Abend hatten sie alle zusammen einen Film gesehen. Oder war das letzte Woche gewesen? Jedenfalls war der Ton zu leise gewesen. Freitags gab es immer Fish and Chips, und es war das Beste, was Gran je gegessen hatte.

»Also, das klingt ja großartig. Und du siehst toll aus«, sagte Hayley und musterte sie von oben bis unten. Es war nicht gelogen. Es sah fast so aus, als hätte sie sogar ein wenig zugenommen. »Vielleicht solltest du ab und zu mal auf die Fish and Chips verzichten, oder?«

»Mein Kind, wenn du mal so alt bist wie ich, dann kannst du essen und trinken, was dir Spaß macht.« Gran lachte und Hayley stimmte fröhlich mit ein.

Es war wie früher, als würden sie immer noch gemeinsam in ihrer Wohnung wohnen. Gran tupfte sich mit dem Ärmel die Augen trocken, und in diesem Augenblick fiel es Hayley wie Schuppen von den Augen. Jetzt wusste sie wieder, was sie die ganze Zeit gestört hatte. Gran trug dieses orangefarbene, sackartige Kleid, das sie eigentlich schon seit Ewigkeiten wegwerfen wollte.

»Ich dachte, du findest dieses Ding scheußlich?« Hayley lachte. »Du hast gesagt, darin siehst du aus wie ein Kürbis.«

»Red keinen Unsinn, Lawrence. Das hast du mir doch erst gestern geschenkt«, knurrte Gran sie an.

»Gran, ich bin's doch«, sagte Hayley, während sie einen Stich in der Magengegend spürte. Lawrence war Grans Mann gewesen, aber der war schon vor zwanzig Jahren gestorben.

»Lawrence, sei still jetzt!«, erwiderte Gran lächelnd. Doch in ihren Augen lag kein Erkennen, keine Klarheit mehr. Sie waren wässrig und trüb geworden. »Momentchen, Momentchen, was seh ich denn da? Ich glaub, ich hab Bingo! BINGO!«

Ein paar aufgeregte Rufe schallten durch den Saal, als Gran die Hand hob. Hayley warf einen Blick auf ihre Karte, und das Herz wurde ihr schwer. Es sah aus, als hätte ein Kleinkind kreuz und quer darauf herumgekritzelt. Während ihrer Unterhaltung hatte ihre Gran nicht mehr richtig aufgepasst. Ein Angestellter mit strähnigen Haaren und einem fleckigen Mega-Bingo-Poloshirt kam näher, nahm Gran die Karte ab, warf einen flüchtigen Blick darauf und gab ihr eine neue.

»Ja, ja, gut gemacht, Schätzchen. Jetzt kannst du dir endlich die Yacht leisten, von der du schon immer geträumt hast«, sagte er und grinste Hayley verschwörerisch an.

Es kostete sie jedes verfügbare Körnchen Selbstbeherrschung, um nicht aufzuspringen und ihm die Fresse zu polieren.

Gran war jetzt völlig in die Vergangenheit eingetaucht und brabbelte über Urlaube, die Jahre her waren, über Haustiere, die sie früher mal gehabt hatte, und ihren Job als U-Bahn-Fahrerin. Nach einer Weile hatte Hayley nicht mehr genug Energie, um sie ständig zu verbessern. *Ich war zu lange weg*, dachte sie. *Ich hätte für sie da sein müssen, anstatt mich in irgendeinem mittelalterlichen Schloss zu verkriechen. Und jetzt ist meine Gran nicht mehr da.* Sie wischte sich die Augen trocken und sah eine Gestalt im Anzug direkt auf sich zukommen.

»Wie reizend, Sie wiederzusehen, Miss Hicks.« Agent Turpin lächelte und entblößte dabei seine spitzen Zähne.

Hayley sprang auf, wich zurück – und landete genau in den fleischigen Armen von Agentin Fulcher.

»Wo willst du denn hin?«

»Lassen Sie mich los!«

Hayley ließ sich fallen, schlang das Bein um Fulchers Knie und brachte sie aus dem Gleichgewicht, so dass sie loslassen musste. Sie musste sich nachher unbedingt bei Brenda bedanken. Der Nachhilfeunterricht in Selbstverteidigung machte sich offensichtlich bezahlt. Hayley sprang auf einen Stuhl und lief über die Tische, so dass Bingokarten zu allen Seiten wegflogen, Bleistifte brachen und Teetassen umkippten. Alle schrien sie an, aber sie lief immer weiter, bis sich vor dem Ausgang, den sie angepeilt hatte, plötzlich ein Wachmann aufbaute. Sie änderte die Richtung und steuerte die Bühne an. Vielleicht gab es ja dort irgendwo einen Notausgang oder …

»Ruhe bitte! Bitte bewahren Sie Ruhe!« Der Ansager hörte sich alles andere als ruhig an.

Hayley schubste ihn beiseite und schnappte sich das Mikrophon.

»Hallo zusammen. Darf ich kurz um Ihre Aufmerksamkeit bitten?«

Turpin und Fulcher kamen durch den Mittelgang auf sie zu.

»Leg das sofort weg, Hayley, und komm her. Aber sofort!«, befahl Turpin. Er hörte sich an wie einer ihrer ehemaligen Lehrer.

»Also, die beiden Regierungsbeamten da haben etwas ganz, ganz Schlimmes vor«, sagte Hayley, ohne auf ihn zu achten. Die alten Leutchen sahen sie neugierig an. »Sie wollen nämlich die Bingohalle schließen. Für immer! NIE WIEDER BINGO!«

Ein Aufschrei. Eine niedliche alte Dame mit Kopftuch ließ Turpin über ihren Gehstock stolpern. Er landete bäuchlings auf dem Fußboden. Fulcher wollte Hayley so schnell wie möglich in die Finger bekommen und trampelte über ihn hinweg. Doch der Mittelgang war jetzt voller empörter Rentnerinnen, die die beiden Agenten umzingelten, mit Handtaschen nach ihnen schlugen und mit Bleistiften auf sie einstachen.

Hayley ließ das Mikrophon fallen, rannte zum hinteren Ende der Bühne und stürmte durch einen Notausgang in eine schmale Gasse. Sie rannte und rannte immer weiter, bis sie die ganzen acht Kilometer zum Tower zurückgelegt hatte. Erst, als sie wieder in der eiskalten Dunkelheit des geheimen Tunnels stand, entspannte sie sich. Sie war in Sicherheit. Dafür spürte sie jetzt wieder diese Traurigkeit, die ihr Magenkrämpfe verursachte. Es war ja vorher schon schwierig gewesen, ihre Gran zu besuchen, aber jetzt war es völlig unmöglich geworden. Andererseits, wenn Gran sie sowieso nicht erkannte, was machte es schon? Doch allein dieser Gedanke verursachte ihr ein schlechtes Gewissen. Und obwohl ihr klar war, dass sie neue Freunde gefunden hatte, Alfie und Brenda zum Beispiel – hatte sie sich noch nie so einsam gefühlt wie jetzt in diesem Augenblick.

Da ertönten vor ihr im Tunnel Schritte. *Ernsthaft? Ausgerechnet jetzt kriege ich mein erstes Gespenst zu sehen? Wo ich gerade ein bisschen weinen will?* Sie drückte sich in eine Nische und schaltete ihre Handytaschenlampe aus. Wenn sie so tat, als wäre sie gar nicht da, vielleicht ließ der Geist sie ja dann in Ruhe. Die Schritte kamen näher, und dann ertönte ein dumpfes Husten. Hayley fragte sich, ob Gespenster sich auch erkälten konnten, und wagte einen Blick nach draußen. Da sah sie Brian auf den Ausgang am Tower Hill zueilen. Wieso wollte Brian ihren geheimen Ausgang benützen? Hayley fiel kein Grund ein, aber im Moment war ihr das auch ziemlich egal. Sie war froh, dass er keine kopflose Erscheinung war. Also riss sie sich zusammen und eilte zurück in die sichere Umgebung der Zitadelle.

* * *

Turpin saß in einem Auto vor der Bingohalle, betrachtete sich im Rückspiegel und versuchte, sich Fulchers Schuhabdruck aus dem Gesicht zu wischen.

»Sehe ich vielleicht aus wie eine Fußmatte?«, zischte er seine Kollegin an.

»Kann schon sein«, erwiderte Fulcher und unterdrückte ein Lachen. »Aber was soll's. Dann schnappen wir uns den kleinen Satansbraten eben beim nächsten Mal.«

»Es wird kein nächstes Mal geben, du Dumpfbacke«, fauchte Turpin sie an. »Jetzt weiß sie ja, dass wir hinter ihr her sind. Ach, egal, vergessen wir das Mädchen. Schnappen wir uns lieber gleich den dicken Fisch.«

»Was, den Defender? Das ist aber ziemlich unwahrscheinlich, Kleiner«, erwiderte Fulcher. »Und selbst, wenn wir ihn finden würden, wie willst du ihn dann fangen? Er hat schließlich Superkräfte, oder hast du das vergessen?«

»Ja, ja, ich weiß, danke vielmals. Wie wär's, wenn wir so langsam mal was von dem vielen Geld verbraten, das die ehrenwerte Frau Premierministerin uns zur Verfügung gestellt hat? Damit müsste sich doch was besorgen lassen, womit man einen Superhelden einfangen kann …«

9
Das alte York

»Das macht mir richtig Angst«, sagte Alfie und blickte durch die Vorhänge nach draußen auf die vorbeihuschenden Felder.

»Was denn?«, wollte Hayley wissen, die ihm mit mürrischem Gesicht gegenübersaß.

»Ich habe noch nie erlebt, dass die britische Eisenbahn pünktlich ist.«

Hayley lächelte müde über Alfies abgedroschenen Witz, aber das reichte ihm schon. Den ganzen Vormittag bemühte er sich bereits, sie aufzuheitern, ohne auch nur den Hauch eines Kicherns zu ernten. Alfie spürte, dass sie wegen ihrer Gran niedergeschlagen war, aber er wusste auch, dass es keinen Sinn hatte, sie irgendwie unter Druck zu setzen. Sie würde erst darüber reden, wenn sie dazu bereit war. Brian beugte sich nach vorne und zog die Vorhänge zu, so dass sie nichts mehr sehen konnten.

»Tut mir leid, aber die Besichtigung ist beendet. Du bist ja schließlich gar nicht hier, Hayley, weißt du noch?«

Sie befanden sich an Bord des königlichen Zuges, der ausschließlich dazu diente, die Angehörigen der königlichen Familie in die abgelegeneren Teile ihres Königreichs zu befördern. Die schicke, bordeauxrote Lokomotive mit dem Namen »King's Messenger« zog sechs luxuriös ausgestattete Waggons Richtung Norden. Es gab ein Wohnzimmer mit samtbezogenen Sofas und zwei Flachbildfernsehern, ein Badezimmer mit einer Badewanne und goldenen Wasserhähnen sowie einen großen Speisesaal, wo man ihnen bereits ein frisch zubereitetes Frühstück serviert hatte. An der Wand hingen mehrere Gemälde mit Jagdszenen, die der verstorbene König Henry persönlich ausgewählt hatte. Die Waggons waren so prachtvoll ausgestattet, dass man sich fast vorkam wie in einem Fünf-Sterne-Hotel. Ja, durch die besonders ausgeklügelte Federung konnte man sogar beinahe vergessen, dass man sich überhaupt vom Fleck bewegte.

Aber Alfie war trotzdem nervös. Diese Fahrt nach York war die Idee des Hofmarschalls gewesen.

»Wir dürfen uns nicht einfach zurücklehnen und abwarten, bis diese Wikinger-Räuberbande erneut zuschlägt!«, hatte der HM vorhin gesagt, als er tief in Gedanken versunken auf den Kartentisch in der Zitadelle gestarrt hatte. »Wir müssen sie in die Schlacht zwingen.«

Aus dem ganzen Land hatten die königlichen Schutzvögte Hinweise auf übersinnliche Aktivitäten gemeldet, aber eine Spur war besonders interessant: Der Schutzvogt in York hatte einen schwachen Ausschlag seines Messgeräts am Ufer des Humber festgestellt, jener trichterförmigen Flussmündung, wo Ouse und Trent sich vereint in die Nordsee ergossen. Gut möglich, dass Guthrums

Langschiff auf seiner Fahrt von Lindisfarne nach Süden einfach nur dort vorbeigekommen war. Oder aber die Wikinger waren irgendwo in der Gegend an Land gegangen und hielten sich jetzt dort versteckt.

»Die Stadt York wurde von Wikingern gegründet. Sie diente ihnen vor vielen hundert Jahren als Basis für die Invasion gegen Alfred den Großen«, sagte der HM.

Alfie hatte sich mittlerweile an die Geschichten aus der glorreichen Regierungszeit seines Namensvetters gewöhnt – des ersten und größten Monarchen, den Großbritannien je gehabt hatte. Er selbst hatte sich vorgenommen, irgendwo unter den ersten vierzig zu landen.

»Falls wir aus dem Raubzug auf Lindisfarne überhaupt irgendwelche Rückschlüsse ziehen können«, fuhr der HM fort, »dann den, dass diese untoten Ungeheuer über ein gutes Gedächtnis verfügen. Daher liegt die Annahme nahe, dass es sie in vertraute Gegenden zieht. Und ob wir nun in York oder sonst irgendwo mit der Wikingerjagd beginnen, spielt keine große Rolle.«

Vielleicht konnten sie diese Zombiehorde ja im Rahmen eines königlichen Besuchs in der Stadt aufscheuchen. Alfie würde einen neuen Teil des Jorvik Viking Centre einweihen. Dieses archäologische Erlebnismuseum lockte scharenweise Touristen an, die erfahren wollten, wie das Leben in einer Wikingersiedlung vor tausend Jahren ausgesehen hatte. Alfie hatte dem HM ausnahmsweise zu seinem Sinn für Humor gratuliert, auch wenn dieser darauf beharrt hatte, dass der Zeitpunkt der Eröffnung reiner Zufall war. Während Alfie also seine königlichen Pflichten wahrnahm, sollte Hayley mit einem tragbaren Prognoskop durch die Stadt schlendern und versuchen, übersinnliche Schwingungen einzufangen. Zunächst war der Hofmarschall dagegen gewesen, dass sie überhaupt mitkam. Wozu das Risiko eingehen, dass sie von den Behörden geschnappt wurde? Doch als Alfie gemerkt hatte, wie deprimiert Hayley deswegen war, hatte er darauf bestanden, sie mitzunehmen. Ein Tapetenwechsel würde ihr guttun.

Premierministerin Thorn hatte sich telefonisch gemeldet und ihre Freude darüber zum Ausdruck gebracht, dass der junge König sich ihren Vorschlag zu Herzen genommen hatte und seine Untertanen besuchen wollte. Obwohl sie in dem Moment, als der Hörer wieder auf der Gabel lag, zu einem ihrer Berater gesagt hatte: »Dann sieht er wenigstens mal, wie es ist, wenn man sich seinen Lebensunterhalt mit Arbeit verdienen muss.«

Als sie im Zug saßen, klappte Brian den langgestreckten Lederkoffer zu seinen Füßen auf und überprüfte den Inhalt. Eingebettet in das Seidenfutter des Koffers lagen die Schleiertunika sowie diverse andere königliche Insignien – das Große Staatsschwert, die Zepter und die Sporen. Den Ring der Herrschaft trug Alfie bereits am Finger.

»Und vergiss nicht, Chef, wenn wir ankommen, läuft alles ganz normal. Du schüttelst ein paar Hände, machst ein bisschen Smalltalk. Aber sollte sich in Bezug auf die

Wikinger irgendwas ergeben, dann haben wir alles hier, was wir brauchen.«

Zufrieden klappte Brian den Koffer wieder zu und übergab ihn zwei Yeoman Warders. Sie trugen schwarze Anzüge, die ihnen eine Nummer zu klein zu sein schienen.

»Oh, und wenn es nicht zu viele Umstände macht«, fuhr Brian fort, »dann versuch wenigstens so auszusehen, als würde es dir Spaß machen.«

Alfie seufzte. »Ich werde mich bemühen.«

Als der Zug im Bahnhof von York einlief, beugte Hayley sich nach vorne, rückte Alfies Krawatte gerade und boxte ihn auf den Arm. »Viel Glück. Und mach nicht zu viel Blödsinn.«

»Danke. Ebenfalls.« Alfie lachte und imitierte Brians raue Stimme: »Vergiss nicht, du bist gar nicht hier.«

Und zum ersten Mal an diesem Tag zeigte sich ein aufrichtiges Lächeln auf Hayleys Gesicht.

Zahlreiche Würdenträger bildeten das Empfangskomitee auf dem Bahnsteig. Alfie arbeitete sich die ganze Reihe entlang und hatte für jeden ein paar höfliche Worte parat. Die rötliche Hummerfärbung auf den Glatzen einiger Offizieller deutete darauf hin, dass sie schon eine ganze Weile gewartet hatten. Es kam ihm immer noch merkwürdig vor, dass es Menschen gab, die ihn persönlich kennenlernen wollten. Was erwarteten sie denn von ihm? Er war doch bloß ein vierzehnjähriger Junge. Doch dann fiel ihm ein, was der HM zu diesem Thema gesagt hatte: »Sie kommen nicht, um Euch zu sehen, Majestät.

Sondern wegen der Krone.« Und, nein, das sollte nicht heißen, dass Alfie ständig die Krone tragen musste (was eine große Erleichterung war, weil diese Dinger nämlich verdammt schwer sind). Es bedeutete vielmehr, dass Alfie als Person weniger wichtig war als die Institution der Monarchie, das, was er repräsentierte. Alfie war sich nicht sicher, ob das nun ein Kompliment war oder nicht, aber es half ihm zumindest zu verstehen, wieso diese Leute, die viermal so alt waren wie er, unbedingt einen Blick auf ihn werfen wollten.

Hayley hatte in der Zwischenzeit ihre Kapuze abgestreift und war unbemerkt aus dem letzten Waggon gehüpft. Sie huschte am Bahnhofseingang vorbei und sprang in einen wartenden Bus. Die Türen klappten zischend zu, und der Bus setzte sich in Bewegung, blieb aber ruckartig wieder stehen, als zwei Polizeimotorräder ihm den Weg versperrten. Hayley schlug das Herz bis zum Hals. War sie etwa jetzt schon entdeckt worden? Doch dann verließ eine Kolonne mit lauter schwarzen Autos den Bahnhofsparkplatz, und die Polizeimotorräder schlossen sich an. Sie hatten nur gewartet, bis der königliche Besuch abgefahren war. Die alte Frau neben Hayley schnalzte tadelnd mit der Zunge.

»Was soll das eigentlich? Wieso müssen wir wegen diesen Typen warten? Was tut der Kleine denn für uns? Gar nichts!«, knurrte sie in einem breiten Yorkshire-Akzent vor sich hin.

Hayley musste grinsen – damit würde sie Alfie nachher

aufziehen. Der Bus fuhr weiter und brachte sie über eine Brücke mitten in die Altstadt von York mit ihren vielen Fachwerkhäusern. Während sie an der mittelalterlichen Stadtmauer vorbeifuhren, die immer noch einen Großteil des Stadtzentrums umschloss, konnte Hayley die wunderschönen Türme der Kathedrale erkennen. Wenige Minuten später stieg sie aus und warf einen Blick auf ihre Armbanduhr. Ihre Anweisungen lauteten folgendermaßen: Erkundungsmission durchführen und in genau zwei Stunden wieder im Zug zu sein. Anderenfalls bestand die Gefahr, dass sie zurückgelassen wurde. Das wäre zwar auch keine große Katastrophe gewesen, aber da ihr heute zum ersten Mal ein Soloauftrag anvertraut worden war, wollte sie allen zeigen, dass man sich auf sie verlassen konnte.

Hayley blickte sich um, und als sie sicher war, dass sie nicht beobachtet wurde, tastete sie in der Tasche ihres Kapuzenpullovers nach dem kleinen Messingkästchen. Brian hatte ihr das tragbare Prognoskop im Zug gegeben und sie gebeten, den Umgang damit ein bisschen zu üben, damit sie es blind bedienen konnte. Schließlich sollten die anderen Passanten es nicht zu sehen bekommen. Es war sehr viel leichter und kompakter als die Geräte der Schutzvögte. Brian hatte ihr gezeigt, wie sie die Schachtel aufklappen und den empfindlichen Messdraht freilegen konnte.

»Das Innere ist sehr empfindlich«, hatte er gesagt. »Ein Grund mehr, es immer in der Tasche zu tragen.«

»Wie funktioniert das eigentlich?«, hatte Hayley sich erkundigt.

Brian hatte nur mit den Schultern gezuckt. »Wenn ich das wüsste, müssten sie mich sehr viel besser bezahlen. Irgend so ein uralter Hokuspokus, nehme ich an.«

»Sehr hilfreich. Vielen Dank.«

Brian hatte eine Grimasse geschnitten und erwidert: »Der Alarm ist stummgeschaltet, aber sobald es Signale für übersinnliche Aktivitäten empfängt, fängt es wie wild an zu vibrieren. Allerdings ist die Reichweite bei diesen mobilen Geräten sehr gering. Du musst also ziemlich dicht rangehen, bevor es überhaupt anschlägt. Am besten hältst du immer die Augen offen.«

Zum Schluss hatte der königliche Leibwächter ihr noch gesagt, dass sie sich vor allem auf die ältesten Teile der Stadt konzentrieren solle. Der Hofmarschall war der Meinung, dass Guthrum und seine untoten Männer sich in vertrauter Umgebung am wohlsten fühlten, und das hieß: je älter, desto besser. Nach einem Blick auf die Kopfsteinpflasterstraßen, die sich zu allen Seiten erstreckten, dachte Hayley, dass das nicht so schwer sein konnte. Noch nie hatte sie so viele alte Häuser auf einem Haufen gesehen. Sie klappte das Kästchen in ihrer Tasche auf und war sorgfältig darauf bedacht, den Messdraht nicht zu berühren. Das Prognoskop machte sich an die Arbeit, und sie spürte, wie das Messing unter ihren Fingern ein klein wenig wärmer wurde.

Eine Fremdenführerin in einer leuchtend gelben Jacke

drängte sich, dicht gefolgt von einer mit zahlreichen Kameras bewaffneten Touristenschar, an Hayley vorbei. Sie reckte einen zusammengeklappten Regenschirm in die Luft. Am Fuß der Treppe, die auf die alte Stadtmauer hinaufführte, blieb sie stehen und begann mit schriller Stimme ihren Vortrag.

»Die sogenannte Römermauer, die York umgibt, wurde in Wirklichkeit von den Dänen errichtet. Sie haben die Stadt im Jahr 867 eingenommen. Die wilden Wikinger hatten also durchaus auch ihre guten Seiten.«

Die Fremdenführerin lachte über ihren eigenen Witz. *Ich wette, das würde sie nicht sagen, wenn sie mal einen in echt getroffen hätte*, dachte Hayley und schloss sich der Gruppe an, die jetzt auf der Mauerkrone entlangging. Ihr war klar, dass sie wahrscheinlich gar nichts finden würde, doch es tat ihr gut, mal rauszukommen. Das war ihre erste richtige Monsterjagd, und sie freute sich darauf.

* * *

Alfie hatte in der Zwischenzeit nicht halb so viel Spaß. Auge in Auge stand er einem hässlichen, wutschnaubenden Wikinger gegenüber. Zum Glück war es nur eine Wachsfigur im nachgebauten Wikingerdorf des Jorvik Centre. Die Führung wurde von der quirligen Museumsdirektorin persönlich abgehalten. Sie hatte ihren schönsten, lilafarbenen Kaschmirschal umgelegt und leuchtend roten Lippenstift aufgelegt, der leider überhaupt nicht dazu passte. Jetzt standen sie vor einer Szene beim Schmied, wo der Wachswikinger darauf wartete, dass seine Axt geschliffen wurde. Die Direktorin hatte Alfie soeben ausführlich geschildert, dass jedes Stück der Ausstellung das Ergebnis intensiver Recherchen eines Archäologen-Teams war. Jetzt starrte sie ihn mit einem fast übertriebenen Lächeln an. Brian zog eine Augenbraue in die Höhe. Anscheinend wurde von Alfie auf die Schnelle eine intelligente Erwiderung erwartet. Er zermarterte sich das Gehirn, aber bei dem durchdringenden Gestank hier in diesem fensterlosen Raum war schwierig einen klaren Gedanken zu fassen.

»Und wo sind seine Hörner?«, brachte er schließlich hervor. »Sie wissen schon, die am Helm. Werden die auch gerade geschliffen?«

Die Museumsdirektorin verzog kaum wahrnehmbar das Gesicht.

»Nun, um ehrlich zu sein, die Wikinger hatten in Wirklichkeit gar keine Hörner an den Helmen, Majestät. Nur im … äh … im Film.«

Brian kicherte los und fing dann an zu husten, um sich nichts anmerken zu lassen. Alfie hätte sich in den Hintern treten können. Er hätte wissen müssen, dass Wikinger keine Hörner an den Helmen hatten, schließlich hatte er erst kürzlich einer ganzen Horde gegenübergestanden. Sie setzten ihren Weg durch das Museumsdorf fort, begegneten Schauspielern, die als Bauern verkleidet waren und sich, so gut sie konnten, auf ihre mittelalterlichen

Aufgaben konzentrierten und so taten, als hätten sie den königlichen Besucher nicht bemerkt.

»Wir bemühen uns, unseren Besuchern einen möglichst realistischen Eindruck vom Leben unter der Herrschaft der Wikinger zu geben«, fuhr die Museumsdirektorin fort. »Und dazu gehört auch der authentische Geruch.«

»Ach so, das ist Absicht?«, sagte Alfie. »Ich dachte schon, Sie hätten Probleme mit den Klos.« Unsicheres Gelächter plätscherte durch die Gruppe. »Obwohl, wenn Sie mich fragen, dann riechen echte Wikinger noch ein bisschen fischiger ... also ... könnte ich mir zumindest vorstellen. Wahrscheinlich. Woher soll ich das wissen, stimmt's?« Alfie spürte, wie er knallrot anlief.

»Ja, nun ja ... Wir fühlen uns sehr geehrt durch Euren Besuch, Euer Majestät«, stammelte die Museumsdirektorin. »Besonders nach den schrecklichen Überschwemmungen im letzten Jahr.«

»Na ja, denen da hat es wahrscheinlich nichts ausgemacht«, lachte Alfie und nickte zwei Schauspielern zu, die als Wikinger verkleidet waren. »Die fühlen sich im Wasser bestimmt pudelwohl, stimmt's?«

Die Museumsdirektorin machte ein betrübtes Gesicht. »Die Schäden waren fürchterlich. Wir mussten ein halbes Jahr lang schließen.«

Alfie schluckte trocken und warf Brian einen hilfesuchenden Blick zu.

✳✳✳

Mittlerweile steckte auch Hayley in Schwierigkeiten.

»He. Du gehörst doch gar nicht zu meiner Gruppe!«, rief die Fremdenführerin und drängelte sich durch die verdutzte Touristengruppe auf das Mädchen mit dem verschlagenen Gesichtsausdruck zu, das da am hinteren Ende herumlungerte. Hayley legte die Finger fest um das Prognoskop in ihrer Tasche und nahm die nächste Treppe, die von der hohen Mauerkrone wieder nach unten führte.

»'tschuldigung«, rief sie. »Aber tolle Führung.«

Hayley blieb erst wieder stehen, nachdem sie durch einen niedrigen Torbogen gerannt war. Sie blickte sich um und fand sich in einer schmalen Kopfsteinpflasterstraße wieder. Auf einer Plakette an der Wand eines altertümlichen Fleischerladens las sie, dass das hier The Shambles war, eine Straße, die sogar schon im Domesday Book aus dem Jahr 1086 erwähnt wurde. Die vielen Fachwerkhäuser und die überhängenden Dachbalken vermittelten jedenfalls den Eindruck, als hätte sich seit dem Mittelalter hier nicht viel verändert. Das einzige Moderne waren die unzähligen Touristen aus allen Teilen der Welt, die über das unebene Kopfsteinpflaster stolperten. Am Ende der kleinen Straße angelangt konnte Hayley den königlichen Autokonvoi vor dem Jorvik Centre erkennen. Sie fragte sich, wie Alfie wohl zurechtkam. Eigentlich wäre es doch schön gewesen, wenn sie auf der Heimfahrt mehr zu berichten gehabt hätte als nur von einem Zusammenprall mit einer empörten Stadtführerin.

Bzzzz.

Hayley blieb stehen. *War das ihr Handy? Oder –* *BZZZZ!* Sie steckte beide Hände in die Tasche ihres Pullis und legte sie um das Prognoskop. Es rührte sich nicht, aber sie war sich sicher, dass es gerade eben vibriert hatte. Sie blickte sich um und suchte nach der Ursache. Wieder spürte sie ein sachtes Zucken, kaum wahrnehmbar, und erneut verharrte sie regungslos. Erst jetzt bemerkte sie den dunklen, schmalen Durchgang zwischen zwei Geschäften. Sie machte einen Schritt darauf zu und das Prognoskop vibrierte erneut ganz leicht. Hayley holte einmal tief Luft und zwängte sich in die Gasse zwischen den beiden Häusern. Sie war so schmal, dass kaum Tageslicht hereinfiel und sie sich seitlich vorwärtsbewegen musste, so dass sie mit dem Rücken an der einen Hauswand entlangschubberte, während sie das Kästchen in ihrer Tasche mit beiden Händen festhielt. Wie sie erleichtert feststellte, führte der Durchgang in einen kleinen Innenhof voller alter Holzkisten und löcheriger Müllsäcke. Das Prognoskop hatte sich nicht wieder gerührt. Es musste falscher Alarm gewesen sein, vielleicht ein winziger Überrest übernatürlicher Energie, der in den Mauern der Altstadt hängengeblieben war.

Enttäuscht klappte sie das Kästchen zu und wandte sich zum Gehen, da stand urplötzlich, wie aus dem Nichts, ein riesenhafter Mann vor ihr! Hayley registrierte gerade noch den verfilzten Bart, die pelzbesetzte Rüstung und das breite Schwert in seiner Hand, da übernahm auch schon ihr Instinkt das Kommando. Sie stellte ein Bein

vor den Fuß des Wikingers, packte ihn an seiner Schwert-
hand und schleuderte ihn dann mit einem kräftigen Ruck
zu Boden. Der wütende Schmerzensschrei des Wilden
ging im Gebrüll zweier weiterer Filzköpfe unter, die
jetzt aus einer dunklen Ecke auf sie zugestürmt kamen.
Hayley griff nach einem Brett, das aus einer Kiste in ihrer Nähe herausgebrochen war, und rammte es mit voller
Wucht gegen die Schienbeine des ersten Angreifers, so
dass er mit Schwung von den Beinen gerissen wurde. Der
letzte Wilde packte sie jetzt am Ärmel, doch sie schlüpfte
blitzschnell aus ihrem Pullover und verpasste ihm einen
Handkantenschlag an den Hals, so dass er neben seinen
Kumpanen landete. Mit rasendem Puls wirbelte Hayley
herum. Waren da noch mehr von der Sorte? Nein, anscheinend nicht. Sie war mächtig stolz auf sich – das
würde ihnen eine Lehre sein. Die würden sich garantiert
nicht noch einmal mit Hayley Hicks, Hüterin der königlichen Pfeile, anlegen.

»Ich glaub, sie hat mir die Nase gebrochen, Stanley!
Das tut schweinemäßig weh!«, brüllte eine der Gestalten
jetzt und wälzte sich auf dem Boden.

Der Zweite hielt sich die Schienbeine und weinte, während der Dritte völlig entsetzt auf die Einzelteile des zer-
brochenen Handys in seiner Hand starrte.

Hayley wusste nicht viel über Wikinger, aber sie war
sich ziemlich sicher, dass es keine Heulsusen waren. Außerdem hatten sie bestimmt keine Handys, und ob »Stanley« wirklich ein geläufiger Wikingername war? Sie hatte

da ernsthafte Zweifel. Langsam kam sie wieder zu Atem und sah sich den Innenhof ein wenig genauer an. In der Ecke, wo die »Angreifer« gehockt hatten, lagen Tupperdosen, Schinkensandwiches sowie Käse-Zwiebel-Chips auf dem Boden verstreut. Sie richtete den Blick wieder auf die Männer, die auf einem Haufen zu ihren Füßen lagen, und stellte fest, dass ihre »Rüstungen« nachgemacht und ihre Schwerter aus Holz waren.

»Wer seid ihr denn?«, fragte sie die drei, aber sie befürchtete, dass sie die Antwort bereits kannte.

»Wir sind Schauspieler!«, brüllte einer der beiden, die nicht Stanley hießen. »Wir arbeiten im Jorvik Centre! Was hast du denn gedacht, was wir sind? Wikinger?«

10
Teufelshunde

Zweihundert Kilometer weiter südlich, in einer anderen Stadt mit mittelalterlichen Kirchturmspitzen, prasselte der Regen aus mächtigen, faulig stinkenden, lilaschwarzen Wolken hervor, die sich mit beängstigender Geschwindigkeit zusammengebraut hatten. Wie York war auch Cambridge vor Hunderten von Jahren ein bedeutender Handelsposten der Wikinger gewesen. Wie York war es bei Touristen beliebt, die in Scharen zusammenströmten, um sich die uralten Gebäude der weltberühmten Universität anzusehen. Aber im Gegensatz zu York würde Cambridge in Kürze zum Ziel eines Angriffs werden.

Studenten stellten hastig ihre Fahrräder vor den College- und Bibliotheksgebäuden ab und versuchten, dem erbarmungslosen Regenguss zu entkommen. Touristengruppen stemmten sich gegen den immer stärker werdenden Wind und versuchten, ihre einfarbigen, wasserdichten Ponchos auseinanderzufalten. Junge Paare, die geglaubt hatten, dass dies ein guter Tag für eine kleine Stocherkahnfahrt war, konnten nur mit Mühe verhindern, dass sie in dem plötzlich unruhig gewordenen Wasser kenterten.

Der erste Schrei kam aus der Kehle einer jungen Frau, nachdem sie gesehen hatte, wie der dunkle Schatten eines Wikinger-Langschiffs hinter ihrem Freund die Wasseroberfläche durchbrach. Ihr Freund verließ fluchtartig den Kahn (und sie) und versuchte, sich ans Ufer zu retten. Donner grollte und Blitze zuckten, als Guthrums faulige Stiefel sich klatschend in den Uferschlamm bohrten. Zuerst standen die Leute nur ungläubig staunend da. Das, was sie da sahen, war doch vollkommen unmöglich! Doch als der Wikingerfürst seine Axt hob und seinen Schlachtruf ausstieß, während grüne Algen von seinem verfilzten Bart triefen, wurde es ihnen klar. Etwas Ekliges, etwas Totes, etwas Böses war nach Cambridge gekommen.

✳✳✳

Tief unter dem Tower von London schrillten die Alarmglocken. Der Hofmarschall hastete zum Kartentisch.

»Cambridge, Sir!«, brüllte Yeoman Box.

Im Ostteil der Landkarte blinkte das Licht des dortigen Schutzvogts. Der HM erkannte, dass seine Theorie hinsichtlich der Wikinger richtig gewesen war. Er hatte sich lediglich für die falsche Stadt entschieden. Das Gesicht in tiefe Sorgenfalten gelegt, wandte er sich an den Chief Yeoman Warder.

»Wo ist Seine Majestät?«

✳✳✳

Brian legte den Zeigefinger an den Ohrhörer. Seine undurchdringliche Miene ließ nicht erkennen, wie brisant die Meldung war, die er soeben aus der Zitadelle erhalten hatte. In aller Ruhe trat er auf die Museumsdirektorin zu, die Alfie gerade die von jungen Museumsbesuchern gestaltete Malwand zeigte.

»Seine Majestät würde gerne das Badezimmer in Anspruch nehmen«, sagte Brian.

Alfie wunderte sich sehr. Er hatte doch gar nichts gesagt.

»Tatsächlich?«

Brians Blick war eindeutig.

»Ähm, ja, genau, lieber einmal zu viel als einmal zu wenig«, sagte Alfie. »Gehen wir.«

Die Museumsdirektorin lächelte unsicher.

»Selbstverständlich«, sagte sie.

»Letzte Kabine auf der linken Seite«, flüsterte Brian ihm zu und baute sich draußen vor der Tür auf.

Die Toiletten waren leer und makellos sauber. Irgendjemand hatte sogar einen Stapel frischer Handtücher bereitgelegt, nur für den Fall, dass der königliche Besucher die Hände nicht so gerne unter den Trockner halten wollte. Auf jeder waagerechten Fläche waren strategisch günstig Lavendeltöpfchen platziert worden. Ohne zu wissen, was ihn dort erwartete, öffnete Alfie die Tür der letzten Kabine und spähte vorsichtig ins Innere. Auf der Toilette stand der lederne Insignienkoffer, und auf den Deckel hatte jemand eine Notiz geheftet: *»Flieg nach*

Cambridge. W kennt den Weg. Viel Glück.« Darunter grinste ihn noch ein Smiley an. Sehr nett, dachte Alfie. Er rieb sich das Kinn. Vielleicht wäre es doch nicht so übel gewesen, für den Rest des Tages einfach nur dem Geplapper der Museumsdirektorin zu lauschen.

»Ach, was soll's«, sagte er zu sich selbst, klappte den Koffer auf und holte die Tunika heraus. »Die Pflicht ruft.«

In voller Defender-Rüstung durch das Klofenster zu klettern stellte sich als ziemliche Herausforderung heraus. *Vormerken fürs nächste Mal: Zuerst durchs Fenster, dann Rüstung anziehen*, dachte er, als er auf die Schottersteine plumpste. Zum Glück war niemand sonst in der Nähe. Brian hatte garantiert darauf geachtet, dass dieser Ausgang nicht von wachsamen Augen beobachtet wurde. Alfie dachte *Sporen*, und Wyvern kam wiehernd unter ihm hervor.

»Hallo, mein Mädchen. Schön dich zu sehen«, sagte Alfie und tätschelte ihr die Stirn. »Okay, es ist heller Tag, also sollten wir uns beeilen.«

Wyvern schoss wie eine Rakete senkrecht an den Himmel, als verwischter Streifen, viel zu schnell für das menschliche Auge. Erst über der Wolkendecke ging sie in die Waagerechte und bog nach Süden ab. Nach fünf Minuten merkte Alfie, wie sie langsamer wurde und in den Landeanflug auf Cambridge überging. Der wütende Sturm war mittlerweile noch heftiger geworden, und man konnte kaum die Hand vor Augen erkennen, bis sie knapp über den Dächern der Universität entlangschwebten.

Die Wikinger hatten eine deutlich sichtbare Schneise aus brennenden Autos und Häusertrümmern durch den mittelalterlichen Stadtkern geschlagen. Entsetztes Geschrei empfing sie, als sie auf einer feuchten Wiese neben einem der Universitätsgebäude landeten. Chorknaben in wehenden, roten Talaren flohen gerade aus einer riesigen gotischen Kirche. Sie waren so voller Panik, dass sie den Superhelden, der ihnen in seiner weißen Rüstung entgegenkam, kaum wahrnahmen.

Alfie hatte die Kapelle des King's College noch nie persönlich besucht, aber das wundervolle Innere kannte er aus zahlreichen Fernsehübertragungen. Jedes Jahr hatte sein Vater darauf bestanden, dass sie sich gemeinsam den berühmten Weihnachtgottesdienst ansahen, und so hatten sie andächtig dem bezaubernden Gesang des Knabenchors gelauscht. Das waren die einzigen Momente, in denen Alfie seinen Vater vollkommen ruhig und ausgeglichen erlebt hatte – mit geschlossenen Augen jedem einzelnen, engelsgleichen Ton andächtig lauschend.

Aber »ruhig und ausgeglichen« waren nicht die Worte, mit denen Alfie das, was sich zurzeit in der Kirche abspielte, beschrieben hätte. »Massaker« wäre weitaus zutreffender gewesen. Das Chorgestühl lag zertrümmert auf dem schwarzweißen Marmorfußboden verteilt. Untote Wikinger kletterten auf der Orgel herum wie riesige Affen, zerrten ächzende Orgelpfeifen aus ihrer Befestigung und warfen sie unter lautem Klappern nach unten. Guthrum persönlich riss einen Bronze-Kerzenleuchter aus seiner Verankerung und schnüffelte daran, nur um ihn anschließend durch eines der hohen Buntglasfenster zu schleudern.

Alfie öffnete den Mund, um etwas Gebieterisches und Beeindruckendes zu sagen (oder zumindest etwas, was ihm in der kurzen Zeit einfiel), doch dann kam ihm ein rotgesichtiger alter Mann mit schwarzem Talar und weißer Halskrause zuvor.

»Hört sofort auf mit damit! Das hier ist ein Gotteshaus!«

Die Wikingerhorde unterbrach ihre Abrissarbeiten und drehte sich um. Sie wollten wissen, wer es wagte, sie anzuschreien. Und für einen kurzen Augenblick dachte Alfie, dass der Ausbruch des zornigen Kaplans tatsächlich etwas bewirkt hatte. Doch dann war Guthrum mit wenigen mächtigen Schritten bei dem Mann und hob ihn mit einem einzigen Finger vom Boden hoch. Der Wikinger knurrte ein paar Worte in seiner Sprache und bespritzte das angewiderte Gesicht des Kaplans dabei mit grüner Galle. Alfie wusste zwar nicht, was Guthrum da sagte, aber wie eine Entschuldigung hörte es sich nicht an.

»Verschwindet wieder in die Hölle, aus der ihr gekommen seid!«, gab der tapfere Mann zurück.

Keiner der Wikinger sah Alfie heranstürmen. Zu gespannt beobachteten sie, welche knochenbrecherische Strafe ihr Anführer für den aufmüpfigen Geistlichen vorgesehen hatte. Darum bekam auch Guthrum erst dann etwas von der Anwesenheit des Defenders mit, als dessen Stiefel an seiner Schläfe landeten. Er ließ den Kaplan notgedrungen los und wurde über den Altar geschleudert.

»Sehe ich ganz genau so!«, rief Alfie, während er sich erhob und sein Schwert aus der Scheide zog.

Nordische Schlachtrufe hallten durch die Kapelle, als die Draugar sich von allen Seiten auf den Defender stürzten. Alfie ließ sein Schwert kreisen, holte etliche Angreifer von den Beinen und machte dann einen Schritt zur Seite, so dass die restlichen beiden mit krachenden Schädeln zusammenstießen.

Guthrum wischte den Altar beiseite und stürmte auf Alfie los.

»*RIDDARI SVIKLIGR!*«*, brüllte er.

Alfie hob mit der Stiefelspitze eine der zertrümmerten Kirchenbänke hoch und schleuderte sie ihm entgegen, so dass der Wikinger aus dem Gleichgewicht geriet und seine Axt ihr Ziel weit verfehlte. Danach zielte Alfie mit dem Schwert auf Guthrums Rücken und wollte ihm endgültig das Licht ausknipsen, doch der Wikinger ahnte, was er vorhatte. Er rollte sich zur Seite und sprang auf. Für einen Krieger seiner Größe war er wirklich erstaunlich flink.

Jetzt war es Alfie, der in die Defensive gedrängt wurde. Er aktivierte den Schild aus seinem Armreif, um Guthrums Axthiebe zu parieren. Es war noch gar nicht lange

---

* »HINTERLISTIGER RITTER!«

her, da hätte Alfie sich spätestens jetzt umgedreht und wäre davongerannt, doch seit der Krönungsfeier fühlte er sich Tag für Tag ein bisschen mehr im Einklang mit seinen Kräften. Aber was noch wichtiger war: Brian hatte ihm keine Pause gegönnt, sondern ihn immer zum Training gezwungen. Jetzt kamen auch die anderen Wikinger wieder auf die Beine. Er musste in Bewegung bleiben.

Der Defender wich durch den Mittelgang zurück und musste ständig Guthrums Axt abwehren oder ihr ausweichen. Als sie dann nach draußen auf den Rasen kamen, zuckten und krachten Blitze über ihren Köpfen, als würde der Himmel wegen der unnatürlichen Gegenwart der Untoten seinen Zorn über ihnen ausschütten. *Zumindest können die Wikinger mich hier draußen nicht so leicht umzingeln*, dachte Alfie, aber trotzdem … Irgendwie musste er sie in Schach halten.

»Sporen!«, sagte er und brachte auf Wyverns Rücken ein kleines bisschen Abstand zwischen sich und Guthrum.

Dann richtete er seinen Ringfinger auf einen Fahrradständer in der Nähe. Nur mit der Kraft seiner Gedanken befahl er einem Fahrrad, sich loszureißen und sich auf Guthrum zu stürzen. Der Wikingerfürst lachte über diesen lächerlichen Versuch, ihm weh zu tun. Doch der Defender ließ immer mehr Fahrräder aufsteigen. Es war wie ein Schwarm aus metallenen Vögeln, die sich einer nach dem anderen auf ihren Gegner stürzten. Der Defender drehte die Hand, und die Rahmen der Fahrräder verbogen sich, wickelten sich ineinander und bildeten so einen engen Käfig um den sich wehrenden Guthrum. Dann gab Alfie Wyvern die Sporen, und sie stürmte auf den wehrlosen Wikinger zu, aber leider nicht schnell genug. Guthrum schaffte es, sich zu befreien. Reifen, Rahmen und klingelnde Fahrradglocken kullerten über den Rasen. Jetzt stürmten auch seine Männer aus der Kapelle ins Freie. Guthrum fixierte den Defender mit grauenerregendem Blick.

»*Kjǫt ertu hundinum mínum!*«*, sagte Guthrum, während sich ein Grinsen auf sein gespenstisches Antlitz legte.

Alfie wurde ein wenig unruhig. So grinste jemand, der etwas wusste, was der andere nicht wusste. Guthrum nahm das Horn, das an seinem Gürtel hing, und blies dreimal hinein. Es klang anders als der Ruf zur Rückkehr auf das Schiff, den Alfie in Lindisfarne gehört hatte. Guthrums Männer fingen an zu zucken, als hätten sie alle gleichzeitig einen epileptischen Anfall. Sie fielen auf alle viere, schaudernd und bebend, und dann brach dichtes, schwarzes Fell durch ihre Rüstungen. Ungläubig stand Alfie da und sah zu, wie ihre Gliedmaßen länger wurden, wie ihre Münder sich streckten und spitze Hundezähne aus den Kiefern ragten, wie sich Schwänze ausbildeten. Aber das Schlimmste waren die Augen, die sich in wirbelnde Feuerhöhlen verwandelten. Alfie hatte diese Un-

---

* »Du bist Futter für meine Hunde!«

geheuer schon einmal gesehen, und zwar in den seltsamen Träumen kurz nachdem er König geworden war. In seinen Visionen hatte sein Namensvetter Alfred der Große vor tausend Jahren in der Schlacht von Edington gegen diese Teufelshunde gekämpft. Aber das hier war kein Traum. Jetzt stand er diesen Monstern in Fleisch und Blut gegenüber. Wyvern stieß einen lauten Schrei aus und bäumte sich auf. Vielleicht konnte sie sich auch noch daran erinnern.

»Ganz ruhig, mein Mädchen!«, rief Alfie und hielt sich krampfhaft an den Zügeln fest.

Einer der Teufelshunde rannte ein »Rasen betreten verboten«-Schild um, sprang mit einem gewaltigen Satz durch die Luft und schlug seine Zähne in Alfies Oberschenkel. Er spürte den enormen Druck der Kiefer sogar durch die Rüstung. Alfie versuchte, das Schwert zu ziehen, doch Wyvern fing an, voller Panik immer im Kreis zu fliegen. Dabei schlug sie so heftig mit den Hinterbeinen aus, dass er die Hand nicht von den Zügeln nehmen konnte. Sie verloren an Höhe, und die anderen Hunde griffen jetzt ebenfalls an, sprangen hoch und schnappten nach ihnen wie ein Pulk Hyänen, die einen Büffel zur Strecke bringen wollen. So konnte er nicht kämpfen.

»Geh, Wyvern!«, befahl Alfie, und das Pferd zog sich gehorsam in die Sporen zurück.

Alfie landete auf dem Rücken im Matsch. Die Teufelshunde kamen von allen Seiten näher geschlichen. Sie waren sich sicher, dass er jetzt voll und ganz ihrer Gnade ausgeliefert war. Alfie blickte zwischen ihren Beinen hindurch und sah, dass Guthrum bereits in Richtung des Flusses ging. Lautes Knurren lag in der Luft, während die Hunde geduckt auf ihn zukamen. Alfie schloss die Augen und konzentrierte all seine Gedanken auf den Ring der Herrschaft. Was er vorhatte, war alles andere als einfach, und er hatte nur einen einzigen Versuch. Er reckte die Hand in Richtung Kapelle. Der erste Teufelshund wagte einen Vorstoß, aber im selben Augenblick kam etwas Langes, Glänzendes zur Kapellentür herausgeschossen. Der Hund hob den Kopf und sah eine Orgelpfeife direkt auf sich zurasen. Fünf weitere folgten. Jede steuerte wie eine Rakete ihr Ziel an, und jede traf einen der Hunde am Kopf.

Ein wenig mühsam rappelte Alfie sich auf und beobachtete zufrieden, wie die jaulenden Hunde versuchten, sich von den Orgelpfeifen zu befreien, die sich wie riesige Flohhalsbänder um ihre Hälse geschlungen hatten. Einem nach dem anderen gelang es auch, aber jetzt waren die Hunde so erschöpft, dass sie wieder Draugar-Gestalt annahmen und sich stöhnend die hässlichen Schädel rieben. Alfie hob sein Schwert und wollte sich gerade erneut auf die untoten Krieger stürzen, als sie schlagartig zu erwachen schienen. Wie ein Mann hieben sie ihre Streitäxte in den Boden. Die Erde unter Alfies Füßen bebte. Er dachte »Sporen« und saß gerade noch rechtzeitig auf Wyverns Rücken, bevor sich ein Spinnennetz aus feinen Rissen kreuz und quer über den Rasen ausbreitete.

Hinter ihm ertönte ein entsetzter Aufschrei. Der Defender drehte sich um und sah den alten Kaplan schwankend am Rand eines Kraters stehen, der sich vor seinen Füßen geöffnet hatte. Alfie gab Wyvern die Sporen, und sie jagte auf den Kaplan zu, so dass Alfie ihn gerade noch rechtzeitig erwischte.

Er setzte den dankbaren Mann in sicherer Entfernung ab und machte kehrt, um sich wieder den Wikingern zuzuwenden. Aber sie waren spurlos verschwunden. Als der Defender schließlich am Flussufer angelangte, war nur noch das Heck des Wikinger-Langschiffs zu sehen, das langsam im Wasser versank.

Der unnatürliche Sturm legte sich genau so schnell wie er aufgezogen war, und dann schien wieder die Sommersonne über Cambridge. Doch Alfie empfand keine Erleichterung. Auch, wenn er es nur äußerst ungern zugeben mochte, aber der HM hatte recht. Die Eindringlinge würden nicht einfach wieder verschwinden. Im Gegenteil. Sie hatten gerade erst angefangen.

11
Blinder Passagier

»Ist da drin alles in Ordnung?«, erkundigte sich die Museumsdirektorin und reckte den Hals, um über Brians Schulter hinweg einen Blick auf die Toiletten zu erhaschen.

»Seiner Majestät geht es bestens, Madam«, erwiderte Brian und veränderte seine Haltung ein klein wenig, um ihr den Blick zu versperren.

Es war jetzt gut vierzig Minuten her, dass Alfie nach Cambridge geflogen war. So langsam fielen dem Leibwächter keine Ausreden mehr ein. Besorgte Museumsangestellte und Würdenträger standen in Grüppchen herum und unterhielten sich. Immer wieder warfen sie neugierige Blicke in Brians Richtung. Er musste ihnen etwas sagen, irgendetwas.

»In punkto Handhygiene ist Seine Majestät ausgesprochen pingelig.«

KRACH.

Brian verzog das Gesicht. Er vermutete (richtig), dass Alfie gerade zum Fenster hereingeklettert und auf die Toilettenschüssel gefallen war.

»Ach, herrje«, stieß die Museumsdirektorin hervor.

»Er seift sie immer sehr sorgfältig ein«, sagte Brian, begleitet von einem kläglichen Lächeln.

Nach etlichem Krach-Bumm-Bäng-Getöse tauchte Alfie schließlich doch noch auf, mit schiefem Kragen und rotem Gesicht nach dem hastigen Kleiderwechsel.

»Tut mir wirklich leid«, wandte er sich an seine besorgten Untertanen. »Aber zu viel Druck mag ich nicht. Besonders nicht auf dem Klo.«

Das Gesicht der Museumsdirektorin nahm schlagartig denselben knallroten Farbton an wie ihr Lippenstift. Bei der Verabschiedung wich sie dem Blick des Königs konsequent aus. Draußen hinter der Absperrung warteten eine Handvoll Fotografen und viele einfache Bürger auf ihn, aber als er ihnen zuwinkte, winkten nur einige wenige zurück. Deprimiert musste Alfie sich eingestehen, dass die Premierministerin recht hatte: Die Menschen schienen ihn immer noch nicht zu mögen. Vielleicht hatte er sich zu lange und zu oft vor ihnen versteckt, aber das lag ja nur daran, weil er als Defender so viel zu tun hatte. Er wollte sie doch beschützen. Mit einem Mal erschien es ihm sehr ungerecht, dass er nie einen Dank dafür bekam. Wenn er den Leuten doch nur sagen könnte, wer er wirklich war.

Später, als der königliche Zug durch die anbrechende Nacht raste, streifte Alfie seine Schuhe ab und ließ sich erschöpft gegen die Sitzlehne sinken. Er war froh, dass sie wieder nach Hause fuhren. Brian reichte ihm ein Telefon.

»Der Hofmarschall möchte dich sprechen.«

139

»Seit wann können sich Wikinger in Höllenhunde verwandeln?«, stieß Alfie hervor, noch bevor der HM ein Wort sagen konnte.

Brian verließ den Waggon und schaltete dabei einen der Flachbildfernseher ein. Auf praktisch jedem Sender wurden Bilder des »schweren Zwischenfalls« in Cambridge gezeigt, darunter auch ein paar verwackelte Handyaufnahmen, wie der Defender einen riesigen Hund beiseitefegte, der ihn anfallen wollte. In den Texten, die am unteren Bildrand entlangliefen, stand, dass Großbritannien von »übernatürlichen Angreifern« bedroht wurde, dass die Menschen aber trotzdem Ruhe bewahren sollten, immerhin berichteten zahlreiche Zeugen, dass sie den Defender mit eigenen Augen gesehen hätten.

»Es scheint, als hätten diese Wikinger selbst in untoter Gestalt ihre Berserker-Qualitäten bewahrt«, erwiderte der Hofmarschall.

»Berserker? So nennt man doch Leute, die vor Wut total ausflippen, oder?«

»Sehr richtig, Majestät. Guthrum und seinen Männern wurde nachgesagt, dass sie sich während einer Schlacht in solch unbändigen Zorn versetzen konnten, dass sie sich dabei in Bestien verwandelten – oder noch Schlimmeres. In den Berichten aus der Zeit Alfreds des Großen werden sie jedenfalls mit großer Regelmäßigkeit erwähnt.«

»Aber Alfred der Große … Er hat Guthrum doch letztendlich zur Strecke gebracht, oder nicht?« In Alfies Stimme schwang so etwas wie Hoffnung mit.

»Ja, in der Tat.« Die Stimme des HM klang ein wenig freundlicher, bevor sie wieder dumpfer wurde. »Aber erst nach vier Jahren voller Schlachten, Niederlagen und Zerstörungen. Guthrum hat Alfred den Großen bis an die äußersten Grenzen seines Landes getrieben und ein dunkles Zeitalter für Großbritannien eingeläutet.«

Alfie starrte auf die mondbeschienene Landschaft, die draußen vor dem Fenster vorbeihuschte, und erinnerte sich daran, was der HM ihm über den Ursprung der Kräfte in seiner Familie erzählt hatte. Wie Alfred der Große sich mit seinen wenigen verbliebenen Männern in den Sümpfen von Somerset versteckt und schließlich zu den Göttern gebetet hatte, wie er anschließend der Defender wurde und letztendlich zurückgekehrt war, um Guthrum und seine Wikinger zu vertreiben.

»Was sollen wir also machen?«, wollte Alfie jetzt wissen.

»Falls Lock hinter dieser ganzen Sache steckt, wie ich vermute, dann sind zwei Dinge unerlässlich: Wir müssen ihn finden, und wir müssen diesen Wikinger-Raubzügen ein Ende setzen, bevor sie überhandnehmen«, entgegnete der HM. »Ihr solltet versuchen, ein wenig Schlaf zu bekommen, Majestät. Ihr werdet ihn brauchen. Oh, und informiert Euch über Guthrum. Versucht es mit der gekürzten Ausgabe der *Anglo Saxon Chronicle*. Und angesichts dieser vielen Plünderungen muss Brian dafür sorgen, dass Ihr Eure Fähigkeiten als Schwertkämpfer ausbaut. Also doppeltes Trainingspensum.«

Alfie beendete das Gespräch, ließ sich gegen die Lehne plumpsen und stieß einen langen Seufzer aus.

»Du musst was essen.« Hayley blickte Alfie mit besorgter Miene an.

»Wie wär's, wenn ihr alle mal aufhört mir ständig vorzuschreiben, was ich zu tun habe?«, fauchte Alfie sie an, aber noch im selben Moment packte ihn das schlechte Gewissen. Der Kampf gegen die Wikinger in Cambridge hatte ihn viel Kraft gekostet. Er hatte das Gefühl, als hätte er drei Geländeläufe am Stück absolviert. »Tut mir leid, Hayley. War ein langer Tag.«

Hayley nickte und klopfte ihm auf die Schulter. »Ich geh mal nachsehen, ob uns jemand was zu essen machen kann. Und dann erzähle ich dir von den Schauspielern, die ich vorhin verprügelt hab.«

Alfie wollte noch fragen, was das nun wieder zu bedeuten hatte, aber da war sie schon unterwegs.

Hayley wusste genau, weshalb Alfie so gereizt war. Es schien, als würde er die Last der ganzen Welt auf seinen Schultern tragen. Na ja, nicht der ganzen Welt, korrigierte sie sich innerlich, nur des ganzen Landes. Trotzdem ärgerte sie sich, dass Alfie in Cambridge wieder einmal im Mittelpunkt des Geschehens gewesen war, während sie in York nur ihre Zeit verplempert hatte. Eigentlich hätte heute doch ihr Tag sein sollen. Eigentlich hätte sie doch etwas Aufregendes erleben sollen. Der Küchenwaggon befand sich am hinterem Ende des königlichen Zuges, damit die Aufenthaltsbereiche nicht von Küchendüften beeinträchtigt wurden. Als der Zug sich in eine Kurve neigte, blieb Hayley kurz stehen und stützte sich an der Lederpolsterung ab. Dabei hörte sie Brians Stimme. Er war wohl in seinem Abteil und telefonierte. Vielleicht wollte er ja auch etwas essen? Sie wollte gerade anklopfen, da dröhnte die Stimme des königlichen Leibwächters durch die dünne Schiebetür.

»NEIN! Das habe ich doch schon einmal gesagt!«

Hayley verharrte regungslos. So aufgebracht hatte sie Brian noch nie erlebt. Der Blick in das Abteil wurde durch einen Vorhang versperrt. Hinter der Tür sprach Brian weiter, wenn auch sehr viel leiser. Er wollte offensichtlich nicht, dass jemand etwas von seinem Telefonat mitbekam.

»Ich möchte den König nur ungern hintergehen. Und wenn der HM dahinterkommt, dann lässt er mir glatt den Kopf abschlagen. Also gut … Also gut, ich hab's kapiert.« Brian seufzte. »Hören Sie, ich werde tun, was ich kann, und dann melde ich mich wieder. Ja, ja, jetzt muss ich weitermachen.«

Als ihr klarwurde, dass das Telefonat gleich zu Ende war, ging Hayley hastig weiter. Sie huschte in den Küchenwaggon und machte die Tür hinter sich zu. In diesem Augenblick streckte Brian den Kopf aus seinem Abteil und blickte links und rechts den Gang entlang. Zitternd ließ Hayley sich gegen die Tür des Küchenwaggons sinken und seufzte. Was mochte Brian bloß im Schilde führen? Sie wusste es nicht, aber eines war klar: Sie musste Alfie Bescheid sagen.

Als sie später im Abteil des Königs vor einem Teller mit Sandwiches saßen, die Hayley kaum anrührte, reagierte Alfie ziemlich unbesorgt.

»Du bist bloß ein bisschen paranoid.«

»Ich habe dir nur das erzählt, was ich selbst gehört habe. Irgendwas stimmt da nicht, Alfie. Außerdem hat Brian sich auch in der Zitadelle schon so komisch benommen.« Sie musste an den Abend neulich denken, als sie gesehen hatte, wie er sich durch den Tunnel davongeschlichen hatte.

»Stimmt doch gar nicht.«

»Woher willst du das denn wissen? Du bist doch sowieso nie da.«

»Ich hatte in letzter Zeit auch das eine oder andere zu tun, falls dir das entgangen sein sollte.«

»Ja, ganz genau. Deshalb brauchst du jemanden, der auf dich aufpasst, und – hallo! – das bin ich!«

Alfie schnaubte. »Brian ist absolut vertrauenswürdig. Bevor er mein Leibwächter war, hat er Dad beschützt und davor meine Mum. Er gehört ja praktisch zur Familie.«

»Und ich nicht? Aha, ich verstehe.« Hayley erhob sich und stolzierte nach draußen. »Ich lege mich jetzt schlafen.«

Alfie ließ sie gehen. Sie würde sich wieder abregen, und er würde sich entschuldigen. Er wusste zwar nicht genau, wofür, aber in seinem Kopf wimmelte es nur so von untoten Wikingern und knurrenden Teufelshunden, darum konnte er sich heute Abend mit nichts anderem mehr beschäftigen. Er ließ sich in seinen Sitz sinken und starrte in die Dunkelheit vor dem Fenster. Vielleicht gelang es ihm ja, an etwas Aufmunterndes zu denken. Er hatte die Wikinger zweimal in die Flucht geschlagen. *Gut.* Vielleicht würden sie jetzt einfach wegbleiben. *Verlass dich nicht darauf.*

»Ach, Klappe«, sagte Alfie zu sich selbst. Was noch? Er konnte immer besser mit dem Schwert umgehen. *Stimmt.* Wyvern schien ihn mehr und mehr in ihr Herz zu schließen. *Genau.* Brian hatte nicht vor, ihn zu hintergehen. *Also echt, jetzt mal im Ernst.* Er saß sicher und behütet in seinem eigenen, ganz persönlichen Zug. *Da hockt jemand mit einer roten Robe und einer Maske auf dem Dach.*

»Was?« Alfie sprang auf.

Der Zug fuhr gerade durch eine Ortschaft, und er war sich sicher, dass er in den Fensterscheiben des vorüberhuschenden Bürogebäudes ganz kurz das Spiegelbild der Gestalt in der roten Robe gesehen hatte, der er schon in Glastonbury begegnet war! Sie saß auf dem Dach des Zuges. Alfie blieb keine Zeit, Brian Bescheid zu sagen. Wenn er wissen wollte, wer das war, dann musste er schnell handeln. Die Rote Robe hatte schließlich die Angewohnheit, von einem Augenblick auf den anderen zu verschwinden.

In der gepolsterten Decke des Waggons versteckte sich eine Klappe, die als Notausstieg gedacht war. Die hatte Brian ihm heute Morgen erst bei einer kurzen Sicherheitseinweisung gezeigt. Ohne nachzudenken klappte Alfie den Insignienkoffer auf und streifte die Schleiertunika über. Zum zweiten Mal am heutigen Tag wurde er zum Defender. Er stieß die Klappe auf und hievte sich auf das Dach.

Der Zug ratterte jetzt wieder in völliger Dunkelheit übers Land, aber das Visier seiner Rüstung sorgte dafür, dass er die Umgebung hell und glasklar erkennen konnte. Allerdings musste er aufpassen, dass er nicht das Gleichgewicht verlor, weil die Schwankungen des Zuges hier oben deutlich stärker waren als unten im Waggon. Das Dach war jedoch leer. Vielleicht hatte er sich das alles doch bloß eingebildet? Eine Lichtspiegelung vielleicht, oder ein …

In seinem Rücken ertönte ein leises PLOPP, und dann tippte ihm jemand auf die Schulter. Alfie wirbelte herum. Da stand zwar niemand hinter ihm, aber ein ganzes Stück weiter entfernt saß die Rote Robe im Schneidersitz auf dem Dach des schwankenden Eisenbahnwaggons.

»Wer bist du?«, rief Alfie und ging auf die Gestalt zu. »In Glastonbury hast du mir geholfen, meinen Rucksack zurückzuholen. Warum?«

Mit elegantem Schwung streifte Rote Robe seine üppig bestickte Kapuze ab. Darunter kam ein spöttisch grinsendes Gesicht mit weit vorstehenden, weißen Augen zum Vorschein. Alfie trat unwillkürlich einen Schritt zurück. Erst dann wurde ihm klar, dass das eine Art Maske sein musste. Hoffentlich, zumindest.

»Okay, genug Theater gespielt. Das hier ist mein Zug. Fahrscheinkontrolle.« Alfie sprang los, und seine Superhelden-Rüstung katapultierte ihn über das Waggondach hinweg.

Doch die Rote Robe löste sich, begleitet von einem kurzen Leuchten und einem leisen Plopp, einfach in Luft auf, und Alfie stand mit leeren Händen da. Er drehte sich um. Die Rote Robe saß jetzt am anderen Ende des Zuges, ganz ruhig, meditativ, wie in einem Tempel. *Wie hat er das angestellt? Ist das ein Zaubertrick? Hat er sich einfach weggebeamt? Oder was?* Jetzt kam die Rote Robe mit einer anmutigen, fließenden Bewegung auf die Beine und deutete auf etwas in Alfies Rücken.

»Na, klar, als würde ich darauf reinfallen«, brüllte Alfie ihr mit dem Fahrtwind zu.

Die Rote Robe zeigte erneut nach hinten, drängender dieses Mal. Alfie riskierte einen schnellen Blick. Der Zug fuhr direkt auf eine Brücke zu! *Korrigiere*, dachte Alfie, *der Zug fährt unter einer Brücke durch und ich muss …*

SPRINGEN!

Alfie stieß sich ab. Zehn Meter unter ihm donnerte der Zug unter einer Brücke mit Autos und Lastwagen hindurch.

»Sporen!«, rief Alfie, bis ihm einfiel, dass er die Sporen in der Eile gar nicht angelegt hatte. Die Schwerkraft ergriff von ihm Besitz, sein Magen ballte sich zusammen und er fiel zurück Richtung Erdboden. Wenigstens hatte er durch den Schwung die Brücke überflogen, so dass er …

KLONG!

Der Aufprall ging ihm durch Mark und Bein, aber er war wieder auf dem Dach des Zuges gelandet, und zwar unverletzt. Das hatte er seiner Rüstung zu verdanken. Die Rote Robe jedoch war spurlos verschwunden. *Hat für heute Abend wohl ihren Spaß gehabt*, dachte Alfie. Er beschloss, vorerst niemandem von der seltsamen Begegnung zu erzählen. Wer immer die Rote Robe sein mochte, sie schien ihm zumindest nichts Böses zu wollen, ganz im Gegenteil sogar. Es machte eher den Eindruck, als würde die geheimnisvolle Gestalt ihn beschützen. Alfie nahm sich fest vor, den Grund dafür herauszufinden.

12
Das Erwachen des Drachen

Richard erhob sich und suchte ein wenig Abstand zu dem Getümmel am anderen Ende der Krypta. Die Wikinger waren aus Cambridge wieder in das Versteck unter der Kirche zurückgekehrt und sangen lauthals. Sie hatten zwar nicht allzu viel Beute gemacht, aber erhebliche Verwüstungen angerichtet und eine Menge Furcht und Schrecken verbreitet. Das schien zumindest Guthrums Berserkern zu reichen. Der Wikingerfürst selbst jedoch war alles andere als zufrieden. Er knurrte Professor Lock an, dass er endlich das versprochene Gold haben wollte, und zwar einen ganzen Haufen davon. Richard fragte sich, wie der Professor es so dicht in der Nähe des stinkenden Wikingers aushielt, ohne dass ihm schlecht wurde.

Schließlich fand er ein ruhiges Plätzchen und lehnte sich an ein altes Grab mit der Aufschrift *Franny May White, gestorben 1726*. Richard schloss die Augen. Die Kälte des Steins durchdrang seinen Mantel und kroch in seinen Rücken. Dabei musste er an den vergangenen Winter denken. Kurz nach dem Ende der Weihnachtsferien hatte er in Professor Locks Arbeitszimmer gesessen. Genau zwei Wochen zuvor hatte er die Wahrheit über seinen Vater erfahren. Den König. Den Defender! Wie konnte sein Vater ein solches Geheimnis vor seiner eigenen Familie verbergen? Wie konnte er zulassen, dass man sich über sie lächerlich machte, ja, dass man sie mit Hass überschüttete, wenn er gleichzeitig eine solche Macht besaß? Sein Dad war ein Superheld, aber er benahm sich, als könnte er nicht das Geringste bewirken! Lock hatte recht: Seine Familie war im Lauf der Jahrhunderte zu einem Haufen Feiglinge verkommen, die Angst vor ihrer eigenen Macht hatten.

»Möchtest du etwas dagegen tun?«, hatte der Professor ihn gefragt. Dabei hatte er sich über seinen Schreibtisch gebeugt und Richard angelächelt.

»Was kann ich denn machen?«, hatte Richard geantwortet. »Ich bin ja nicht einmal der Thronfolger. Ich bin ein Niemand.«

»Nein, das stimmt nicht. Auch in deinen Adern schlummert Macht. Wir müssen nichts weiter tun, als sie freizulassen.«

Und dann hatte Lock Richard in seine bedeutendsten Entdeckungen eingeweiht. Zwei Relikte, die, nach seinen Worten, den Gang der Geschichte verändern konnten. Das erste war das Drachenskelett, das er in der Nähe des Weißen Pferdes von Uffington ausgegraben hatte. Er erläuterte, dass Drachen vor langer Zeit tatsächlich existiert hatten. Sie hatten schreckliche Verwüstungen im Land angerichtet, bis man sie schließlich ausgerottet hatte. Ihre Überreste waren sehr begehrt, weil man ihnen unglaubliche Fähigkeiten zusprach. Manche Sammler gaben allein für eine einzige Schuppe ein Vermögen aus. Das zweite Relikt war ein kleiner Teil einer mit Juwelen besetzten, goldenen Krone, den Lock bei einer anderen Kreidezeichnung in Westbury gefunden hatte. Es war ein Teil der Originalkrone Alfreds des Großen. Die antiken Götter hatten ihr immense Kräfte verliehen. Lock hatte gesagt, dass er bereits auf der Suche nach den anderen Teilen war, dass aber schon dieses Bruchstück ihnen eine unfassbare Gelegenheit bot.

»Selbst ein kleiner Teil von Alfreds Krone kann den Drachenzauber in diesen Knochen zum Leben erwecken. Allerdings braucht es dazu einen besonderen Träger. Jemanden mit königlichem Blut.«

Durchaus möglich, dass es nicht klappte und gar nichts passierte, fuhr Lock fort, aber immerhin bestand eine Chance, falls Richard den Mut hatte und es ausprobieren wollte. Richard war klar, dass der Vorschlag des Professors, nach normalen Maßstäben gemessen, völlig verrückt war. Aber genauso klar war ihm, dass er nicht einfach wieder in sein altes Leben zurückkehren konnte. Dazu wusste er jetzt einfach zu viel. Er musste etwas unternehmen.

Lock bastelte aus dem Bruchstück und ein paar Drachenknochen eine provisorische Krone. Von nun an schlich Richard an jedem Abend, nachdem die Lichter gelöscht worden waren, in Locks Arbeitszimmer, um sich die merkwürdige Kronenkonstruktion auf den Kopf zu setzen und dann ungefähr eine Stunde lang im Dunkeln zu verharren. Es dauerte nicht lang, bis das Ganze zur Routine geworden war, wie Hausaufgaben oder das Rugby-Training. Doch abgesehen von einem gelegentlichen, leichten Kribbeln, was genauso gut eine Folge des langen Sitzens sein konnte, registrierte er keinerlei Veränderung. Aber dann, eines Morgens, als er gerade anfing zu glauben, dass Locks Experimente reine Zeitverschwendung waren, sah Richard sich im Badezimmerspiegel an. Er war schon immer ziemlich breitschultrig und stark für sein Alter gewesen, aber heute wirkte er noch deutlich muskulöser als sonst. Er spannte den Bizeps an – dick und fest, als hätte er sechs Wochen am Stück trainiert. In dieser Nacht ließ Lock Richard drei Stunden lang mit der Krone auf dem Kopf in seinem Arbeitszimmer sitzen.

Bald schon fühlte Richard sich fitter als je zuvor. Er konnte schneller laufen, härter tackeln, weiter springen – ja, er musste sich sogar bremsen, damit es nicht zu sehr auffiel. Seine Haut war so zäh geworden, dass er sich nicht einmal mit einem Messer verletzen konnte. Wenn es sich so anfühlte, ein Superheld zu sein, so wie der Defender, dann wollte er mehr davon haben. Er drängte Lock, ihm die Drachenkrone immer länger und länger aufzusetzen, so lange, bis er schließlich fast die ganze Nacht in dessen Arbeitszimmer verbrachte. Selbst der Schlafmangel schien ihm nichts mehr auszumachen. Vielmehr hatte er sich noch nie wacher und gedankenschneller gefühlt als jetzt.

Doch eines Nachts, nachdem er in sein Zimmer zurückgekehrt war, um noch eine Stunde zu schlafen, wachte er voller Schmerzen auf. In seiner Kehle brannte es wie Feuer. Er kroch zum Spiegel und sah voller Entsetzen, wie sein Körper mutierte. Schwarze Schuppen erschienen auf seiner Haut, seine Kiefer wurden größer und länglicher, wie die einer Echse, während seine geröteten Augen sich zu Schlitzen verengten. Einige Zeit später erwachte er auf dem Fußboden. Der Schmerz musste ihm das Bewusstsein geraubt haben. Erleichtert stellte er fest, dass sein Körper wieder ganz normal aussah, doch tief in seinem Inneren spürte er immer noch die heiße Glut. An diesem Abend ging er zum ersten Mal seit Monaten nicht zu Professor Lock. Als dieser dann zu ihm kam, um nach ihm zu sehen, erzählte Richard ihm, was passiert war. Doch Lock hatte keineswegs schockiert, sondern vielmehr hocherfreut reagiert.

»Das ist ja noch besser als ich zu hoffen gewagt hatte. Der Drachenzauber verbindet sich mit deinem Blut und lässt etwas Neues aus deinem Körper entstehen.«

An diesem Abend weigerte Richard sich, die Drachenkrone aufzusetzen. »Es gibt kein Zurück mehr«, beharrte Lock. »Und die Krone lindert die Schmerzen. Ohne sie wird es nur noch schlimmer werden.« Er hatte recht damit. Kurze Zeit später hatte Richard schmerzgekrümmt an seine Tür geklopft und ihn angefleht, das Experiment fortzusetzen.

Mit der Zeit lernte Richard, die Echse in ihm zu beherrschen und die Symptome so lange zu unterdrücken, bis er alleine war oder er sie brauchte. Denn so grauenhaft dieses monsterhafte Alter Ego zu Anfang auch gewesen war, es brachte gewisse Vorteile mit sich. An dem Abend, als Lock ihm seinen ersten Auftrag gegeben hatte, als er im Tower von London nach einem Teil der verlorenen Krone Alfreds des Großen suchen sollte, da hatte er sich unverwundbar gefühlt. Und selbst, als er den Yeoman Warder getötet hatte, hatte ihm das nichts ausgemacht. In diesem Augenblick war er die Schwarze Echse gewesen, ohne Gnade gegenüber denen, die sich ihm in den Weg stellen wollten. Er verfolgte schließlich ein edles Ziel. Er wollte das Land, das er liebte, wieder groß und mächtig machen.

Als er dann in Stonehenge seinem Vater gegenübergestanden hatte, war er bereits in der Entwicklung von der Schwarzen Echse zum Schwarzen Drachen gewesen. Wenn er sich jetzt verwandelte, wuchs ihm jedes Mal auch ein dicker, stacheliger Schwanz. Alles an ihm fühlte sich stärker an. Sein Herz hatte sich so verhärtet, dass er den Mann in der Defender-Rüstung nicht mehr länger als seinen Dad betrachtete. Er war ein Feind, der ihm keinerlei Liebe entgegenbrachte, also warum sollte er etwas anderes als Hass für ihn empfinden? Später, als ihm bewusst wurde, was für ein gewaltiges Unrecht er begangen hatte, beschlichen ihn zwar Zweifel, aber in dem Moment, als er König Henry getötet hatte, war Richard nicht Richard gewesen, sondern der Schwarze Drache. Und der kannte keine Skrupel. Der Defender musste sterben.

Anschließend machte Richard Professor Lock deutlich, wie es seiner Ansicht nach weitergehen sollte. Alfie und Ellie durfte nichts geschehen. Sie konnten schließlich nichts dafür. Lock war einverstanden gewesen. Der Plan lautete demnach, den willensschwachen Alfie zur Abdankung zu ermuntern, so dass Richard der Defender wurde und das Land nach seinen Vorstellungen regieren konnte. Er würde ein anderes Zeitalter einläuten und ein neues, mächtiges Reich errichten. Richard setzte seine Verwandlung in den Schwarzen Drachen fort, und dann jagte er Alfie in Edinburgh so viel Angst ein, dass dieser ernsthafte Zweifel bekam, ob er wirklich ein geeigneter Defender war. Lock spielte seine Rolle ebenfalls sehr geschickt, indem er Alfie aufforderte, sich nichts aufdrängen zu lassen, sondern selbst zu entscheiden, was das Richtige war. Gleichzeitig aber machte er ihm deutlich, dass es durchaus möglich war, den Thron freiwillig aufzugeben. Der Plan hatte funktioniert, und Alfie hatte tatsächlich abgedankt – für eine Weile zumindest.

Doch als Alfie dann in der Westminster Abbey zu Richard gekommen war und ihm gestanden hatte, dass er es sich anders überlegt hatte – dass er doch König sein wollte –, da war Richard zunächst ratlos gewesen. Was konnte er sagen? Er konnte Alfie ja nicht gestehen, was er alles angerichtet hatte. Noch nicht. Also hatte er zugestimmt. Aber anschließend hatte er alleine im Vorraum gestanden und die donnernde Orgel gehört, das verwunderte Murmeln der Menschen, die nicht ihn, sondern seinen unseligen Bruder zum Krönungsthron schreiten sahen. In diesem Augenblick war eine ungeheure Wut in ihm aufgestiegen. Wie konnte sein Bruder es wagen, all seine sorgfältig ausgetüftelten Pläne zunichte zu machen? Richard konnte jetzt nicht wieder zurück, er konnte nicht wieder in die Rolle des »Ersatzprinzen« schlüpfen, oder – noch schlimmer – in die des gedemütigten Austauschspielers, der wieder auf die Bank verbannt wurde. Er würde seinen Platz nicht freiwillig räumen. Selbst dann nicht, wenn es bedeutete, dass er Alfie töten musste.

Mit der vollständig restaurierten Krone Alfreds des Großen auf dem Kopf war seine Verwandlung in den Schwarzen Drachen abgeschlossen. Richard empfand eine ungeheure Macht, die absolut unvergleichlich war. Er würde jeden vernichten, der sich ihm in den Weg stellte. Doch seine unglaubliche Kraft hatte ihn zu selbstbewusst gemacht, und er hatte nicht gesehen, dass auch sein Bruder stärker und listiger geworden war. Dieser hatte ihm die Krone vom Kopf getrennt und ihn unter Tonnen von Steinen verschüttet. Wäre Lock nicht in der Nähe gewesen, um ihn herauszuholen und seinen Platz einzunehmen, dann wäre er an Ort und Stelle gefangengenommen und eingesperrt worden. Alfie hätte gewusst, dass sein eigener Bruder ihn verraten hatte. Doch dann hatte er eine zweite Chance erhalten. Das, was sich in der Abbey abgespielt hatte, war alles andere als eine Niederlage gewesen. Der kurze Kontakt mit Alfreds vollständiger Krone hatte die Kraft des Drachen in ihm eingeschlossen, vielleicht sogar für immer.

Richard hatte sich eine Weile ausgeruht und sich die Wunden geleckt, dann war er wieder erschienen und hatte Lock aus dem Tower befreit. Sein Förderer hatte ihm anschließend die Augen geöffnet und ihm erklärt, was genau geschehen war. An allem war Alfie schuld, weil er glaubte, dass er den Thron eher verdient hatte als sein Bruder. Doch noch war nicht alles verloren. Richard konnte immer noch Rache üben …

Aber wann?

Er schlug die Augen auf und blickte sich um. Abgesehen vom lauten Schnarchen der Wikinger war es in der Krypta seltsam ruhig geworden. Richard streckte sich und wollte gerade zur Treppe gehen, da hörte er Locks gedämpfte Stimme durch die steinernen Gänge hallen. Richard schlich vorsichtig um den stinkenden Haufen der schlafenden Wikinger herum, dem Klang der Stimme entgegen. Vielleicht setzten Lock und Guthrum ihren Streit ja woanders fort. Doch je näher Richard kam, desto seltsamer hörte sich Locks Stimme an. Er sprach nicht altnordisch, und der Tonfall war irgendwie … Richard konnte es nicht genau sagen. Er kroch durch die kalten Kammern der Krypta auf eine kleine Kapelle zu, die im Licht zahlreicher knisternder Kerzen schimmerte.

»Alles läuft nach Plan …«

Bildete er sich das nur ein oder zitterte Locks Stimme

etwa? Und wenn er mit jemandem sprach, warum konnte Richard seinen Gesprächspartner nicht hören? Obwohl, da war durchaus ein anderes Geräusch zu vernehmen – keine Stimme, sondern eher ein tiefes Summen, als würden eine Million Fliegen dort umherschwirren.

»Es dauert nicht mehr lange, bis der Weg frei ist. Das verspreche ich.« Locks Stimme klang gepresst und angsterfüllt.

Richard spähte um die nächste Ecke und sah Lock vor einem Steinsockel knien. Auf dem Sockel stand sein Sehender Spiegel. Er starrte wie hypnotisiert hinein, während das Schwirren der unsichtbaren Fliegen lauter und leiser wurde. Richard wollte unbedingt erfahren, mit wem Lock da sprach. Darum huschte er in die Kapelle und versuchte, dem Professor über die Schulter zu schauen. Je näher er kam, desto lauter wurde das Summen. Gleich würde er das Bild im Spiegel erkennen können – die Ränder schimmerten schwarz und gelb, durchzogen von roten Streifen. Es sah aus, als würde dort etwas pulsieren, etwas Lebendiges und …

»Richard!«

Lock sprang auf und warf das samtene Tuch über den Spiegel. Das Summen verstummte.

»Wer war das?«, wollte Richard wissen.

»Niemand«, gab der Professor barsch zurück. Seine Stimme hatte bereits wieder ihren gewohnten Befehlston angenommen.

»Ich hatte aber den Eindruck, dass da sehr wohl jemand

war«, erwiderte Richard und zog das Tuch vom Spiegel. Doch er starrte nur sein eigenes Spiegelbild an.

»Ich wollte sagen, niemand, der dich interessieren müsste«, lenkte Lock ein. Seine Stimme klang schon wieder ruhiger. »Du musst lediglich wissen, dass wir in diesem Kampf nicht alleine sind. Wir haben Freunde, die ebenfalls wünschen, dass du den Thron besteigst, Richard. Mächtige Freunde.«

Richard starrte sein Gegenüber einen Augenblick lang schweigend an. »Und was haben Sie davon?«

Der Professor stutzte, als sei die Frage eine Beleidigung.

»Gar nichts. Ich möchte lediglich dem rechtmäßigen König und wahren Defender dienen, Richard IV.«

»Ersparen Sie mir dieses Gequatsche«, erwiderte Richard. Er wollte sich von Lock nicht mehr wie ein dummer Schüler behandeln lassen. »Was wollen Sie wirklich von mir?«

Lock lehnte sich an den steinernen Torbogen und lächelte.

»Also gut. Ich nehme an, du bist jetzt alt genug, um diese Dinge zu verstehen. Weißt du, welchen Spitznamen mir die anderen an der Universität gegeben haben? Der bekloppte Lock. Die Leute haben mich ausgelacht, weil ich behauptet habe, dass unsere offizielle Geschichtslehre eine Lüge ist. Dass Zauberei sehr wohl existiert. Dass einst Drachen über unserer Erde gekreist sind. Dass die Könige früher eine unvorstellbare Macht hatten, bevor sie Angst davor bekamen. Ich habe schnell gelernt, den Mund zu halten und so zu tun, als wäre ich zur Vernunft gekommen. Aber trotzdem habe ich gespürt, wie sie sich heimlich über mich lustig gemacht und hinter meinem Rücken über mich gesprochen haben. Diesen Leuten will ich beweisen, dass sie im Unrecht waren.«

Richard begegnete Locks trotzigem Blick. Er hatte das Gefühl, dass der Professor ihm immer noch etwas verheimlichte, aber wenn er den Thron bekam, was spielte das dann noch für eine Rolle? Er wollte Lock gerade fragen, wann dieses Versteckspiel endlich ein Ende hatte, wann sie sich nicht mehr in der Dunkelheit verkriechen mussten, da dröhnte Guthrums Stimme durch die Krypta. Er kam ganz eindeutig näher.

»*GULL!*«*

Und ehe sie sich's versahen stand der riesige, stinkende Wikinger in der Tür der Kapelle und stampfte mit dem Fuß, wie ein Kleinkind mit einem Tobsuchtsanfall.

»*GULL! GULL! GULL!*«

»Du wirst dein Gold schon kriegen, du dämlicher, toter Nordmann!«, sagte Lock.

»*GULL!*«, stieß Guthrum erneut hervor, so dass sein Leichenatem sich in der ganzen Kapelle ausbreitete.

»Dieses Land ist nicht mehr das Großbritannien, das du und deine Männer vor tausend Jahren kennengelernt haben!«, brüllte Lock ihn an.

---

* »GOLD!«

Entweder hatte er vergessen, dass Guthrum kein Englisch sprach, oder er war es satt, immer alles auf Altnordisch zu erklären.

»Wenn du mir einen Moment zuhören würdest, dann könnte ich dir verraten, wo sich ein Raubzug wirklich lohnen würde.«

»Noch ein Raubzug? Wieso denn das?«, rief Richard entgeistert aus. »Damit sie unser Land noch mehr verwüsten können, bevor ich endlich den Thron besteige?«

Lock hob beide Hände. »Geduld, Richard. Das ist alles Teil meines Plans.«

Richard lachte höhnisch. »Das sagen Sie ja ständig. Welcher Plan denn? Alles zu tun, nur um den Kapitän der Toten und seine Zombiehorde bei Laune zu halten? Ich verschwinde.«

Richard versuchte, sich an Guthrum vorbeizudrängen, doch der riesige Wikinger ließ ihn nicht durch, sondern packte ihn am Kragen und hob ihn hoch.

»NEIN! LASS IHN SOFORT WIEDER RUNTER!«, brüllte Lock.

Aber da war es bereits zu spät. Richards Augen wurden glühend rot und er verwandelte sich, begleitet vom lauten Knacken seiner Knochen, in den Schwarzen Drachen, der nun den Spieß umdrehte und Guthrum mit *seiner* Klauenhand an die Gewölbedecke der Krypta drückte. Die anderen Draugar kamen hereingestürmt und umringten den Drachen zähnefletschend und fluchend, doch dieser breitete einfach seine Schwingen aus und hielt sie damit auf Abstand. Keiner war mutig genug, den ersten Angriff zu starten. Feuriger Atem glühte in der Kehle des Drachen, als er mit der Zunge über Guthrums Gesicht fuhr.

»Nenn mir einen Grund, wieso ich diesen stinkenden Leichnam nicht verbrennen soll!«, zischte der Drache.

Guthrum griff nach seiner Streitaxt, aber der Schwarze Drache wischte sie mit seinem Schwanz beiseite, so dass sie klirrend über den Fußboden schlitterte.

»Weil du dann niemals König werden würdest«, sagte Lock mit eisiger Stimme.

Der Drache hielt inne, dann ließ er Guthrum zu Boden fallen. Der durchgeschüttelte Wikingeranführer erhob sich, spuckte ihnen einen großen Klumpen grüner Galle vor die Füße und gesellte sich zu seinen Männern, nicht ohne sie wegen ihrer Feigheit zur Schnecke zu machen. Der Drache kehrte in seine Ecke zurück, und wurde, nachdem sich sein Atem beruhigt hatte, wieder zu Richard. Er schlüpfte in seine Ersatzkleidung und ging Richtung Ausgang.

»Wo willst du denn hin?«, wollte Lock wissen.

»Ich hab noch was Besseres vor«, gab Richard unfreundlich zurück und stürmte nach draußen.

»Wenn du deinen Bruder triffst, dann denk bitte daran: Wir brauchen ihn lebend, vorerst zumindest«, rief Lock ihm nach. »Richard!«

Aber Richard war schon nicht mehr zu sehen.

13
Die Geburtstagsparty

Alfie saß immer noch im Auto. Sie standen ganz am Ende der langen Auffahrt zum majestätischen Windsor Castle, das anlässlich der Geburtstagsparty seiner Schwester mit Lampions geschmückt worden war. Er kam zwar schon zu spät, aber er musste vorher unbedingt noch seine Gedanken sortieren. Es fiel ihm wahnsinnig schwer, mit Ellie zu reden und dabei die eine Hälfte seines Lebens – die Defender-Hälfte – zu verschweigen. Er hatte das Gefühl, als hätte dieses Geheimnis eine Art unsichtbare Mauer zwischen ihnen errichtet.

»Nicht in Partystimmung, was?«, sagte Brian und trommelte mit den Fingern auf das Lenkrad.

»Hast du schon mal mitgekriegt, wie Ellies Freundinnen sich bei solchen Anlässen aufführen?«

»Stimmt auch wieder. Hast du Hayley eingeladen?«

»Hayley?«

Alfie hatte nicht einmal daran gedacht.

»Ich meine ja nur … Sie macht mir zurzeit einen ziemlich niedergeschlagenen Eindruck. Hätte vielleicht ihre Laune gehoben.«

»Sie wäre niemals mitgekommen … oder doch?«

»Vielleicht nicht, Chef. Aber trotzdem. Mädchen möchten ganz grundsätzlich gerne gefragt werden.«

Na, super. Jetzt konnte Alfie sich auch noch den Kopf darüber zerbrechen, ob Hayley womöglich stinkwütend in der Zitadelle hockte, bloß weil er sie nicht zu Ellies Geburtstagsparty eingeladen hatte.

Brian fuhr fort: »Tja, also ich habe ganz bestimmt nicht vor, dich zu begleiten. Steigst du jetzt endlich mal aus oder …?«

Alfie verstand den Wink mit dem Zaunpfahl, schnappte sich Ellies Geschenk und stieg aus. Seit dem schrecklichen Herbst vor etlichen Jahren, als seine Eltern die Scheidung bekanntgegeben hatten, war er nicht mehr oft hier gewesen. Damals hatte ihre Mutter sie mit hierhergenommen, um sie vor den unangenehmen Begleiterscheinungen der Trennung zu beschützen. Windsor war weit genug von London entfernt, um nicht ständig von Menschenmassen belagert zu werden, und Alfie hatte die Wochenenden hier immer sehr genossen. Er und seine Geschwister hatten die großzügige Schlossanlage und den riesigen Garten ganz für sich allein gehabt. Das »Schloss« war im Grunde genommen eher ein kleines Dorf, wo es immer einen unerforschten Turm oder eine versteckte Kammer zu entdecken gab. Aber in jenen Tagen war die Scheidung des Königspaares Tag für Tag in den Schlagzeilen gewesen, so dass sie dem Ganzen auch hier nicht hatten entkommen können. Schon bald war ihre Mum abgereist, und sie wohnten bei ihrem Dad im Palast. Damals war ihm klargeworden, dass er sich auf niemanden wirklich verlassen konnte, abgesehen von seinem Bruder und seiner Schwester. War das immer noch so? Oder stimmte nicht einmal das mehr?

Am Eingang begrüßte Alfie die Angestellten, die ihn zum Teil schon als Baby gekannt hatten. Anschließend ging er an den bunten Fahnen der Ritter des Hosenbandordens vorbei – jenes geheimnisvollen Ordens, der sich während der Regierungszeit Edwards III. vor rund siebenhundert Jahren regelmäßig im Schloss Windsor versammelt hatte. Während er sich dem Oberen Hof näherte, konnte er von drinnen bereits die laute, stampfende Musik hören. Ein deprimiert dreinschauender Butler hatte sich draußen vor die Tür gekauert und tippte auf seinem Smartphone herum. Als er den jungen König näher kommen sah, stellte er sich hastig in Position.

»Entschuldigung, Majestät.«

Alfie winkte ab.

»Kein Problem. Ich würde auch lieber hier draußen bleiben.«

Prinzessin Eleanors Party fand in der großen Empfangshalle statt. Der Raum war so über und über vergoldet – angefangen bei den kunstvollen Stuckarbeiten der Rokokodecke über die funkelnden Kronleuchter bis zu den eleganten, unbezahlbaren Möbeln –, dass man eine wirklich gute Sonnenbrille brauchte, um sich das alles ohne Kopfschmerzen anzuschauen. Normalerweise fanden hier offizielle Empfänge für Botschafter oder ausländische Adlige in Anzügen und Ballkleidern statt, aber heute Abend waren die Gäste Hunderte tanzwütiger, junger Teenager. Alfie hatte versucht, sich innerlich darauf einzustellen, aber mit einem hatte er nicht gerechnet: dass er gleich nach dem Eintreten in die gruselige Fratze des Schwarzen Drachen blicken würde.

»OOH-HAA!«

Erschrocken wich Alfie zurück und stieß einem Diener das Tablett mit lauter Gläsern voller pinkfarbener Limonade aus der Hand. Ein ohrenbetäubendes Scheppern ertönte, und alle Partygäste drehten sich um. In diesem Augenblick erkannte Alfie, dass sich ungefähr zehn Schwarze Drachen im Saal befanden, dazu ein halbes Dutzend Defender und viele andere berühmte Superhelden und Superschurken. Eine Verkleidungsparty. Hatte er natürlich vergessen. Weil er sich wichtige Dinge, die ihm eine öffentliche Demütigung ersparten, eben einfach nicht merken konnte.

»Sehr schöner Auftritt, Alfie. Was hast du denn als Zugabe geplant? Mit dem Gesicht voraus in meiner Geburtstagstorte zu landen?«

Ellie starrte ihn finster an, die Arme vor der Brust verschränkt. Sie trug ein kurzes weißes Kleid und hatte sich eine Siegerschale aus Goldfolie an die Brust geheftet.

»Tut mir leid. Aber falls es einen Kostümwettbewerb gibt, der Schwarze Drache da drüben ist wirklich sehr gut getroffen. Und wer bist du?«

»Kate Robertson natürlich«, sagte sie in tadelndem

166

Tonfall. »Die Tennisspielerin? Sie hat doch gerade das Viertelfinale in Wimbledon erreicht. Was machst du bloß den ganzen Tag?«

»Keine Ahnung.« Alfie zuckte mit den Schultern. »Ach ja, alles Gute zum Geburtstag.«

Er fischte das Geschenk aus dem klebrigen Scherbenhaufen auf dem Boden und gab es ihr. Ellie drückte es mit einem Lächeln an sich.

»Is. Nich. Wahr.«

Sie riss das Geschenkpapier ab und starrte das nagelneue Bianca-Chandon-Skateboard mit großen Augen an.

»Alfie, jedes Mal, wenn ich anfange, dich für einen kompletten Idioten zu halten, schaffst du es irgendwie, mich zu beeindrucken … Oh.«

Sie hielt inne und sah sich die Unterseite des Skateboards etwas genauer an. Dann drehte sie es um und zeigte ihm die goldene Plakette mit der Gravur.

»Zu Ehren König Alfreds II., überreicht anlässlich seiner Krönung von der Regierung der Vereinigten Staaten von Amerika«, las Alfie mit einem mulmigen Gefühl in der Magengegend vor. »Hab ich wohl übersehen. Aber ich bin immer wieder runtergefallen, darum dachte ich, es wäre vielleicht eher was für dich.«

»Ist es auch. Aber du bist trotzdem ein Idiot«, sagte Ellie, und schlängelte sich auf dem Skateboard durch die Gästeschar. »Viel Spaß noch!«

Ein paar Mädchen sahen kichernd zu Alfie herüber.

Typisch, dachte er, *als ich noch nicht König war, hat sich niemand für mich interessiert, aber jetzt …*

Doch dann wurde ihm klar, dass sie über seinen Klingelton lachten – »God Save the King«. Den programmierte Hayley ständig wieder in sein Handy, sobald er ihr den Rücken zukehrte. Verlegen zog er das Ding aus der Tasche und suchte sich eine etwas ruhigere Ecke.

»Hallo?«

»Hi, Schätzchen. Das hört sich ja ganz so an, als wärst du schon auf der Party«, sagte Königin Tamara am anderen Ende der Leitung.

»Mum! Du hast Ellie knapp verpasst. Ich schau mal nach, ob ich sie irgendwo sehe.« Alfie suchte in dem Gewimmel nach seiner Schwester, aber es war vergeblich.

»Kein Stress, Alf. Sie amüsiert sich bestimmt prächtig. Ich wollte nur sichergehen, dass bei dir so weit alles in Ordnung ist. Ich habe in den Nachrichten ein paar ziemlich verrückte Sachen gesehen.«

Alfie wusste genau, was sie meinte. Bei ihrer letzten persönlichen Begegnung – das war kurz nach der Krönungsfeier gewesen – hatte sie ihm gestanden, dass sie davon ausging, dass ihr Telefon abgehört wurde. Und er war sich ziemlich sicher, dass sie auch wusste, dass er mittlerweile der Defender war. Also erkundigte sie sich eben auf diese Art, wie es um seinen Kampf gegen die Wikinger stand.

»Ja, na ja, mir geht es gut, danke. Der neue Job ist ganz schön anstrengend. Du weißt schon, ständig neue Leute kennenlernen, jede Menge Hände schütteln, das Übliche eben.« *Untote Wikinger verprügeln, mit Teufelshunden kämpfen …*

»Gut. Ich bin so stolz auf dich, Alfie. Und es tut mir leid, dass ich nicht länger bleiben konnte. Die Ranch nimmt einfach so viel Zeit in Anspruch. Aber ich würde mich wahnsinnig freuen, dich bald mal wiederzusehen, damit wir uns in Ruhe über alles unterhalten können.«

Seine Mum war nach der Krönung gleich wieder zurück in die Vereinigten Staaten geflogen. Sie war kein Mensch, der sich leicht einschüchtern ließ, aber Alfie spürte, dass sie nur sehr ungern britischen Boden unter den Füßen hatte.

»Ich rede mit dem HM. Mal sehen, vielleicht kann er ja etwas arrangieren.«

»Das wäre toll. Ich richte schon mal das Gästebett her. Und kannst du deinem Bruder bei nächster Gelegenheit vielleicht ausrichten, dass er gefälligst ans Telefon gehen soll?«

Wie es der Zufall wollte, begegnete Alfie Richard sogar noch früher als erwartet. Nachdem er eine ungemütliche Stunde lang versucht hatte, mit Ellies Freundinnen zu reden, ohne sich noch einmal als Vollpfosten zu erweisen, stand er jetzt wieder draußen und wartete ziemlich erleichtert auf Brian, der den Wagen holen wollte. Mit einem Mal trat Richard aus dem Schatten auf ihn zu.

»'n Abend Alfie.«

»Rich!«

Alfie wollte seinen Bruder umarmen, aber Richard wich zurück. Er sah bleich und verschwitzt aus.

»Was ist denn los? Ich hab schon ein paar Mal versucht dich anzurufen.«

»Grippe«, röchelte Richard.

Das erklärte sein krankes Aussehen. Aber Alfie spürte, dass noch etwas anderes dahintersteckte. Etwas, was sein Bruder ihm nicht sagen wollte.

»Hör zu, ich habe keine Ahnung, wieso du mir in letzter Zeit aus dem Weg gehst«, sagte Alfie. »Aber ich bin dein Bruder. Du kannst mit mir reden. Falls ich irgendwas gemacht habe …«

Richard lachte heiser. »Du hast immer noch keinen Schimmer, stimmt's?«

Alfie war verwirrt. Das war nicht der Richard, den er kannte. Eine solch düstere Miene hatte er noch nie bei ihm gesehen.

»Keinen Schimmer von was?«

Richard schüttelte den Kopf und wandte sich zum Schloss.

»Ich bin bloß hier um Ellie zu gratulieren.«

Aber Alfie lief ihm nach und packte ihn an der Schulter. »Sag schon!«

Richard schlug ihn mit dem ausgestreckten Arm ins Gesicht. Alfie ging benommen zu Boden. Sein Bruder beugte sich über ihn. So wütend hatte Alfie ihn noch nie erlebt.

»Wieso musstest du es dir anders überlegen? Warum

bist du nicht einfach weggeblieben, wie man es von dir erwartet hat? Das ist alles deine Schuld! Alles, was noch passieren wird! Alles deine Schuld, Alfie!«

Jetzt war Alfie vollkommen ratlos. Was meinte er denn damit? Was würde alles passieren? Doch noch bevor er wieder zu Atem kommen konnte, war Richard bereits im Inneren des Schlosses verschwunden. Er war immer noch benommen, als der Wagen neben ihm anhielt und Brian heraussprang. Er half Alfie auf die Füße und besah sich seine geschwollene Backe.

»Wer war das?«, wollte Brian wissen und schaute sich alarmiert um.

»Ich weiß es ehrlich nicht«, erwiderte Alfie.

14
Geheimnisse bewahren

Hayley machte sich eine Tasse Tee und beobachtete während dessen die Yeoman Warders, die dicht zusammengedrängt am Tisch saßen und sich unterhielten. Die Kantine der Zitadelle befand sich am Ende eines langen, steinernen Korridors, der von der Kommandozentrale bis hierher führte. Es war im Grunde genommen nichts weiter als eine heruntergekommene, alte Küche. Die letzte Renovierung hatte im Jahr 1942 stattgefunden, und es roch ständig nach Suppe. Generationen von Yeoman Warders hatten sich in den langgestreckten Eichentischen verewigt: *J. Algar 1972, Herbert Wyatt 1921. S. Theobald 1878, Albert George Payne 1936.* Die Tische waren so über und über mit Unterschriften und Initialen bedeckt, dass es Jahre gedauert hätte, sie alle zu lesen. Wenn Hayley beim Essen saß, dann suchte sie gerne nach dem ältesten eingeritzten Datum, strich mit den Fingerspitzen über die einzelnen Namen und überlegte sich, wer und wie die Person wohl gewesen war. Die älteste Unterschrift, die sie bis jetzt gefunden hatte, gehörte einem gewissen *Josiah Mott, 1702.* Da hatte sie allerdings noch nicht gewusst, dass die Unterseiten der Tische ebenfalls voller Namen und Signaturen waren. Darauf hatte einer der Beefeater sie erst später aufmerksam gemacht. Vor vielen Jahren, als die Tischplatten vollgekritzelt gewesen waren, hatten sie sie einfach umgedreht.

Aber heute hatte sie keine Lust, nach alten Namen zu suchen. Heute wartete sie ungeduldig auf den Schichtwechsel der Yeoman Warders, damit sie sich heimlich in Brians Zimmer schleichen konnte. Seit sie ihn in dem Gang zum Ausfalltor beobachtet und sein Telefonat im königlichen Zug belauscht hatte – »Ich möchte den König nur ungern hintergehen« –, war sie mehr und mehr zu der Überzeugung gelangt, dass Brian irgendetwas im Schilde führte. Die Vorstellung, dass Brian, den sie als guten Freund betrachtete, nicht vertrauenswürdig sein könnte, war ihr genauso unangenehm wie Alfie, der ja sehr abweisend auf ihren vagen Verdacht reagiert hatte. Aber trotzdem – irgendetwas stimmte im Moment nicht mit ihm. Irgendwie fühlte sie sich an ihre Gran erinnert, und zwar im Anfangsstadium ihrer Krankheit, als sie noch in der alten Wohnung gelebt hatten. Zuerst waren es nur Kleinigkeiten gewesen – dass Gran vergessen hatte, weshalb sie in ein Zimmer gekommen war, oder dass sie gelegentlich Wörter verwechselt hatte. Aber dann war es immer schlimmer geworden. Sie glaubte zwar nicht, dass Brian krank war, aber irgendetwas stimmte nicht mit ihm, und sie würde schon noch dahinterkommen, was es war.

»Na, keine Lust auf die Sause in Windsor, Hayley?«,

erkundigte sich Brenda und setzte sich mit ihrem Teller neben sie.

Oh, nein, sie gehört bestimmt zur Ablösung, dachte Hayley nur. Das würde es erheblich schwerer machen, sich unbemerkt davonzuschleichen. Aber sie lächelte Brenda an und versuchte sich so normal wie möglich zu benehmen.

»Ellies Party? Ach was. Ich würde mich zwischen diesen vornehmen Leutchen doch bloß unwohl fühlen.«

»Ist doch egal«, erwiderte Brenda mit vollem Mund. »Ist ja eine Verkleidungsparty. Du hättest ein Superheldenkostüm anziehen können, mit Maske und allem Pipapo.«

»Ach? Na ja, ist sowieso nicht so mein Ding«, log Hayley.

Sie wäre wahnsinnig gerne dabei gewesen, und sei es nur, um noch einmal zu sehen, wie Alfie versuchte, zu tanzen. In Glastonbury hatte es so mies ausgesehen, dass es fast schon wieder gut gewesen war.

»Und außerdem hat Alfie mich nicht eingeladen«, fügte sie hinzu.

»Wäre aber schon nett gewesen, wenn er's gemacht hätte, oder?«

Brenda zwinkerte ihr zu. Sie zog Hayley gerne damit auf, dass sie und Alfie bestimmt eines Tages zusammenkommen würden. Hayley fragte sich, ob Alfie ihr vielleicht absichtlich nicht Bescheid gesagt hatte. War er immer noch wütend auf sie, weil sie Brian misstraute?

Unter Gelächter und gelegentlichem Gähnen trudelten jetzt die Yeoman Warders aus der Kommandozentrale ein. Sie hatten während der letzten zwei Stunden die riesige Landkarte überwacht und die Meldungen zahlreicher nervöser Schutzvögte aus allen Landesteilen entgegengenommen. Plötzlich wollten alle die Wikinger gesichtet haben. Zwar war es fast immer falscher Alarm, aber das machte das Ganze nicht weniger anstrengend.

Während die Beefeater sich in die Schlange vor der Essensausgabe einreihten, verabschiedete Hayley sich von Brenda unter dem Vorwand, dass sie heute mal früh schlafen gehen wollte. Kaum war sie außer Sichtweite, rannte sie in die Kommandozentrale. Sie wusste, dass es zwischen den einzelnen Schichten immer eine kleine Lücke gab – die Beefeater ließen nur sehr ungern etwas auf dem Teller liegen –, so dass sie gerade genug Zeit hatte, um Brians Zimmer zu durchsuchen. Vielleicht fand sie ja einen Hinweis, irgendetwas, woraus sie schließen konnte, was er vorhatte. Das war zwar unwahrscheinlich, aber sie musste es zumindest versuchen.

Da hörte sie ein tiefes Knurren vom Sofa her. Sie erschrak, aber es war nur Herne, der im Schlaf irgendeinen Soldaten verfolgte. Der strubbelige Hund klappte ein Auge auf, gähnte und setzte seinen Traum fort. Hoffentlich wurde in den nächsten Minuten kein Großalarm ausgelöst, der die ganze Belegschaft sofort in die Kommandozentrale zurückholte. Hayley blickte auf ihre Armbanduhr. Sie gab sich drei Minuten.

LOS!

Sie drückte Brians Türklinke und wollte die Tür aufstoßen. Abgeschlossen. Sie ließ die Schultern hängen. Natürlich. Doch als sie die Klinke losließ, klappte die Tür einen Spalt weit auf – sie hatte einfach nur geklemmt. Hayley huschte nach drinnen.

Brians Zimmer war spärlich möbliert und aufgeräumt. Hayley wusste nicht, in welchem Regiment Brian gedient hatte, aber es war klar, dass er dort absolute Sauberkeit und Ordnung gelernt hatte. Es gab einen Schreibtisch, und an der Wand über dem fein säuberlich gemachten Bett hingen zwei gekreuzte, antike Schwerter. In einer Ecke stand eine mittelalterliche Rüstung. Na ja, immerhin ist er offiziell der königliche Waffenmeister, sagte sich Hayley. Aber es war trotzdem irgendwie unheimlich, die ganze Zeit von dieser Metallfigur angestarrt zu werden. Mit einem Mal hatte Hayley das Gefühl, als würde hinter den Helmschlitzen eine kleine Kamera lauern, die alles, was im Zimmer vor sich ging, aufzeichnete. Voller Panik klappte sie das Visier nach oben. Nichts. Nur Staub und Spinnweben. Die Rüstung blieb also offensichtlich von Brians Sauberkeitsfimmel verschont. Plötzlich klingelte ein Telefon in der Kommandozentrale, und Hayley erstarrte. Ihr Atem ging schneller. Würde sich irgendjemand darum kümmern? Sie lauschte angestrengt. Keine Stimmen. Nach einer Weile war es wieder still.

Was mache ich eigentlich hier?, dachte sie und ließ den Blick suchend über den Schreibtisch gleiten. *Das ist doch verrückt.* Trotzdem, sie musste es wissen. Noch eine Minute. In den Schreibtischschubladen fand sie lauter alphabetisch sortierte Aktenordner, und selbst die Bleistifte warteten fein säuberlich in Habachtstellung auf ihren Benutzer. Hier gab es nichts Ungewöhnliches zu finden. Doch dann sah sie den kleinen Zettel mit der langen Telefonnummer. Er fiel ihr vor allem deshalb auf, weil er so zusammengeknüllt aussah und so gar nicht in diese sauber aufgeräumte Schublade zu passen schien – so, als sei er immer wieder auseinander- und wieder zusammengefaltet worden. Vielleicht war das die Nummer desjenigen, mit dem Brian im Zug telefoniert hatte. Hayley holte tief Luft und fing an, die Nummer auswendig zu lernen, doch noch bevor sie fertig war, hörte sie Stimmen in der Kommandozentrale.

Ertappt.

Eine Woge der Scham überrollte sie. Sie konnte Brians Zimmer unmöglich ungesehen verlassen, und sie würde sich auch nicht herausreden können. Die Yeoman Warders in der Kommandozentrale würden ihr den Verrat garantiert ansehen. Damit hatte sie innerhalb einer einzigen bescheuerten Sekunde alles Vertrauen zerstört, das sie in monatelanger Arbeit aufgebaut hatte. Was würde der Hofmarschall dazu sagen? Was würde Brenda von ihr halten? Allein bei der Vorstellung wurde ihr schon schlecht.

Ich will doch nur Alfie beschützen, dachte Hayley verzweifelt. In diesem Augenblick fiel ihr etwas auf. Hinter der Rüstung befand sich eine Tür – alt, mit schwarzen Nägeln beschlagen und mit Eisenbändern versehen. Das war einen Versuch wert. Hayley zwängte sich hinter die Rüstung und hoffte inständig, dass die Tür nicht abgeschlossen war. Unter hässlichem Kreischen – so laut, dass sie das Gesicht zu einer Grimasse verzog – ließ sie sich öffnen. Kalte, abgestandene Luft wehte ihr entgegen, als ob sie seit Jahrhunderten darauf gewartet hatte, endlich aus der Gefangenschaft zu entweichen. Eine steinerne, von schwachen, altertümlichen Glühbirnen beleuchtete Treppe führte in die Tiefe hinab. Sie wusste zwar nicht genau, was sie dort unten erwarten würde, aber sie hatte keine andere Wahl. Also trat sie durch die Tür und zog sie so leise wie möglich hinter sich ins Schloss.

Je weiter sie nach unten kam, desto kälter wurde es. Und dann war hier noch etwas anderes spürbar: Zauberei. Dieses elektrisierende Knistern, das sie auch jedes Mal fühlte, wenn Alfie sich in den Defender verwandelte. Wie eine Gänsehaut, wenn sich sämtliche Nackenhärchen aufrichteten. Als sie gerade anfing sich zu fragen, ob sie womöglich eine Abkürzung zum Mittelpunkt der Erde erwischt hatte, erreichte sie den Fuß der Treppe und fand sich in einem riesigen, kreisförmigen Saal wieder. In gleichmäßigen Abständen waren schwere Eichentüren in der Wand zu erkennen. Wie viele? Hundert vielleicht? Oder mehr? Hayley wusste es nicht. Doch der eigentliche Blickfang befand sich genau in der Mitte des Saales. An einer dicken, silbernen Kette, die von der Decke herabhing, baumelte der dickste Schlüsselbund, den sie je gesehen hatte. Er war so groß wie ein Medizinball. Die Schlüssel gaben ein schwaches, magisch schimmerndes, blaues Licht ab, das in durchsichtigen Strahlen zu jeder einzelnen Tür führte.

»Fräulein! Seid gegrüßt!«

Hayley zuckte zusammen. Die Stimme war hinter der Tür erklungen, die ihr am nächsten lag. Hayley sah etwas genauer hin und bemerkte, dass sie ein kleines, vergittertes Fenster besaß.

»Wie geht es Euch, hübsche Dame? Mich dünkt, Ihr habt Euch verlaufen?«, fuhr die Stimme in leisem Singsang fort. »Kommt herbei, kommt herbei. Ich werd Euch schon nicht beißen.«

Misstrauisch näherte Hayley sich der Tür, hinter der die Stimme erklang. Sie versuchte, durch das kleine Fenster zu schauen, aber dahinter war es pechschwarze Nacht.

»Bist du ein Beefeater?

Ein schrilles Kichern war die Antwort. »Oh, nein, aber in uralten Zeiten habe ich meinem barmherzigen Landesherrn durchaus gedient.«

Hayley blickte sich nervös um. »Was ist das denn hier eigentlich?«

»Eine Versammlung der Großen und Guten. Oder vielleicht eher der Großen und nicht so Guten.« Noch ein schrilles Kichern, fast wie das Zwitschern eines Singvogels. »Wohlan denn, Schönheit, darf ich Euch bitten, meinen Schlüssel zu suchen und mir die Tür zu öffnen?«

Hayley wurde leicht schwindelig. Sie blickte an dem schimmernden Lichtstrahl entlang, der von der Tür bis zu dem Schlüsselbund führte. Aus irgendeinem Grund sah sie genau, welchen Schlüssel die betörende Stimme meinte. Er war aus rostigem Eisen. Wenn sie die Hand ausstreckte, konnte sie ihn wahrscheinlich einfach nehmen …

Eine schwere Hand legte sich auf Hayleys Schulter. Sie schrie auf und wirbelte herum.

»Nein, nein, nein!«

Hinter ihr stand ein alter Yeoman Warder, den sie noch nie zuvor gesehen hatte. Er trug eine zerfledderte, schmutzige Uniform, und in sein ledriges Gesicht hatten sich tiefe Furchen gegraben. Seine grauen Haare waren lang und strähnig. Alles in allem sah er aus wie ein Landstreicher, der sich nur versehentlich in eine Beefeater-Uniform verirrt hatte. Er zog Hayley von den Schlüsseln weg.

»Lass sie los!«, kicherte die Stimme hinter der Tür.

»Halt die Klappe, Blood.« Der Beefeater trat mit dem Fuß gegen die Tür, bevor er sich Hayley zuwandte. »Der Charmeur könnte dich zu allem überreden.« Dann musterte er sie von Kopf bis Fuß. »Du bist also dieses Mädchen, was?«

»Ich heiße Hayley«, erwiderte sie, während der Nebel in ihrem Kopf sich langsam lichtete.

Der alte Yeoman verzog spöttisch das Gesicht. »Du bist vielleicht die kleine Freundin Ihrer Majestät, aber deswegen kannst du trotzdem nicht einfach so mir nichts dir nichts durch den Kerker spazieren.«

Kerker. Natürlich. Da war sie gelandet. Und der zuständige Beefeater wurde der Yeoman Jailer genannt. Hayley schüttelte seine Hand ab.

»Ich hab mich verlaufen. 'tschuldigung.«

»Genau wie ich es vorhergesagt habe«, zwitscherte Blood – wer immer das sein mochte – aus seiner Zelle.

»Halt endlich die Futterluke, du Verräter!«, blaffte der Jailer ihn an, versetzte der Tür noch einen zweiten, kräftigen Tritt und packte Hayley am Handgelenk. Er zog sie von den Zellen weg zu einer anderen Treppe. »Eigentlich dürftest du gar nicht hier unten sein.«

»Von mir aus, bitte, dann gehe ich eben wieder«, fauchte Hayley ihn an.

Erleichtert machte sie sich auf den Weg zur Treppe. Doch obwohl sie eigentlich so schnell wie möglich wieder zurück sein wollte, bevor sich jemand über ihr Fehlen wunderte, ihre Neugier war stärker.

»Wer war das, der da mit mir geredet hat?«

»Colonel Blood. Hat 1671 die Kronjuwelen gestohlen. Die echten«, erwiderte der Jailer. »Wollte sie einschmelzen und einen Zaubertrank brauen, der aus ihm einen Superschurken machen sollte. Hätte auch beinahe geklappt. Bis auf die körperlichen Nebenwirkungen.«

Hayley beschloss, dass sie lieber nicht wissen wollte, was damit gemeint war. Sie ließ den Blick über die anderen Zellentüren schweifen. »Sind sie alle belegt?«

»Nicht alle, aber viele genug. Hier bei mir landen nur die Übelsten der Übelsten. In den guten alten Zeiten haben wir Verräter immer enthauptet, aber jetzt … Wenn der Defender sie lebend erwischt, dann werden sie eben hier unten eingekerkert, ganz wie es Ihrer Majestät gefällt. Mal sehen …«

Der Jailer strich mit der Hand über ein paar Türen und erntete dafür gedämpfte Schreie, wütendes Knurren und grässliches Geheul, so dass Hayley ein Kribbeln am ganzen Körper spürte.

»Da haben wir den flinken Jack, der seit dem 19. Jahrhundert London terrorisiert hat. Hab seine Zelle dreifach gesichert, nur für den Fall. Vermaledeite Dämonen, denen kann man nicht trauen. Und gleich nebenan hätten wir die heimtückische Robyn Hood.«

»Robin Hood? Ich dachte, das wäre einer von den Guten?«

»Von wegen den Reichen nehmen und den Armen geben, was? Hast die Geschichte also auch geglaubt? Aber welcher Wohltäter trägt schon eine Kapuze? Ich mein ja bloß. Aber das hier, das ist Robyn, mit Ypsilon. Sie ist eine Nachfahrin des ursprünglichen Robin Hood, aber trotzdem eine durchtriebene Verbrecherin.«

Der Jailer wandte sich der nächsten Tür zu. Irgendwie erinnerte er Hayley an einen Markthändler, der stolz seine Waren präsentierte, und sie dachte insgeheim, dass er seine grässliche Arbeit vielleicht ein bisschen zu gerne machte.

»Und hier hätten wir unseren neuesten Mitbewohner, die Bestie von Bodmin. Potz Blitz, mit der hatte König Henry, Gott hab ihn selig, ganz schön was zu tun.«

»Die Bestie von Bodmin? Das ist doch bloß eine Art große Katze, oder nicht?«

»KATZE? Oh, könntest du ihr das bitte, bitte in die Gesichter sagen? Da wäre ich zu gerne dabei«, lachte der Jailer.

»Ins Gesicht«, verbesserte ihn Hayley.

»Du hast schon richtig gehört. Willst du vielleicht mal einen Blick reinwerfen?« Der Jailer öffnete die eiserne Klappe vor dem Sichtfenster.

Hayley schüttelte den Kopf, und er schloss die Klappe wieder. Angesichts der vielen, unmenschlichen Laute, des Gebrülls und des Geheuls hier unten wagte Hayley gar nicht daran zu denken, was geschehen würde, wenn eines dieser Ungeheuer ausbrechen konnte.

»Nun denn, was hattest du gesagt? Auf welchem Weg warst du hier heruntergekommen?« Der Jailer starrte sie durchdringend an.

Hayley wollte sich gerade eine Geschichte aus den Fingern saugen, wie sie sich verlaufen hatte, als in der Kommandozentrale über ihnen alle Sirenen losschrillten. Großalarm. Die Wikinger mussten wieder irgendwo zugeschlagen haben.

»Tut mir leid! War nett, Sie kennenzulernen!«, sagte Hayley und rannte hastig die Treppe hinauf.

»Oben dann links, rechts und wieder links. Aber das

hättest du ja auch so gewusst, nicht wahr?«, rief der Jailer ihr fröhlich hinterher. Aber sein spöttisches Lächeln zeigte, dass er Bescheid wusste. »Wir sprechen uns wieder!«

So schnell sie nur konnte, rannte Hayley die Treppe hinauf. Sie war froh, dass sie diesen höllischen Ort wieder verlassen konnte.

15
Goldrausch

Gordon Frimley saß in der schlecht beleuchteten, marmornen Eingangshalle der Bank of England und sah sich auf einem kleinen Fernseher eine ausführliche Zusammenfassung des Tennisspiels an. Die schwarze Mütze hatte er auf seinen Schreibtisch gelegt, aber den langen, rosafarbenen Frack, dem die Wachmänner der altehrwürdigen Bank ihren Spitznamen, »Pink Coats«, verdankten, hatte er anbehalten. Gordon fand, dass die Farbe ihm gut stand, und das sagte auch seine Frau, darum warf er im Dienst gerne heimlich einen Blick auf sein Spiegelbild.

Die britische Tennisspielerin Kate Robertson setzte den nächsten Return weit neben die Auslinie und Gordon verzog das Gesicht. Draußen vor der Bank donnerte und blitzte es, aber Gordon hatte nur Augen für das Match. Er stöhnte auf, als Robertson den nächsten Ball ins Netz schlug. Sie hatte große Mühe mit ihrer schwedischen Gegnerin, die eine sehr imposante Erscheinung war. *Wir kriegen immer nur so halbe Portionen hin*, dachte Gordon.

KLONG!

Etwas Schweres prallte gegen die Eingangstür der

Bank, und Gordon zuckte zusammen. Der Schlag hallte noch lange durch die Marmorhalle. *Wahrscheinlich irgendein Besoffener, der dem Mistwetter entkommen will.* Gordon knurrte ein paar unfreundliche Worte vor sich hin, weil er die nächsten Ballwechsel verpassen würde, und ging quer durch die Eingangshalle, vorbei an dem großen Mosaik mit den zwei Löwen, die über die Küsten Englands wachten, um das Ohr an die kalte Bronzetür zu legen.

»Wir haben geschlossen!«, brüllte er.

Er wollte sich gerade wieder dem Tennismatch zuwenden, da wurde die schwere Tür aus den Angeln gerissen und flog ihm entgegen. Er wurde getroffen, landete auf dem Rücken und schlitterte ohnmächtig quer über den Fußboden. Als er wieder zu sich kam, sah er ein Dutzend schmutzige Fellstiefel Richtung Treppenhaus stapfen. Es roch plötzlich nach totem Fisch und Algen. Gordon tat das einzig Vernünftige: Er machte die Augen zu und stellte sich tot.

»*SEM SKJÓTAST, ÞIÐ ROTTUR!**«, brüllte Guthrum seine Männer voller Ungeduld an.

Die Stufen der gusseisernen Wendeltreppe, die in das Bankgewölbe hinabführte, waren zu schmal für die riesigen Wikingerfüße, und seine Männer schwankten und stießen aneinander wie U-Bahn-Fahrgäste im dichtesten Berufsverkehr. Der Wikinger-Anführer stieß einen wü-

---

* »BEEILUNG, IHR RATTEN!«

tenden Laut aus, packte den Krieger, der ihm am nächsten stand, und warf ihn über das Geländer. Er fiel fünf Stockwerke nach unten und landete stöhnend auf dem Rücken. Guthrum sprang ihm mit einem Satz hinterher, benutzte den unten liegenden Wikinger als Trampolin und landete mit beiden Beinen auf dem Boden. Die übrigen Männer taten es ihm nach, und wenige Augenblicke später standen sie vor der mächtigen Tresortür.

Guthrum fuhr mit seinen schwarzen, toten Fingern über die gewaltige Rundung aus meterdickem Stahl und runzelte die Stirn. Dann stieß er einen kehligen Befehl aus, trat einen Schritt zurück und machte die Augen zu. Einer der Wikinger fing an zu singen. Es war eine leise, geheimnisvolle Ballade in ihrer eigenen, uralten Sprache:

>*Tegit beinina á honum!*
Óttazk øxina!
Guthrum gnæfir yfir allir!<*

Jetzt fielen auch die anderen in den Gesang ein, bis der gesamte Tresorraum von den Stimmen der Wikinger widerhallte. Guthrum begann, am ganzen Körper zu zittern. Es waren seltsame Verrenkungen, ähnlich denen, die seine Männer erfasst hatten, als sie in Cambridge zu

---

* »Die Knochen gestreckt! Die Axt gefürchtet!
   Guthrum ist größer als alle Männer!«

Berserkern und Teufelshunden geworden waren. Nur, dass Guthrum sich nicht in ein Tier verwandelte.

Sondern immer größer wurde.

Seine Arme und Beine schwollen in unfassbarer Geschwindigkeit immer weiter an. Jeder Teil seines Körpers wurde praller und praller, als würde er aufgeblasen, so lange, bis sein Schädel die Decke berührte. Mittlerweile war er fünfmal so groß wie zuvor und konnte nur noch gebückt stehen. Er packte den Griff der Tresortür und fing an zu ziehen. Gips fiel von den Wänden links und rechts der Tür, und dann taten sich hässliche Risse auf. Der Gigant brüllte lauter als ein Güterzug, riss die gewaltige Stahltür mit einem Ruck aus den Angeln und ließ sie krachend auf den völlig zerstörten Fußboden fallen. Als der Staub sich langsam wieder legte, zwängte der riesenhafte Guthrum sich durch die Öffnung, dicht gefolgt von seinen Männern.

In alle Richtungen erstreckten sich Regale, so weit das Auge sehen konnte, und jedes einzelne war mit Goldbarren beladen. Es waren alles in allem vierhunderttausend Stück – die gesamte Goldreserve des Vereinigten Königreichs von Großbritannien. Guthrum stand mit sperrangelweit geöffnetem Mund da.

»Valhol!«, stieß er atemlos hervor. Damit war Walhalla gemeint, das mythologische Paradies der Wikinger.

Der nächste Wikinger, der den Tresorraum betrat, sah sich um und fiel in Ohnmacht. Aber die anderen stürzten sich brüllend vor Entzücken auf den riesigen Schatz, und umarmten und streichelten die Goldbarren wie kleine, niedliche Hundewelpen.

*** *** ***

Alfie jagte auf Wyverns Rücken mitten in den Sturm und kreiste über der Bank of England. Eine schwerbewaffnete Polizeieinheit hatte das wunderschöne, alte Gebäude umstellt, und ein Mann in einem verwahrlosten, rosafarbenen Frack und einer zerknitterten Mütze brüllte dem Einsatzleiter etwas zu, fuchtelte mit den Armen und zeigte immer wieder auf das Gebäude.

»Wie sieht es aus, Majestät?«

Das war der HM. Er saß in der Zitadelle und überwachte den Anflug des Defenders mit Hilfe der Helmkamera. Hayley hockte neben ihm und warf Brian immer wieder argwöhnische Blicke zu, während dieser die Yeoman Warders auf dem Laufenden hielt.

»Sieht ganz so aus, als hätte unser freundlicher Wikinger einen Zahn zugelegt«, erwiderte Alfie und drehte langsam den Kopf, um den anderen einen besseren Eindruck vom Geschehen zu ermöglichen.

»Bleib erst mal in sicherer Entfernung, bis wir wissen, womit wir es hier zu tun haben«, riet Brian.

Jetzt explodierte die Fassade der Bank of England. In einem Regen aus pulverisierten Steinen trat die gewaltige Gestalt Guthrums hinaus in den Regen.

»OH-HAA!«, platzte Alfie heraus, als er Guthrums

riesenhafte Erscheinung sah. »Da war wohl jemand im Fitnessstudio.«

Schlagartig erinnerte er sich an seine letzte »Nachfolge«-Vision – das blutige Ende der Schlacht von Edington aus der Sicht seines Vorfahren Alfreds des Großen, als der riesenhafte Wikingerfürst aus dem Wald gestapft war und Alfred auf dem Schlachtfeld zum Kampf aufgefordert hatte. Die Vorstellung war schon als böser Traum furchterregend genug gewesen, aber hier hatte er ihn in gammeligem Fleisch und Blut leibhaftig vor Augen. Fast vermisste er die Teufelshunde. Aber wenn man vom Teufel spricht … Schon kamen auch Guthrums untote Wikingerkumpane aus der zerstörten Bank gestapft. Sie zogen jede Menge Rollwagen hinter sich her, vollgepackt mit Goldbarren.

»Hier spricht die Polizei! Lassen Sie alles fallen, und legen Sie sich auf den Boden!«, rief der Einsatzleiter mit zitteriger Stimme in das Megaphon.

»*VÉR ÓTTUMZT EKKI DAUÐLEGRA MANNA!**«, brüllte Guthrum zurück und trommelte sich mit beiden Fäusten auf die Brust, während die Scharfschützen ihre Gewehre bereitmachten.

Die Botschaft war klar: *Na los, nur zu.*

Alfie starrte so gebannt auf das bizarre Schauspiel, das sich da vor seinen Augen abspielte, dass er den Polizeihubschrauber, der langsam auf ihn zugeschwebt kam,

---

* »WIR FÜRCHTEN KEINEN STERBLICHEN!«

beinahe übersehen hätte. Wyvern wich ihm erst im letzten Moment aus, so knapp, dass Alfie dem verblüfften Piloten in die Augen sehen konnte. Die Wikinger näherten sich jetzt zähnefletschend und geifernd der Straßenkreuzung vor der Bank, dort, wo auch die Scharfschützen auf der Lauer lagen.

»DIES IST DIE LETZTE WARNUNG!«

Alfie sah sich um. Sie wurden von allen Seiten von Hochhäusern umschlossen. Am anderen Ende der Straße fuhren immer noch Autos, deren Fahrer die Bedrohung gar nicht bemerkt hatten.

»Sieht ganz so aus, als würde die Polizei es auf einen Kampf anlegen. Das könnte übel ausgehen«, sagte Alfie in sein Helmmikro, doch seine Worte wurden von einem Gewehrschuss übertönt.

Einer der Scharfschützen war nervös geworden und hatte auf den nächsten Wikinger geschossen. Der untote Wüstling zitterte zwar, als die Kugel ihn traf, aber er fiel nicht um. Stattdessen blickte er wütend auf seine Brust und warf einen Goldbarren nach dem Polizisten, der auf ihn geschossen hatte. Er verfehlte seinen Kopf nur um wenige Zentimeter. Guthrum versetzte dem Bankräuber-Zombie daraufhin einen kräftigen Schlag auf den Hinterkopf und bedeutete ihm, den Goldbarren zurückzuholen.

Der Defender landete zwischen den Wikingern und der Polizei, und einen Wimpernschlag später war Wyvern in seinen Sporen verschwunden. Er zog sein Schwert aus der Scheide. Daraufhin richteten etliche Polizisten, die nicht so recht wussten, was sie jetzt machen sollten, ihre Waffen auf ihn. Der Einsatzleiter wischte sich über die schweißnasse Stirn und sprach erneut in sein Megaphon.

»Sie da, mit der weißen Rüstung! Gehen Sie aus dem Weg! Wir regeln das!«

»Sie könnten die Hilfe aber gut gebrauchen, glauben Sie mir!«, rief der Defender zurück.

Guthrum spannte seine baumstammdicken Arme an und zeigte mit seiner Streitaxt auf den weißen Ritter.

»*Beinin þín í brauðit mitt skal ék mala!**«, rief er.

Was immer das auch heißen mochte, Alfie hatte kein gutes Gefühl dabei.

Guthrum stürmte auf den Defender los, doch dieser wehrte seinen Axthieb mit dem Schwert ab. Funken stieben in alle Richtungen davon. Die ungeheure Kraft des Riesen brachte Alfie ins Wanken. Seine Berserker-Zauberkraft war der des Defenders beinahe ebenbürtig. Der nächste Schlag sorgte dafür, dass Alfie einen Purzelbaum rückwärts schlug und auf der Straße landete.

Laut und höhnisch lachend trat Guthrum den ersten Streifenwagen beiseite, um seinen Männern den Weg freizuräumen.

»FEUER FREI!«, brüllte der Einsatzleiter.

Von allen Seiten prasselten Kugeln auf die untoten Wikinger ein, doch sie schienen es kaum zu spüren, sondern

---

* »Ich werde mir deine Knochen aufs Brot schmieren!«

brachen mitsamt dem erbeuteten Gold einfach durch die Polizeisperre.

Als der Defender sich wieder aufgerappelt hatte, war die Schar der Plünderer bereits hinter der nächsten Ecke verschwunden und steuerte das Flussufer an. Alfie zischte an den wie betäubt dastehenden Polizisten vorbei und holte Wyvern aus den Sporen. Als sie um die Ecke bogen, erwartete sie wildes Chaos. Kreischende Fußgänger rannten kreuz und quer durcheinander, während die Wikinger mit ihrer Beute mitten auf der Straße entlangstapften. Autofahrer sprangen in panischer Angst aus ihren Fahrzeugen und ließen sie einfach stehen, während der gigantische Guthrum über sie hinwegdonnerte und ein verlassenes Auto mit seinem mächtigen Fuß platt drückte. Ein schicker, guterhaltener Jaguar E-Type stand eingeklemmt genau in Guthrums Pfad. Alfie sah, wie der ältere Herr am Steuer sich in seinem Sicherheitsgurt verheddderte und mit weit aufgerissenen Augen das Monstrum anstarrte, das ihm entgegengewalzt kam. Alfie gab Wyvern die Sporen, gewann an Höhe und richtete seinen Ringfinger und seine gesamte Konzentration auf den Wagen. Der alte Herr im Jaguar schlug die Hände vors Gesicht, als Guthrums Schatten auf ihn fiel. Erst in allerletzter Sekunde wurde der Wagen zurückgerissen, drehte sich in der Luft und landete weich und sicher außerhalb der Gefahrenzone. Der Fahrer nahm die Hände herunter und sah den weißen Ritter neben seinem Auto stehen. Der Defender tätschelte die Motorhaube.

»Es lohnt sich eben, britische Produkte zu kaufen!«, sagte er und nahm die Verfolgung der diebischen Wikinger auf.

Guthrum verzog verächtlich den Mund, als er sah, dass der Defender sie immer noch verfolgte, und trieb seine Männer zur Eile an. Das Langschiff der Wikinger hob sich aus dem Wasser und schnitt einem Aussichtsboot den Weg ab. Der Kapitän ließ empört seine Schiffssirene dröhnen. Schlick triefte von der schartigen, schwarzen Bordwand des Wikingerschiffs, während es ans Ufer trieb, um seine Besatzung aufzunehmen. Guthrum sprang mit einem Satz auf den Anleger und befahl seinen Männern an Bord zu gehen. Dann kippte der Riese einen Rollwagen nach dem anderen über dem Schiff aus, so lange, bis seine Männer knietief in Goldbarren standen. Derweil bestieg der Defender in einer benachbarten Straße einen Doppeldeckerbus und sah nach, ob er auch wirklich leer war.

»Majestät? Was habt Ihr vor? Sie verschwinden mit dem Gold!«, rief der Hofmarschall ihm ins Ohr.

»Ja, danke, HM. Ich habe eine Idee.«

Erleichtert stellte Alfie fest, dass sich im oberen Stockwerk keine Fahrgäste versteckt hatten. Daraufhin zog er sein Schwert und stieß es oberhalb der Fenster in die Seitenwand des Busses. So schlitzte er, begleitet vom kreischenden Protest des Metalls, alle vier Seiten auf. Die Zuschauer in der Zitadelle hatten keine Ahnung, was sie davon halten sollten.

»Was, um alles in der Welt, hat er denn vor?«, platzte der HM hervor.

»Vielleicht fährt er lieber mit offenem Verdeck«, meinte Hayley achselzuckend.

Alfie war überrascht, wie schnell sein Schwert diese Aufgabe erledigt hatte. Er steckte es zurück in die Scheide, legte die Hände an die Decke und drückte sie mit aller Kraft nach oben. Das Dach des Doppeldeckerbusses hob sich und fiel dann mit lautem Klappern zu Boden. Der Defender stieg aus und blickte zum Fluss hinüber. Guthrum schrumpfte gerade wieder auf seine normale Größe. Dann schickte der Wikingerfürst Alfie ein spöttisches Lächeln und stellte sich auf den Berg aus Gold, der sich auf seinem Schiff türmte. Alfie ließ den Blick an der Uferböschung entlanggleiten. Dort saß eine Schar schlafender Schwäne. Sie hatten die Köpfe unter das Gefieder gesteckt und zeigten nicht das geringste Interesse an all den übersinnlichen Dingen, die sich in ihrer unmittelbaren Nähe gerade abspielten.

»HM«, sagte Alfie. »Habe ich eigentlich auch Macht über Tiere?«

»Tiere, Majestät?«

»Ja, ja, Vögel, verstehen Sie? Schwäne.«

»Aber selbstverständlich, Majestät! Sämtliche Schwäne auf der Themse gehören zum Besitz des Monarchen. Seit der königlichen Satzung von 1482 unter Edward IV. …«

»Verschieben Sie die Geschichtsstunde auf später, HM!«, unterbrach ihn Alfie und richtete seine Hand auf die schlafenden Vögel. Sie erwachten und schlugen mit ihren großen Flügeln.

Mittlerweile legten die Wikinger sich mit aller Macht in die Ruder, um mit ihrem schwerbeladenen Schiff an Fahrt zu gewinnen. Guthrum unterstützte einen seiner Männer gerade auf konstruktive Weise (durch eine Tracht Prügel) bei der Überwindung seiner Faulheit, als ihn etwas Großes, Weißes an der Schläfe traf. Schwäne umschwirrten das Schiff, stürzten sich immer wieder im Sturzflug auf die Wikinger herab und schnappten nach ihren aufgedunsenen Gesichtern. Verdutzt ließen die Männer die Ruder los und schlugen nach den gefiederten Angreifern. Allerdings vergeblich.

Der Defender war froh, dass die Schwäne seinem stummen Befehl gefolgt waren und wandte seine Aufmerksamkeit dem abgeschnittenen Dach des Doppeldeckerbusses zu. Er richtete die Hand darauf und befahl ihm, sich zu erheben und auf das Wasser hinaus neben das Wikingerschiff zu schweben. Dann nahm er Anlauf und sprang vom Anleger ab, holte Wyvern aus den Sporen und ließ sich von ihr zum Heck des Schiffs tragen.

Guthrum, der vielleicht ahnte, was der Defender vorhatte, versuchte, zu ihm zu gelangen. Doch seine durcheinanderlaufenden Männer, die umherrutschenden Goldbarren und die völlig durchgedrehten Schwäne machten dieses Vorhaben unmöglich. Der Defender stach sein Schwert mit aller Kraft in den Rumpf des Langschiffes und benutzte es als Hebel, um es unter Aufbietung seiner ganzen Kraft zur Seite zu neigen. Die Goldbarren purzelten über die Reling und landeten auf dem umgedrehten Doppeldeckerdach, das immer noch neben dem Schiff schwebte. Auch all die Wikinger, die sich nicht rechtzeitig irgendwo festgehalten hatten, purzelten nach draußen, rutschten auf der goldenen Flut aus und landeten im Wasser. Je mehr Gold aus dem Schiff fiel, desto leichter wurde es, und dann dauerte es nur noch wenige Sekunden, bis so gut wie kein Goldbarren mehr im Langschiff lag. Als die restlichen Wikinger mitbekamen, dass ihre Beute sich selbständig gemacht hatte, vergaßen sie augenblicklich die Schwäne und klammerten sich verzweifelt an alles Gold, das sie in die Finger bekommen konnten. Doch jetzt waren sie dem Defender auf Gedeih und Verderb ausgeliefert. Er ließ das Schiff einfach in die andere Richtung kippen, so dass die komplette Besatzung über Bord ging.

Polizeiboote kamen näher. Scheinwerfer glitten über die auf und ab hüpfenden Köpfe der verhinderten Goldräuber. Mit Wasser im Mund stieß Guthrum eine Verwünschung an die Adresse des Defenders aus, dann tauchte er in den Wellen unter, zusammen mit seiner Mannschaft und seinem Schiff.

Während der Sturm sich legte und es still wurde, lenkte Alfie das Dach mit dem geretteten Gold zurück ans Ufer und ließ es vor dem verwirrten Einsatzleiter behutsam zu Boden sinken. Polizeibeamte legten mit ihren Gewehren auf den Defender an, der auf Wyverns Rücken über ihnen schwebte.

»Runter von … dem fliegenden Pferd!«, krächzte der Einsatzleiter. Es klang, als hätte er schon angenehmere Arbeitstage gehabt.

»Jetzt entspannt euch mal«, rief der Defender ihm zu. »Ich will doch bloß ein paar Fundsachen zurückbringen. Ach, und übrigens: gern geschehen.«

Mit diesen Worten schoss er an den Himmel. Auch, wenn er die Wikinger vielleicht nicht endgültig vertrieben hatte, aber eines war klar: Nachdem er auf so elegante Weise das Gold zurückgeholt hatte, würden die Leute den Defender bestimmt endlich mal in einem positiven Licht sehen.

16
Das Rabenbanner

»Dieser sogenannte ›Defender‹ ist ein Problem. Ein großes Problem. Er ist für dieses Land eine ebenso große Bedrohung wie die Wikinger!«

Premierministerin Thorn blickte die versammelten Pressevertreter über ihr Lesepult vor der Haustür der Downing Street Nummer zehn hinweg herausfordernd an.

»Sie alle haben die Bilder gesehen. Wer immer dieser ›Superheld‹ auch sein mag, er ist eine potentielle Gefahr für die hervorragende Arbeit unserer Polizei und der Sicherheitskräfte. Darüber hinaus wird die Bevölkerung durch sein Eingreifen einem zusätzlichen unnötigen Risiko ausgesetzt.«

Zahlreiche Hände schossen aus der dichten Schar der aufgeregten Journalisten in die Höhe, und sie schrien wie eine Horde ungezogener Schulkinder wild durcheinander: *Aber hat der Defender nicht die Wikinger aufgehalten? War es nicht der Defender, der die Goldreserven der Bank of England wieder zurückgeholt hat? Warum gibt es außer dem Defender niemanden, der sich den Wikingern entgegenstellt? Was ist mit der Armee? Ist Ihre Regierung unfähig, Großbritannien zu schützen?*

Thorn seufzte innerlich. Die Mediengeier hatten vermutlich sogar recht. Gut möglich, dass der Defender gar keine Bedrohung war. Aber seit wann brachte es irgendetwas, die Wahrheit auszusprechen? Sie war sich nur in einem Punkt ganz sicher: Wenn überhaupt jemand die Anerkennung für die Lösung dieser Krise ernten würde, dann SIE, und nicht so ein dahergelaufener, albern kostümierter Rächer. Allerdings – ein direkter Angriff auf die Wikinger kam nicht in Frage. Ein Krieg war nur dann förderlich für die Umfrageergebnisse, wenn man wusste, dass man ihn gewinnen würde. Aber ein Gegner, der immun war gegen Gewehrkugeln und sich in Teufelshunde und Riesen verwandeln konnte, passte nicht in dieses Konzept.

Die Premierministerin hob beide Hände und brachte die Journalisten zur Ruhe.

»Nach reiflicher Überlegung und ausführlichen Beratungen mit meinem Kabinett haben wir folgende Entscheidung getroffen: Der beste Weg, wie wir unserer Verantwortung für das britische Volk gerecht werden können, ist ein friedvoller Waffenstillstand mit diesen Wikingern. Ein wenig Gold ist ein kleiner Preis, wenn wir im Gegenzug unser aller Leben und die Zukunft unserer Kinder sichern können.«

Erneut antwortete die Presse mit einem wilden Durcheinander aus Fragen, doch die Premierministerin lächelte nur, winkte ihnen zu und ging ins Haus. Sie hatte das Scheinwerferlicht zurückerobert. Heute Abend würde in den Nachrichten jedenfalls niemand über den Defender reden.

»WELCH UNGLAUBLICHER UNSINN!«, rief der HM und schaltete den Fernseher in der Kommandozentrale aus. Beziehungsweise versuchte, ihn auszuschalten. Allerdings drehte er stattdessen versehentlich die Lautstärke auf, und schaltete als Nächstes auf MTV um. »Ach, du meine Güte. HAYLEY!«

Hayley grinste und schnappte sich die Fernbedienung. Der Fernseher verstummte.

»Die rote Taste, HM? Schon vergessen?«

Doch dem Hofmarschall war nicht zum Lachen zumute. Er schäumte vor Wut und ging ununterbrochen vor ihr, Alfie und Brian auf und ab.

»Das Problem mit diesen Politikern ist, dass sie im Geschichtsunterricht nicht richtig aufgepasst haben. Wenn wir sie nicht ein für alle Mal aufhalten, werden die Wikinger ihre Plünderungen und Raubzüge so lange fortsetzen, bis sie das gesamte Land ausgeweidet haben.«

Erschöpft ließ der alte Mann sich auf einen Schreibtischstuhl sinken. Alle Blicke richteten sich auf Alfie. Er spürte, dass sie jetzt ein paar aufmunternde Worte von ihm erwarteten, ein mitreißendes »Wir werden's ihnen schon zeigen« oder etwas in der Art, aber auch er war gerade ziemlich niedergeschlagen.

»Vielleicht hat die Premierministerin ja recht. Vielleicht lassen sie uns in Ruhe, wenn wir ihnen das Gold geben«, meinte er achselzuckend.

»Majestät, eine Politik der Beschwichtigung hat noch nie funktioniert!«, quetschte der HM mit letzter Kraft hervor. Es war, als hätte Alfie ihn soeben mit dem Schwert gepikst. »Schon Alfred der Große hat versucht, die Wikinger mit dem sogenannten ›Dänengeld‹ loszuwerden. Und was hat es ihm eingebracht? Er musste sich in einem Sumpfmoor in Somerset verstecken und sich dort von Stechmücken bis aufs Blut quälen lassen.«

»Tja, ich weiß wirklich nicht, was ich sonst noch machen soll«, erwiderte Alfie frustriert. Es war einfach unerträglich, wenn der HM den Oberlehrer spielte. »Sie müssen ja auch nicht ständig Kopf und Kragen riskieren und sich mit irgendwelchen stinkenden Zombies anlegen. Ach ja, und noch was: Kein Mensch hier drin oder da draußen hat auch nur ein einziges Dankeschön über die Lippen gebracht. Wenn die Leute gar nicht wollen, dass ich ihnen helfe, warum sollte ich es dann tun?«

»Weil Ihr der Defender seid!«, platzte der Hofmarschall hervor und vergaß dieses Mal sogar das *Euer Majestät.* »Ihr solltet keine Fanpost erwarten, nur weil Ihr Eure Arbeit macht. Die Loyalität Eurer Untertanen müsst Ihr Euch verdienen. Des Weiteren …«

»PSCHSCHT!«, sagte Hayley und schoss senkrecht in die Höhe.

»Ich muss doch sehr bitten«, stieß der HM hervor. »Die Hüterin der königlichen Pfeile sollte sich sehr schnell darauf besinnen, was …«

»Seien Sie still!«, rief Hayley. »HÖRT DOCH.«

Alle in der Kommandozentrale gehorchten. Ein heiseres, abgehacktes Krächzen kam durch einen der Gänge der Zitadelle auf sie zu, wurde Sekunde für Sekunde lauter.

»HINTER MICH!«, brüllte Brian und warf sich vor Alfie. Im selben Augenblick flogen sechs krächzende Raben in die Kommandozentrale, eine dichte Masse aus schwarzen Federn und lauten Schnäbeln. Sie stürzten sich auf die Schreibtische der Beefeater und stießen Bücher und Stifte zu Boden.

»Vorsicht!«, brüllte Yeoman Eshelby, der Rabenmeister, viel zu spät. Wild mit den Armen fuchtelnd kam er hinter seinen Vögeln hergeschnauft. »Edgar! Gwenn! Hört sofort auf! Nein, böser Vogel, böse! Ich weiß wirklich nicht, was in sie gefahren ist, Sir!«

Die Raben ließen sich rund um Alfie nieder. Ihre heiseren Rufe dröhnten ihm in den Ohren.

»Die sollen mich in Ruhe lassen! He!«, rief Alfie, während die aufgeregten Raben ihn quer durch die Kommandozentrale scheuchten.

Brian schlug nach ihnen, verfehlte sie jedoch mit jedem seiner Schläge, genau wie Herne, der knurrend nach den Flattertieren schnappte, ohne auch nur eines davon zu erwischen.

Alfie wurde jetzt völlig von einer Wolke aus schwarzen Flügeln verdeckt, und mit einem Mal war er nicht mehr da! Erschütterte Stille machte sich in der Kommandozentrale breit, nur Herne ließ ein leises Jaulen hören.

»Majestät?«, keuchte der HM und blickte sich um. Vergeblich.

»Das Archiv!«, rief Hayley und zeigte mit dem Finger auf die große Holzluke im Steinfußboden, die die Raben in dem ganzen Durcheinander irgendwie aufgeklappt haben mussten. Dort musste Alfie hineingefallen sein. Gwenn hatte sich stolz neben dem Riegel in Positur geworfen, den sie mit ihrem Schnabel geöffnet hatte, und krächzte trotzig.

»Gwenn! Du böses, böses Mädchen!«, sagte Esh.

»Viel wichtiger ist der König! Der König!«, rief der HM und schob sich an dem Rabenmeister vorbei, um in den Abgrund der Bibliothek hinabzublicken. »Majestät! Seid Ihr da unten?«

Ein Husten schallte aus der Dunkelheit nach oben.

»Ja. Kann mir vielleicht jemand helfen?«, rief Alfie aus der Tiefe. Seine Stimme hallte von den Wänden wider.

»Lasst mal ein bisschen Licht nach unten!«, rief Brian. Daraufhin wurden mehrere Lampen an Seilen zu Alfie hinabgelassen.

Er hing an einer der alten Holzleitern, die in die düstere Schwärze des Archivs hinunterreichten. Die Raben flatterten um ihn herum und krächzen wie wild.

Der HM beobachtete das Schauspiel fasziniert. »Haltet still, Majestät. Wir wollen sehen, was sie vorhaben.«

»Was? Ach so, na klar, ich bin ja nicht so wichtig!«, erwiderte Alfie und bekam einen Niesanfall. Hier waberte viel zu viel Staub in der Luft umher.

Hoffentlich hielt die wackelige Leiter sein Gewicht. Er wagte gar nicht, nach unten zu blicken. Im sanften Schein der Lampen setzten sich die Raben auf ein Regalbrett ganz in Alfies Nähe und begannen, mit ihren Schnäbeln eines der alten Bücher herauszupicken.

»Was ist das, Majestät? Könnt Ihr den Titel erkennen?«, rief der HM nach unten.

Alfie hielt sich krampfhaft an der Leiter fest (die ein alarmierendes Knarren von sich gab) und beugte sich zur Seite. Es kostete ihn erhebliche Mühe, die seltsam verschnörkelte Schrift auf dem Buchrücken zu entziffern.

»*Snorra ... Edda?*«, sagte er, und die Raben stießen alle gleichzeitig ein lautes Krächzen aus, so dass alle anderen zusammenzuckten. Alfie wäre um ein Haar abgestürzt. »Kann ich jetzt wieder raufkommen? Bitte?«

»Selbstverständlich, Majestät«, sagte der HM. »Aber ich finde, Ihr solltet das Buch mitbringen.«

Wenige Minuten später drängten sich alle um den Hofmarschall, der sich bereits in das uralte Buch vertieft hatte und einen zufriedenen Seufzer nach dem anderen ausstieß. Wenn er eine Katze wäre, dann würde er jetzt bestimmt schnurren, dachte Hayley.

»Natürlich«, rief er jetzt mit lauter Stimme. »Die *Snorra-Edda*! 13. Jahrhundert! Die altnordische Geschichte, aufgezeichnet von Snorri Sturluson! Erkennt Ihr es nicht?«

»Also, ehrlich gesagt: nein«, erwiderte Alfie, der dem HM angestrengt über die Schulter blickte, während dieser nach einer ganz bestimmten Seite suchte.

»Das Rabenbanner!«, rief der Hofmarschall und hielt ihm mit triumphierender Geste eine Seite entgegen, auf der ein mittelalterlicher Holzschnitt von einer dreieckigen Fahne mit Quasten abgebildet war. Auf der Fahne waren zwei Raben im Flug zu erkennen. »Die magische Flagge des nordischen Gottes Odin persönlich. Diese Flagge wehte auf den Langschiffen der ersten Wikinger. Die Legende besagt, dass jeder, der nordisches Blut in sich trägt, dieser Fahne untertan ist. Das könnte der Schlüssel für den Sieg über Guthrum sein.«

Die Raben krächzten stolz und spreizten ihre glänzenden Schwingen. Alfie konnte spüren, wie sich neue Hoffnung im Raum breitmachte. Alle sahen einander mit einem Lächeln im Gesicht an. Alle bis auf Hayley.

»Also wie jetzt? Wir wedeln Guthrum mit diesem alten Buch vor der Nase rum, und er verzieht sich mitsamt seinen toten Kameraden wieder nach Hause?«, sagte sie verwirrt. »Ist ja nicht gerade ein toller Plan, oder?«

»Nein, Miss Hicks. Wir suchen die Flagge und bringen sie hierher!«, erwiderte der Hofmarschall mit funkelnden Augen. »Das Rabenbanner ist angeblich Bestandteil der Kronjuwelen der norwegischen Königsfamilie!«

»Und die würden es uns einfach so geben?«, hakte Alfie nach.

»Damit beschäftigen wir uns, wenn es so weit ist. Brian, wir benötigen ein Flugzeug. So schnell wie möglich«, befahl der HM, dann wandte er sich an Alfie. »Es wird Zeit für Euren ersten Staatsbesuch. Ich schlage vor, Ihr wascht

Euch vorher noch die Haare.« Alfie fuhr sich mit den Fingern über den Kopf und stellte fest, dass er über und über mit schwarzen Rabenfedern bedeckt war ... und mit ziemlich viel Vogelkacke.

»Ich glaube, ich hab irgendwo gelesen, dass das Glück bringt«, grinste Hayley.

»Gut«, gab Alfie zurück. »Ich habe nämlich das seltsame Gefühl, dass ich es brauchen könnte.«

17
Die norwegische Königin

»Kann ich vielleicht meine Hand wiederhaben, Majestät?
Nur, wenn es Euch nichts ausmacht.«

Alfie hatte noch nie im Leben eine schönere junge Frau
gesehen als Königin Freya von Norwegen. Sie war größer
als er, hatte eine Haut wie frischer Bergschnee und grüne
Augen, die genauso groß wie schwindelerregend waren.
Ihre mit größter Sorgfalt geflochtenen Zöpfe waren hell-
blond, fast schon weiß. Sie trug einen eleganten, silber-
farbenen Satin-Umhang, und er ging stark davon aus,
dass sie auch ohne die Diamant-Tiara, die wunderschönen Smaragdohrringe und die prächtige Halskette sehr
majestätisch ausgesehen hätte. Sie war die Verkörperung
des Königtums, und Alfie konnte den Blick nicht von ihr
abwenden.

»Geht es Euch gut?«, fügte sie mit gehobener Augenbraue hinzu.

Erst jetzt wurde ihm bewusst, dass er immer noch ihre
Hand hielt, die sie ihm zur Begrüßung gereicht hatte,
nachdem er vor den Stufen des Königspalastes in Oslo aus
dem Wagen ausgestiegen war. Wie lange stand er schon
da? Wie lange hatten die Fernsehkameras Gelegenheit

gehabt, ihn aufzunehmen, während er wie ein Volltrottel die norwegische Königin angestarrt hatte? Alfie ließ ihre Hand los und zwang sich, etwas zu sagen, irgendetwas, doch die Laute, die er in seiner Kehle produzierte, hörten sich eher nach Katze im Abflussrohr an als nach einer königlichen Begrüßung.

»Sehr erfreulich, also …« Seine Stimme brach. »Sehr erfreut, meine ich.«

Sie lächelte, wenn auch mehr für die Kameras als für Alfie, und bat die königliche Delegation ins Innere des Palastes. Alfie hoffte, dass sein Gesicht nicht ganz so rot aussah wie es sich anfühlte. Erst, als ihm auffiel, dass auch Brian den Blick nicht von der Königin abwenden konnte, fühlte er sich wieder ein bisschen besser.

»Mal ehrlich, meine Herren«, murmelte der HM ihnen im Gehen zu. »Man könnte fast meinen, Sie haben noch nie eine junge Dame gesehen.«

Verblüfft stellte Alfie fest, dass der Palast sehr ähnlich aufgebaut war wie der Buckingham Palace, wenn er auch wesentlich jünger und nicht annähernd so groß war.

»Ich hoffe, dass Ihr Euch während Eures Aufenthaltes hier heimisch fühlen werdet, König Alfred«, sagte Königin Freya, als ob sie seine Gedanken lesen konnte.

»Ja, das ist ja fast wie bei mir zu Hause«, erwiderte Alfie. Er gab sich große Mühe, seiner Stimme nach dem zitterigen Beginn einen möglichst normalen Klang zu verleihen. »Bloß, na ja, kleiner eben.«

Freya drehte sich mit gerunzelter Stirn zu ihm um.

»Wir können ja vor Eurem nächsten Besuch noch einen zusätzlichen Flügel anbauen.«

»Was? Nein! So war das doch gar nicht gemeint!«

Doch Freya hatte bereits auf dem Absatz kehrtgemacht und ging weiter den langen Flur entlang. Alfie eilte ihr im Laufschritt hinterher und versuchte (vergeblich), dabei auch noch würdevoll auszusehen.

»Bitte entschuldigt, dass wir für die Zeit Eures Besuchs keine interessanteren Besichtigungen mehr organisieren konnten«, sagte Königin Freya. »Aber normalerweise werden Staatsbesuche früher angekündigt. Ungefähr sechs Monate im Voraus.«

»Ja, tut mir leid«, gab Alfie mit zerknirschter Miene zurück. »Aber ich hab's nicht so mit der Urlaubsplanung.«

Vormerken für's nächste Mal, dachte Alfie. *KEINE WITZE, WENN DU NERVÖS BIST.*

»Aber ich muss doch sagen, ich könnte mein Königreich niemals alleine lassen, wenn ihm so fürchterliche Gefahr droht«, fügte die Königin hinzu.

Alfie wusste nicht so recht, was er darauf erwidern sollte. Es fiel ihm ja schon schwer, mit seiner eigenen Premierministerin zu reden, aber bei Freya war er vollkommen hilflos. Sie war zwar nur sechs Jahre älter als er, aber noch nie hatte er sich in Gegenwart einer anderen Person so eingeschüchtert gefühlt.

»Unsere amerikanischen Freunde waren sehr begierig, Gastgeber des ersten königlichen Staatsbesuchs zu werden, Euer Majestät«, schaltete sich der Hofmarschall ein.

»Aber König Alfred hat darauf bestanden, vor allen anderen das wundervolle Königreich Norwegen aufzusuchen.«

Königin Freya bedankte sich mit einer winzig kleinen Kopfbewegung, aber Alfie spürte genau, dass sie dem HM kein einziges Wort glaubte.

»Möchtet Ihr uns vielleicht in das Vogelzimmer begleiten?«, sagte sie.

Es war, als würde man einen Wald betreten. Die Wände waren bis auf den letzten Quadratzentimeter mit einem Bergpanorama bemalt worden. Die Bäume, Schlingpflanzen und Vögel wirkten so wirklichkeitsgetreu, dass Alfie das Gefühl hatte, er bräuchte nur die Hand auszustrecken, um sie anfassen zu können. An der Decke spannte sich ein Himmel, und im Zentrum über ihnen schwebte ein majestätischer Seeadler. Es war wirklich fast wie mitten in einem Märchen. Die Königin schien sich über Alfies Staunen zu amüsieren.

»Gefällt es Euch? Es erinnert uns daran, wie wir früher einmal gelebt haben«, sagte sie.

Alfie hatte keine Zeit, sie zu fragen, wie sie das meinte, da sie jetzt zu den übrigen Mitgliedern der königlichen Familie gebeten wurden, die sich für das offizielle Foto bereits fein säuberlich in zwei Reihen aufgestellt hatten.

✳✳✳

»Tja, das war ja wohl eine ziemliche Katastrophe«, sagte Alfie etliche Stunden später, als er sich auf das herrliche Himmelbett in der Gäste-Suite fallen ließ, während Brian die Räumlichkeiten auf Wanzen untersuchte. Der HM sah ihm ungeduldig zu.

»Das spielt keine Rolle«, sagte der Hofmarschall, nachdem Brian ihm zugenickt hatte. »Wir sind schließlich nicht hier, um die diplomatischen Beziehungen voranzutreiben. Wir müssen das Banner finden und dann so schnell wie möglich damit nach England zurückkehren.«

»Super, weil, wenn ich die Königin bestehle, dann kann sie mich bestimmt noch besser leiden, stimmt's?«

»Ich glaube kaum, dass es entscheidend ist, ob sie Euch leiden kann oder nicht, Majestät«, sagte der HM.

»Aber er hätte bestimmt nichts dagegen, was?«, kicherte Brian.

Alfie spürte, wie er schon wieder rot wurde.

»Ist ja schon gut. Volle Konzentration auf den Auftrag, schon kapiert. Ich kann nur hoffen, dass wir diese dämliche Flagge finden, bevor ich mich komplett zum Deppen mache.«

***

»Er macht sich komplett zum Deppen, stimmt's?«, sagte einer der Beefeater in der Zitadelle.

Sie sahen sich in den Nachrichten gerade die Bilder von

Alfies achtzehn Sekunden dauerndem Handschlag mit der hinreißenden Königin Freya an.

»Komplett. Aber man kann es ihm nicht mal verübeln«, grinste ein zweiter.

Das mit den achtzehn Sekunden wussten sie, weil der Reporter König Alfies »Händedruck-Blamage« mit einer Stoppuhr gestoppt hatte.

Hayley hatte sämtliche Berichte verpasst und stattdessen in der Arena mit Pfeil und Bogen trainiert. Sie gab sich alle Mühe so zu tun, als würde es ihr nichts ausmachen, dass sie zu der Reise nicht eingeladen worden war, aber tief im Innersten war sie sehr verletzt deswegen. Sie wusste, dass das dumm war – sie in den königlichen Zug zu schmuggeln war eine Sache, aber sie heimlich auf einen internationalen Flug mitzunehmen eine ganz andere. Trotzdem, jedes Mal, wenn Alfie, Brian und der Hofmarschall ohne sie irgendwo hingingen, nagte die alte Unsicherheit, dass sie eine Außenseiterin und nicht gewollt war, wieder von neuem an ihrem Selbstbewusstsein. Und die Tatsache, dass sie vor der Abreise Brians Telefon angezapft hatte, trug auch nicht dazu bei, dass sie sich als Teil des Teams fühlte.

Sobald Hayley sich ein wenig näher damit beschäftigt hatte, war ihr klargeworden, wie einfach das war. Unglaublich! Es gab jede Menge Webseiten, auf denen Apps angeboten wurden, mit denen man heimlich die Telefongespräche eines anderen Handys aufzeichnen konnte. Man brauchte dazu nicht mehr als die jeweilige

Telefonnummer. Sie musste lediglich mit der heruntergeladenen Software Brians Handy anrufen. Er hatte von diesem Anruf überhaupt nichts mitbekommen, aber die App hatte sich automatisch auf seinem Smartphone installiert, und jetzt wurden alle seine Anrufe direkt auf ihr Handy weitergeleitet. Und sie war in sein Zimmer eingebrochen! Welches Risiko sie damit auf sich genommen hatte, obwohl es so einfach war, ihn aus sicherer Entfernung auszuspionieren. Hayley wusste, dass das Alfie überhaupt nicht gefallen hätte, aber er würde es ja nie erfahren – es sei denn, sie fand irgendetwas Schreckliches heraus. Sie hoffte wirklich, dass es eine harmlose Erklärung für Brians seltsames Verhalten in jüngster Zeit gab. Dann musste auch niemand erfahren, was sie getan hatte.

Herne lag auf dem Fußboden der Arena und sah zu, wie Hayley Pfeil um Pfeil auf die Zielscheiben am hinteren Ende abschoss. Es war ungewöhnlich, dass er so lange in ihrer Nähe blieb. *Vielleicht vermisst er Alfie ja auch*, dachte sie. Die Schultern taten ihr schon ganz schön weh, aber sie wurde immer besser. Der letzte Pfeil war nur noch zwei, drei Zentimeter vom Mittelpunkt der Scheibe entfernt eingeschlagen.

Da hörte sie Gelächter aus dem Konferenzraum, wo die Yeoman Warders sich um den Fernseher geschart hatten. In den Nachrichten wurden Bilder vom königlichen Fototermin in Oslo gezeigt. Alle schauten in die Kamera, nur Alfie nicht, und zwar, weil er allem Anschein nach

214

den Blick nicht von seiner bezaubernden Gastgeberin, Königin Freya, losreißen konnte.

»Hierher, Majestät!«, rief einer der Beefeater und prustete laut los vor Lachen. »Schaut auf das Vögelchen.«

»Ich glaube, genau das macht er ja!«, sagte ein anderer, und schon wieder brachen alle in schallendes Gelächter aus.

»Ihr Sexisten!«, rief Hayley.

Doch als die Beefeater sich zu ihr umdrehten, stellte sie überrascht fest, dass Brenda mit den anderen mitlachte.

»Ach, komm schon, Hayley. Wir machen doch bloß Spaß«, sagte sie. »Kein Grund, gleich eifersüchtig zu werden.«

»Ich bin NICHT eifersüchtig!«, sagte Hayley, spannte den Bogen und schoss einen Pfeil ab. Er landete genau in der Bildschirmmitte, und der Fernseher explodierte mit einem dumpfen Plopp. Es klang wie ein nasser Silvesterböller.

***

Für Alfie lief das Staatsbankett in Oslo auch nicht besser. Als Ehrengast durfte er am oberen Ende der hundert Personen umfassenden Prominententafel sitzen, direkt neben Königin Freya. Sie trug jetzt ein elegantes, schwarzes Abendkleid, aber immer noch dieselbe Smaragdkette. Den ersten Fehler beging Alfie schon bei der Vorspeise, als er das eigenartige, kalte, salzige, weiße Fleisch, das da zwischen den hübsch angerichteten Salatblättern lag, nicht erkannte.

»Mmm, das ist, äh, ungewöhnlich. Ist das eine einheimische Spezialität?«, erkundigte er sich.

»Klippfisk«, entgegnete Königin Freya, die anscheinend nicht gewillt war, ihm auch nur einen Schritt entgegenzukommen.

»Gibt es dafür auch einen englischen Namen?« Alfie gab nicht auf. »Vielleicht könnte unser Koch auch mal versuchen, so was zu bekommen.«

»Oh, aber gewiss, König Alfred. Ich glaube, in Eurem Land nennt man es Dorsch. Man isst es normalerweise zusammen mit einer Portion Pommes. Eingepackt in Zeitungspapier.«

Und mit diesen Worten wandte sie sich dem britischen Botschafter zu, der auf der anderen Seite neben ihr saß. Alfie blieb nichts anderes übrig, als während des restlichen Essens zu versuchen, sich mit einer älteren Dame zu unterhalten, die vielleicht etwas mit Schiffen zu tun hatte, oder aber mit Fischen. Das war nicht so leicht zu sagen, weil sie nur sehr schlecht Englisch sprach. Am Ende des Abends brachte Alfie immerhin eine halbwegs unfallfreie Dankesansprache zustande, bis zu dem Punkt, wo er Königin Freya nicht mit seinem Glas, sondern mit dem Pfefferstreuer zuprostete, der direkt daneben gestanden hatte. Als er endlich wieder auf seinem Zimmer ankam, wäre er am liebsten auf der Stelle zu Fuß zum Flughafen gerannt und nie wiedergekommen. Doch der Hofmarschall machte ihm deutlich, dass das nicht zur Debatte stand. Die eigentliche Arbeit fing ja gerade erst an.

Nachdem Alfie sich vergewissert hatte, dass der Flur leer war, schlüpfte er am Tresen der Sicherheitsbeamten vorbei in die langgestreckte Galerie, wo die norwegischen Kronjuwelen den Sommer über ausgestellt wurden. Vor wenigen Minuten erst hatte Brian mit dem Wachmann gesprochen und behauptet, er hätte draußen einen verdächtigen Eindringling bemerkt. Wenn der Plan funktionierte, dann blieb Alfie genügend Zeit, um das Rabenbanner zu finden und es mit in sein Zimmer zu nehmen, bevor der Wachmann an seinen Platz zurückkehrte. Theoretisch.

Längst verstorbene norwegische Königinnen und Könige blickten von ihren riesigen Porträts an den Wänden missbilligend auf Alfie herab. Er versuchte, sie zu ignorieren und sich lieber auf die Insignien zu konzentrieren, die in zahlreichen Vitrinen hier ausgestellt waren. Die Sammlung erinnerte ihn stark an seine eigene, die zu Hause in der Zitadelle lag – Kronen, Zepter, Kugeln –, abgesehen von dem kleinen, goldenen Salbungshorn, das vermutlich bei der Krönungszeremonie zum Einsatz kam, um heiliges Öl auf das Haupt des neuen Monarchen zu gießen, ganz ähnlich wie der Löffel, der bei seiner Krönung benutzt worden war. Es erinnerte ihn irgendwie an Guthrums Jagdhorn, und er fragte sich schaudernd, ob Königin Freya, die ein Stockwerk über ihm in ihrem Bett lag und schlief, womöglich Wikingerblut in den Adern hatte. Das wäre eine Erklärung für ihre frostige Art gewesen.

Dann sah er sie – eine große Fahne, alt und schon ziemlich verblasst, aber ganz eindeutig mit dem Emblem der schwarzen Vögel Odins. Das war das Rabenbanner. Alfie versuchte, die Glasvitrine aufzuklappen, aber sie war abgeschlossen. Natürlich war sie das. Er zog den rasiermesserscharfen Glasschneider aus der Tasche, den Brian ihm gegeben hatte. Hoffentlich löste er jetzt keinen Alarm aus. Falls doch, dann würden sie die Schuld auf den »Eindringling«, den Brian angeblich gesehen hatte, abwälzen, Alfie aufgrund der »ungenügenden Sicherheitsmaßnahmen im Palast« evakuieren und mit dem Banner im Gepäck die Heimreise antreten. Alfie setzte die Spitze des Glasschneiders auf das Glas der Vitrine.

»Sie müssen wirklich ein großes Interesse für Geschichte haben, Euer Majestät.«

Alfie ließ den Glasschneider wieder in seine Tasche gleiten und drehte sich blitzartig um. Hinter ihm stand eine großgewachsene, ältere Dame, die ihn mit strenger Miene ansah. Sie trug ein altmodisches Wickelkleid und hatte die langen, grauen Haare zu einem ordentlichen Pferdeschwanz gebunden. Sie erinnerte ihn an jemanden, aber er wusste nicht genau, an wen.

»Ich wollte bloß … äh, ich meine … also, ja«, stammelte Alfie.

»Wenn Euer Majestät eine Führung durch die Insigniensammlung wünschen, dann braucht Ihr lediglich zu fragen.«

»Ach, na ja, ich wollte keine Umstände machen. Aber danke trotzdem. Phantastisch. Wer sind Sie noch mal?«

»Ich bin der Hofmarschall.«

Alfie lachte laut los.

»Ja, natürlich, das ist es. An den erinnern Sie mich. An *meinen* Hofmarschall, meine ich. Also, es soll nicht albern klingen, aber müssten Sie nicht eigentlich Hofmarschallin genannt werden?«

»Das würde aber nicht so gut klingen«, sagte der norwegische Hofmarschall, während die zarte Andeutung eines Lächelns ihre Lippen umspielte.

»Ja, das ist mir auch gerade aufgefallen. Aber Sie beide sollten sich unbedingt mal persönlich kennenlernen. Sie wären bestimmt ein Herz und eine Seele.«

Sie nickte höflich und starrte ihn an. Wartete sie darauf, dass er etwas sagte? Dann konnte er ja auch versuchen, noch etwas aus der Situation herauszuschlagen.

»Ich habe gerade das Rabenbanner bewundert. Holen sie es eigentlich ab und zu mal raus, zum Saubermachen oder so …?«

»Leider, Majestät, ist dies nicht das echte Banner Odins«, erwiderte der norwegische Hofmarschall. »Es ist nur eine Nachbildung. Das Original ist schon seit langer Zeit unauffindbar.«

»Unauffindbar?«

Alfie starrte sie ungläubig an. Er war den ganzen weiten Weg hierhergereist, hatte sich zum Narren gemacht und vermutlich die internationalen Beziehungen zu

Norwegen dauerhaft beschädigt, und das alles wegen gar nichts?

»Ja. Schon seit Jahrhunderten.«

»Okay. War schön, Sie kennenzulernen. Gute Nacht.«

Alfie schlurfte davon, doch als er an der Tür der Galerie angelangt war, meldete die alte Frau sich noch einmal zu Wort.

»Da gibt es natürlich auch noch die Legende.«

»Legende?«, wollte Alfie wissen.

»Dass das Banner irgendwo im Norden, nahe des Geirangerfjords, in einem Versteck liegt.«

»Des Geiranger-was?«

»Fjord«, wiederholte sie. »So heißen bei uns die großen Seen, die vom Meer gespeist werden. Erstaunlich, dass Eure Mitarbeiter Euch nicht entsprechend vorbereitet haben.«

»Das Ganze war eine ziemlich spontane Idee.« Alfie zuckte mit den Schultern. »Besagt die Bannerlegende denn sonst noch irgendetwas?«

Die alte Frau überlegte kurz.

»Es gibt da ein altertümliches Gedicht. Ich versuche mal, es zu übersetzen … In nordischen Gefilden, jenseits des Pfades der Trolle, wo Geiranger und Meer sich treffen und sieben Schwestern für ihren Verehrer tanzen, dort liegt das schwarze Banner Odins und schläft den Schlaf der Ewigkeit.«

»Wow, das ist … Also, äh, könnten Sie mir das vielleicht aufschreiben?« Alfie grinste.

18
Holgatroll

Während die Lichter von Oslo unter ihnen langsam verblassten, machte sich ein ungutes Gefühl in Alfie breit.
Das hier war keine normale Defender-Mission. Bis jetzt
hatte er die Rüstung immer nur innerhalb Großbritanniens benutzt. Aber heute konnte er sich nicht darauf
verlassen, dass Wyvern den richtigen Kurs finden würde.
Heute musste er sich immer wieder die Landkarte vor
Augen führen, die der HM ihm gezeigt hatte. Sie flogen
an der zerklüfteten Küste entlang Richtung Norden, über
Tausende kleiner Inseln und Flussmündungen hinweg,
die wie ein riesiges Puzzle darauf zu warten schienen,
endlich zusammengesetzt zu werden. Selbst, wenn sie
den Geirangerfjord tatsächlich entdeckten, mussten sie
sehr vorsichtig sein. Das hatte der HM ihm eingeschärft
(mindestens fünfmal).

»Denkt immer daran, Majestät: Ihr befindet euch auf
nichtbritischem Boden. Eure Kräfte können hier so gut
wie nichts bewirken.«

Ist ja irgendwie klar, dachte Alfie. Sollte dieser Fjord
nicht voller britischer Bäume, britischem Eisenerz und
britischen Steinen sein, dann konnte er sich, wenn es

221

Schwierigkeiten gab, nur auf sein Schwert und sein Pferd verlassen. Nach einer Flugzeit von etwa zwanzig Minuten tauchten unter ihm ein paar schneebedeckte Berggipfel auf, und dazu drei Flussmündungen, die aussahen wie eine dreizackige Klaue. Der Anblick kam ihm bekannt vor.

»Was hältst du davon, Hayley?«, sagte Alfie und richtete den Blick nach unten, damit sie auf dem Bildschirm in der Zitadelle das Gleiche sah wie er.

»Als ob dich das wirklich interessieren würde«, gab sie zurück. »Aber, ja, du hast recht, das könnte dieser Gei-irgendwas-Fjord sein.«

»Da ist aber jemand zickig, und das bloß, weil sie nicht eingeladen worden ist«, zischte Brian in Oslo dem HM zu, so laut, dass Hayley es hören konnte.

»He, Brian, wieso hältst du nicht einfach die …«, brüllte Hayley ins Mikrophon.

Alfie hustete laut, um den Rest ihres Wutausbruchs zu übertönen.

»Danke für eure Unterstützung, aber vielleicht könnten wir mit den Streitereien so lange warten, bis ich schön friedlich wieder in meinem Himmelbett liege?«, sagte er dann. »Ich gehe jetzt mal runter und sehe nach, ob wir hier richtig sind.«

Wenige Augenblicke später stand der Defender auf einem unbelebten Gebirgssträßchen und starrte ein Verkehrsschild an. War das jetzt ein Witz, oder meinten die das ernst? Im Zentrum des roten, warnenden Dreiecks waren die Umrisse einer gedrungenen Gestalt zu erkennen, die Alfie bei der Fahrt durch Oslo auf zahlreichen T-Shirts und Plakaten in jedem Souvenirgeschäft gesehen hatte. Ein Troll.

»Äh …«

Darunter war ein zweites Schild angebracht. Darauf stand »Trollstigen«.

»Das ist es!«, ließ Hayley sich vernehmen. »Trollstigen bedeutet Pfad der Trolle. Der Fjord müsste eigentlich hinter dem nächsten Hügel liegen.«

Der Defender rief Wyvern herbei, und sie trug ihn über die hohen Tannen, die die dunkle Straße säumten. Dabei schreckten sie die größte Eule auf, die Alfie je gesehen hatte, und dann schwebten sie über dem ruhigen, eiskalten Wasser des Geirangerfjords. Selbst bei Nacht bot er einen spektakulären Anblick. Das Mondlicht spiegelte sich in dem riesigen See, der sich den schneebedeckten Bergen in der Ferne entgegenschlängelte. Gewaltige, bewaldete Klippen ragten links und rechts senkrecht aus dem Wasser. Alfie hatte das Gefühl, dass er noch nie im Leben an einem so schönen Ort gewesen war. Das Problem war nur, dass es ein ziemlich riesiger Ort war. An Alfies Gürtel hing ein tragbares Prognoskop, aber er würde dicht in die Nähe des Banners kommen müssen, damit das Messgerät das Signal überhaupt registrierte. Wyvern zischte an den Bäumen am Ufer des Fjordes entlang. In der ganzen Aufregung, ob er den richtigen Fjord finden würde, hatte Alfie gar nicht mehr daran gedacht, dass der Gegenstand, den er suchte, nicht größer als eine Fahne und zu allem Überfluss auch noch versteckt war. Etliche Kilometer später war immer noch kein Ende des scheinbar endlosen Sees abzusehen.

»Das ist niemals zu schaffen«, sagte er in sein Mikrophon. »Dieses Rabenbanner könnte ja überall sein.«

»Wie war das noch in dem Gedicht? Die Stelle mit den sieben Schwestern?«, meldete sich der HM zu Wort.

»Ist doch bloß so ein doofes, altes Gedicht«, erwiderte Alfie. »Das hat wahrscheinlich gar nichts zu bedeuten.«

»Dennoch hat jemand diese Worte mit Bedacht gewählt, also seid nicht vorschnell mit Eurem Urteil.«

Alfie seufzte. »Also gut. Das ging so, äh … Wo sieben Schwestern für ihren Verehrer tanzen, dort liegt das schwarze Banner Odins und schläft den Schlaf der Ewigkeit.«

»Gut. Jetzt seht Euch um, ob Ihr irgendwo Anzeichen für eine Besiedelung erkennen könnt. Vielleicht haben diese Schwestern ja irgendwo in der Nähe gelebt.«

»Also, ganz ehrlich«, sagte Alfie. »Das Einzige, was hier lebt, sind Fische und gelegentlich mal eine Bergziege.«

»Ihr seid vielleicht ein Stümperhaufen«, schaltete Hayley sich aus der Zitadelle ein. »Die sieben Schwestern und ihr Verehrer, das sind keine Menschen. Das sind Wasserfälle.«

»Wasserfälle?«, sagte der Hofmarschall erstaunt. »Woher wissen Sie das. Aus dem Archiv?«

»Nein. Ich verfüge über eine eigene, streng geheime, altertümliche Quelle. Sie heißt Google«, gab Hayley zurück.

Alfie musste sich zusammenreißen, um nicht laut loszulachen, und lenkte Wyvern auf das Wasser hinaus. Eine Minute später hatten sie sie gefunden. Sieben Wasserfälle – die »Schwestern« – stürzten auf einer Seite des Fjordes über die Felskante, während ein achter – der einsame »Verehrer« vermutlich – ihnen vom anderen Steilufer aus zusah. Am Fuß der Wasserfälle gab es gerade so viel Platz, dass er dort landen konnte. Dann sah er sich um, aber er konnte sich beim besten Willen nicht vorstellen, wo man hier eine Fahne hätte verstecken können. Nirgendwo gab es Erde, in der man sie hätte vergraben können, und in den schroffen, nackten Felswänden waren auf den ersten Blick auch keine Spalten oder Höhlen zu sehen. Trotzdem holte er das Prognoskop hervor und fing an, nach übersinnlichen Schwingungen zu suchen. Nichts. Nicht einmal die Andeutung einer Vibration.

»Null Komma gar nichts«, sagte er. »Anscheinend war das mit dem Rabenbanner doch bloß eine Legende.«

Enttäuscht setzte er sich am Fuß der Klippen auf einen Felsblock und ließ die Füße ins Wasser hängen. Was für eine Zeitverschwendung. In ein paar Stunden würde die Sonne aufgehen, und die Vorstellung, sich bei Tageslicht wieder in den Palast zu stehlen, war sehr unerfreulich. Er stand auf. Dabei fiel das Prognoskop versehentlich ins Wasser.

»Hoppla. Ist das Ding auch wasserdicht?«, sagte er und bückte sich, um es aufzuheben.

Bzzz. Verdutzt betrachtete Alfie das summende Messgerät. Dann watete er ein Stück weiter ins Wasser, bis er knietief im Fjord stand.

»Oh-haa. Ich hab was.«

»Was denn, Sir?«, erkundigte sich der Hofmarschall.

»Bin mir noch nicht sicher. Aber es könnte sein, dass ich für eine Weile nicht erreichbar bin. Ich gehe baden.«

Alfie war nicht gut im Schwimmen. Das galt auch für Fußball, Rugby, Kricket – also gut, für Sport ganz allgemein. Das konnte er einfach nicht. Einmal, gegen Ende eines Schwimmfestes an der Harrow School, war unter den Zuschauern eine lebhafte Diskussion darüber entbrannt, ob der Thronfolger sich am Schmetterlingsstil versuchte oder einfach nur am Ertrinken war. Aber in seiner Defender-Rüstung war das etwas anderes. Zum einen konnte er damit unter Wasser atmen, und das war schon mal ziemlich angenehm, aber außerdem brauchte er nur einmal leicht mit den Beinen schlagen und schon schoss er durchs Wasser wie ein Delphin. Das Prognoskop in seiner Hand drehte beinahe durch.

Bzzz. Bzzz. BZZZZZZZZZZZZZZZZZZZ.

Alfie zog sein Schwert, damit es mit seinem kraftvollen Leuchten ein wenig Licht in das trübe Wasser des Fjordes brachte. Ob es in norwegischen Gewässern wohl gefährliche Aale gab? Als er sich diese Frage stellte, bemerkte er ein merkwürdiges Schimmern. Es kam aus einer Spalte in einem gewaltigen Unterwasserriff. Er näherte sich der Stelle, und mit jedem Beinschlag wurden die Vibrationen seines Messgeräts stärker. Die Spalte war gerade groß genug, um ihn durchzulassen.

Allein die Tatsache, dass er unter Wasser war, hatte ihn schon ganz schön nervös gemacht, aber jetzt – unter Wasser in einem engen Tunnel – wurde seine Nervosität noch deutlich größer. Er musste sich zwingen, nicht die Luft anzuhalten, weil ihm sonst schwindelig geworden wäre. *Vertraue der Rüstung. Sie hat dich schließlich bis hierhin gebracht.* Der raue Tunnel schien endlos weiterzugehen, bohrte sich immer tiefer und tiefer in den Fels, doch das Prognoskop hörte nicht auf, wie ein Wecker gegen seinen Gürtel zu trommeln. Das warme Licht, das er vorhin gesehen hatte, wurde heller und heller, fast wie Tageslicht. Und dann öffnete sich der Tunnel urplötzlich, und Alfie kam in einer Höhle an die Wasseroberfläche.

Das Licht stammte jedoch nicht von der Sonne. Es stammte von phosphoreszierenden Algen, die an den feuchten Wänden hingen und den Glanz riesiger Berge aus Gold widerspiegelten. Münzen, Schmuck, Schatullen und Kruzifixe – der Boden der Höhle war vollkommen übersät mit Schätzen. Als Alfie mit vorsichtigen Schritten darüber hinweg schritt, fühlte es sich an wie auf einem Kieselstrand. Wem mochte das alles gehören? War der Besitzer womöglich irgendwann verstorben, und die Schätze lagen von aller Welt vergessen hier unten? Aber er war nicht wegen des Goldes hier, er durfte sich nicht ablenken lassen. Weiter vorne sah er, wie der klirrende, goldene Teppich endete. Dunkelheit senkte sich über diesen Teil der Höhle. Stalaktiten hingen von der Höhlendecke herab wie gezackte Zähne im Maul eines riesigen Monsters. Der Geruch nach verfaulenden Algen drang in seine Nase.

Und dann sah er sie, auf einem etwas erhöhten Felsen am hinteren Ende der Höhle. Sie war nicht besonders auffällig – ein fransiges, dreieckiges Stück Stoff mit einer eher ungeschickten Zeichnung von zwei Raben und etlichen, ausgeleierten Quasten. Das Ganze war an einem einfachen Holzstiel befestigt. Das sollte also das großartige Rabenbanner sein? Die heilige Reliquie der Nordmänner, die so mächtig war, dass sie tief unter der Wasseroberfläche eines abgelegenen Fjords versteckt werden musste? Das vibrierende Prognoskop an seinem Gürtel sagte eindeutig ja.

Während er sich durch die Dunkelheit dem Banner entgegentastete, spürte er, wie der Untergrund weich und uneben wurde. Er wollte gar nicht wissen, wie viele tote Fische hier im Lauf der Jahrhunderte angespült worden waren. Er wusste nur, dass er auf gar keinen Fall stolpern und hinfallen wollte. Algen quietschten leise unter seinen Sohlen – vermutlich Luftblasen, die er mit seinen Schritten lostrat. Quietsch … quietsch … schnaaaarch.

Moment mal … SCHNARCH???

So leise, wie es nur ging, zog Alfie sein Schwert aus der Scheide. Das Licht, das nun in diese Ecke der Höhle fiel, bestätigte seine schlimmsten Befürchtungen. Denn Algen schnarchen nicht. Natürlich nicht. Schlafende Wikinger-Draugar hingegen schon. Es mussten ungefähr tausend dieser hässlichen, stinkenden, im Schlaf furzenden, untoten Krieger sein, die hier kreuz und quer über- und untereinander lagen, als seien sie am Ende einer sagenhaften Wahnsinnsparty einfach bewusstlos umgekippt. Bestimmt hatten sie den Erfolg ihres letzten Raubzugs gebührend gefeiert. Alfie wusste nicht, wie viele Jahrhunderte die gespenstische Übernachtungsparty schon dauerte, und er wollte es auch gar nicht wissen. Er wollte sich einfach nur das Banner schnappen und verschwinden, bevor irgendwo ein Wecker klingelte. Er überlegte, ob er Wyvern aus den Sporen holen und über die Wikinger hinweg schweben sollte, aber die Höhle war nicht besonders hoch, und wenn er versehentlich einen Stalaktiten herunterschlug, würden sie garantiert wach werden.

Alfie schirmte seine schimmernde Klinge einigermaßen ab und schlich auf Zehenspitzen über den Teppich aus leblosen Körpern hinweg. Er bemühte sich, nach Möglichkeit nicht auf die besonders empfindlichen Körperteile zu treten. Doch anscheinend hatte er Glück. Die Horde schien jedenfalls einen ausgesprochen gesegneten Schlaf zu haben, denn als er das Rabenbanner an sich genommen hatte, geriet die Stangenspitze versehentlich ziemlich tief in das Nasenloch eines schnarchenden Draugar. Der Wikinger knurrte nur im Schlaf und wischte sie mit einer Handbewegung beiseite.

Alfie hielt sich keine Sekunde länger auf als unbedingt

notwendig. So blieb ihm gar keine Zeit mehr, darüber nachzudenken, ob er vielleicht noch ein anderes Souvenir aus der Schatzhöhle einstecken sollte. Er ließ sich in den See gleiten und schwamm mitsamt der Flagge durch den Tunnel zurück. Als er wieder draußen war, beeilte er sich, an die Oberfläche des Fjords zu gelangen.

Gerade wollte er sich selbst auf die Schulter klopfen, weil er wieder einmal um Haaresbreite einer drohenden Gefahr entkommen war, da erwischte ihn das Seeungeheuer, und zwar mit voller Wucht. Als er irgendwann nicht mehr wie ein wildgewordener Kreisel durch das Wasser taumelte und langsam wieder zu Atem kam, griff es erneut an. *Das kann doch nicht wahr sein*, dachte er um Atem ringend. Das Ungeheuer war mindestens zwanzig Meter lang, hatte vier gewaltige Flossen und einen langen, schlangenförmigen Hals. Jetzt riss es sein gigantisches Maul auf, das groß genug war, um ihn in einem Stück zu verschlingen. Der Defender aktivierte seinen Schutzschild und suchte das Weite, so dass der eigentlich tödliche Schlag des Seeungeheuers ihn nur streifte. Trotzdem, Alfie wusste genau, dass er diesen Kampf niemals gewinnen konnte, zumindest nicht unter Wasser.

SPOREN!

Wyvern war sofort unter ihm. Angesichts des mächtigen Schattens des rasant näherkommenden Seeungeheuers brauchte sie keine zweite Aufforderung, um an die Wasseroberfläche zu stürmen. Wie eine Kanonenkugel brachen sie aus dem See hervor und jagten auf die Bäume

zu. Wenn sie es bis über die Klippenkante schafften …
Aber das Seeungeheuer war direkt hinter ihnen. Wie ein
Torpedo schoss sein langer Hals aus dem Wasser, gefolgt
von seinem massigen Körper. TSCHSCHAAAKKK! Die
Bestie traf Wyvern mit ihrem riesigen Schädel von der
Seite und schleuderte sie mitsamt dem Defender gegen
die Klippen. Beim Aufprall zog Wyvern sich blitzartig
wieder in die Sporen zurück, so dass Alfie jetzt alleine in
der steilen Felswand hing. Aber das Rabenbanner hielt er
immer noch fest in der Hand. Das Seeungeheuer landete
mit einem markerschütternden PLATSCH in den Wellen, glitt aber sofort wieder an den Fuß der Klippen und
reckte seinen langen Hals in Alfies Richtung. Hätte er
nicht in akuter Todesgefahr geschwebt, er hätte die prä-
historische Anmut der Kreatur und ihre geschmeidige,
graugrüne Haut mit Sicherheit bewundert. Jetzt erwachte sein Kommunikationssystem wieder zum Leben. Es
war Brian.

»Bist du da, Chef? Wir wollten gerade die Marine los-
schicken um dich zu suchen. Wie läuft's denn so?«

»BESCHISSEN!«

Er hörte das entsetzte Keuchen der anderen, nachdem
seine Helmkamera sich aktiviert hatte und ihnen eine
Nahaufnahme von dem weit aufgerissenen Maul des Ungeheuers geliefert hatte. So, wie Alfie an der Felswand
hing, kam er nicht an sein Schwert. Ihm blieb schätzungs-
weise noch eine Sekunde, um etwas zu unternehmen, bevor er aufgefressen wurde.

Da ertönte über ihm ein markerschütternder Schrei, wie er ihn noch nie im Leben gehört hatte. Baumstämme zersplitterten wie Streichhölzer, als etwas Riesiges, Grünes von der Klippenkante genau auf das Ungeheuer sprang und ihm einen kräftigen Schlag auf seinen Riesenschädel verpasste. Das Seeungeheuer heulte auf wie ein geprügelter Hund und zog sich ins Wasser zurück, während der Angreifer ein Triumphgeheul anstimmte und in der Nähe des Ufers landete. Als Alfie bewusst wurde, dass er abstürzte, war es schon zu spät um nach Wyvern zu rufen, also beschloss er, sich einfach flach auf den Bauch fallen zu lassen. In seinen Helmlautsprechern knisterte es, dann war die Verbindung erst einmal wieder weg.

Der Defender streifte die Steine von seiner Rüstung ab und setzte sich auf. Der riesige Troll, der das Seeungeheuer vertrieben hatte, kam mit langen Schritten aus dem Wasser gestapft. Alfie nahm zumindest an, dass es sich um einen Troll handelte. Er entsprach jedenfalls ziemlich genau dem Bild, das er vorhin erst gesehen hatte, nur, dass dieses Wesen hier grüne Haut und Muskelberge und Warzen und drahtige, schwarze Haarbüschel hatte. Der Troll baute sich mit seinen ganzen drei Metern vor ihm auf, so dicht, dass der Geruch des schwarzen Wasserfalls, der ihm aus dem Mund triefte, direkt in Alfies Nase wehte. Bu-ääh. Und er hatte gedacht, tote Wikinger würden einen schlechten Geruch verströmen!

Alfie war zwar dankbar für die Rettung vor den spitzen Zähnen des Seeungeheuers, aber andererseits wäre es ihm ganz recht gewesen, wenn das Königreich Norwegen sich endlich mal entscheiden könnte, von welchem mythologischen Monster er umgebracht werden sollte. So langsam wurde das Ganze wirklich albern. Ohne nachzudenken hob der Defender seine Hand und richtete den Ringfinger auf einen Felsbrocken, um ihn auf den Troll zu schleudern. Allerdings rührte der Felsblock sich nicht von der Stelle. Keinen Millimeter.

»Ach so, stimmt ja. Fremder Boden. Wie ärgerlich«, rutschte es ihm heraus.

Der Troll brach in wieherndes Gelächter aus und musste zwischen den einzelnen Lachsalven hicksen wie ein kleines Kind. Alfie überlegte, ob er die Chance beim Schopf packen und Wyvern herbeirufen sollte, um dann über den Fjord hinweg zu flüchten, aber da war ja noch der dunkle Schatten des Seeungeheuers, das direkt unter der Wasseroberfläche lauernd seine Kreise zog.

»Kann man probieren, aber du bist jetzt auf meinem Land. Schon vergessen?«, sagte der Troll.

Aus irgendeinem Grund hatte Alfie nicht damit gerechnet, dass der Troll sprechen konnte. Wahrscheinlich, weil er nicht besonders intelligent aussah.

»Wer bist du?«, wollte der Defender wissen.

»Ich bin Holgatroll. Aber du kennst mich unter einem anderen Namen …«

Der Troll begann zu schrumpfen. Seine Haut verlor die grüne Färbung und wurde rosa, während das hässliche Monster sich in eine anmutige, junge Frau verwandelte.

Königin Freya. Sie trug noch immer das Kleid, das sie beim Abendessen getragen hatte, und dazu die Smaragdkette, die während Freyas Verwandlung in ihre menschliche Gestalt ein wunderschönes grünes Funkeln abgab.

»Un-mög-lich«, stammelte Alfie.

In seinem Kopf drehte sich alles. Erst ein Seeungeheuer und jetzt ein Troll, der in Wirklichkeit eine Königin war. Seine Beine gaben nach, und er musste sich an einem großen Stein abstützen.

»Was denn?« Offensichtlich genoss die Königin seine Verblüffung. »Hast du gedacht, du wärst der Einzige mit übernatürlichen Gaben?«

Alfie ließ seine Rüstung verschwinden. Unmaskiert standen König und Königin einander am Ufer des Fjords gegenüber.

»Nein, aber … ein Troll? Ich meine, du hast furchtbar gestunken. Nichts für ungut.«

»Meine Familie hat sich ihren Fluch ja nicht freiwillig ausgesucht. Aber er hat sich im Lauf der Jahrhunderte gelegentlich als Vorteil erwiesen.« Freya nahm Alfie das Rabenbanner aus der Hand und sah nach, ob es Schaden genommen hatte. »Zum Beispiel, wenn wir jemanden aufhalten mussten, der uns bestehlen wollte.«

»Du hast von vornherein gewusst, dass ich es mir holen wollte, stimmt's?«, sagte Alfie. »Du hättest mich vor eurem Seeungeheuer warnen können.«

»Selma? Ach, die ist ganz brav, wenn man weiß, wie man sie behandeln muss. Außerdem wollte ich wissen, wie du mit ihr klarkommst. Besser als etliche andere, das muss ich zugeben. Obwohl – eigentlich hat ja dein Pferd den Großteil der Arbeit erledigt.«

»Tut mir leid, dass ich eure Fahne stehlen wollte«, sagte Alfie. »Aber wir haben zurzeit ein kleines Wikingerproblem, wie du weißt.«

»Das ist mir klar«, meinte sie. »Niemand will eine Bande wild gewordener Draugar bei sich zu Hause haben. Darum sehen wir zu, dass wir unsere unter der Erde behalten. Sie versammeln sich immer um das Banner, und das lullt sie in einen ewigen Schlaf. Ohne das Banner wachen sie irgendwann auf. Und was hätte das wohl für Konsequenzen?«

Alfie ärgerte sich. Wenn sie die ganze Zeit über gewusst hatte, was er vorhatte, warum hatte sie ihn dann die ganze Tortur durchmachen lassen, nur, um ihm seine Beute im letzten Moment doch noch wegzuschnappen? Er machte sich startklar.

»Das hättest du mir doch alles beim Essen erzählen können. Wenn du dich dazu herabgelassen hättest, überhaupt mit mir zu sprechen. So, wenn du nichts dagegen hast, dann fliege ich jetzt nach Hause. Ich habe schon viel zu viel Zeit mit dieser sinnlosen Jagd verplempert.«

Freya trat zu ihm und legte ihm die Hand auf den Arm. Sie lächelte ihn freundlich an – das erste ehrliche Lächeln seit seiner Ankunft. Alfie sagte sich noch einmal, dass er eigentlich sehr, sehr sauer auf sie sein musste, ganz egal, wie wunderschön sie auch war.

»Es tut mir leid, Alfie. Ganz ehrlich. Ich hätte es dir gerne früher gesagt, aber mein Hofmarschall hat mich zur Vorsicht gemahnt. Sie hat gesagt, dass wir deine wahren Beweggründe erst kennen, wenn wir dich einer Prüfung unterzogen haben. Sie ist, was das angeht, ziemlich streng.«

»Ja, na ja, das kommt mir irgendwie bekannt vor«, erwiderte Alfie.

Freya gab ihm das Banner.

»Was?«, stieß Alfie hervor. »Aber du hast doch gesagt …«

»Ich habe gesagt, dass unsere Draugar *irgendwann* aufwachen werden. Also nimm es mit, bevor ich es mir anders überlege. Aber ich will es wiederhaben, sobald das Ganze vorüber ist, sonst gibt es Ärger.«

Jetzt lächelte sie nicht mehr.

»Ich glaube dir. Danke.«

»Ach, noch eine Sache. Das Banner hat bis jetzt noch nie die Grenzen seines Ursprungslandes überschritten. Wie es sich also verhält, wenn es irgendwo anders ist, kann ich dir nicht sagen … So, und jetzt auf dem schnellsten Weg wieder zurück?«

Ohne Vorwarnung wurde aus Freya wieder Holgatroll. Alfie wich von dem erneuten Gestank zurück und ließ die Defenderrüstung hochfahren.

»Ich muss vor Sonnenaufgang zu Hause sein, sonst werde ich zu Stein«, grunzte Holgatroll.

»Im Ernst?«

»Ja. Der Felsblock, mit dem du nach mir werfen wolltest? Mein Großonkel Magnus.«

Selma reckte den Hals aus dem Wasser und stieß einen klagenden Schrei aus, der über den ganzen Fjord hallte.

»Sie sagt uns auf Wiedersehen«, meinte Holgatroll. »Ach, übrigens, wieso hast du deine Kräfte nicht bei ihr angewandt?«

»Sie ist doch aus Norwegen, oder nicht?« Alfie war verwirrt.

»Nein«, lachte Holgatroll. »Sie verbringt immer nur die Sommer hier. Im Winter geht sie in ihre Heimat zurück, nach Schottland. Aber ich glaube, ihr nennt sie anders. Wie war das gleich noch mal? Ach ja, richtig – Nessie.«

Mit diesen Worten sprang der königliche Troll mit einem einzigen Satz auf die Spitze der Klippen.

»Ich wünschte, ich wüsste, was du ernst meinst und was nicht«, brüllte Alfie ihr hinterher, rief Wyvern aus den Sporen und jagte dem schnellen Troll hinterher Richtung Oslo.

✳✳✳

Am nächsten Morgen auf dem Flug nach Hause wartete Alfie, bis die Stewardess die Kabine verlassen hatte, dann beugte er sich zum Hofmarschall hinüber.

»Königin Freya … Sie haben gewusst, dass sie … also, dass sie noch eine andere Seite hat, stimmt's?« Alfie hatte die Überraschung immer noch nicht ganz verkraftet. Die

Bedeutung war gar nicht in Worte zu fassen. Es gab also noch andere wie ihn. Er war nicht allein.

»Ich gestehe, Majestät«, erwiderte der HM. »Zahlreiche Personen in den königlichen Familien dieser Welt besitzen ein heldenhaftes – oder auch keineswegs heldenhaftes – Alter Ego. Großbritannien pflegt zu einigen ein gutes, zu anderen ein weniger gutes Verhältnis. Mit der Zeit werdet Ihr all dies erfahren. Doch für den Augenblick müssen wir unsere ganze Konzentration auf die Geschehnisse in der Heimat richten.«

»Aber warum haben wir sie dann nicht einfach von Anfang an um das Rabenbanner gebeten?«

»Wir konnten kein Nein riskieren. Und außerdem: Ende gut, alles gut, Sir.«

Auf der anderen Seite des Gangs legte Brian jetzt ein längliches Paket in das Gepäckfach über den Sitzen. Das Rabenbanner war auf dem Weg nach England.

Der HM schenkte Alfie ein stolzes Lächeln. »Sehr gut gemacht, Majestät. Jetzt endlich können wir den Kampf mit diesen Wikingern aufnehmen.«

Eine halbe Stunde später, während Alfie ein wohlverdientes Nickerchen machte, ging Brian auf die Toilette im Heck des Flugzeugs. In der Kabine holte er sein Handy aus der Tasche. Für einen kurzen Moment starrte er mit undurchdringlicher Miene sein Spiegelbild an, dann wählte er eine Nummer.

19
Die Flüstergalerie

»*Oranges and Lemons say the bells of St Clement's*«. Jeden Tag um 12.00 Uhr mittags spielten die Glocken von St. Clement Danes die Melodie dieses bekannten Kinderliedes. Die niedliche, kleine, weiße Kirche stand mittlerweile auf einer Verkehrsinsel zwischen drei Hauptverkehrsstraßen unweit des Königlichen Gerichtshofs. Ihren Namen hatte sie von den Wikingern erhalten, die die Kirche erbaut hatten, nachdem Alfred der Große sie aus dem Zentrum seiner Hauptstadt verbannt hatte. Regelmäßige Besucher kannten die Krypta am westlichen Ende gut, denn sie wurde heutzutage als Gebetsraum genutzt. Ganz im Gegensatz zu der geheimen Krypta unter dem östlichen Teil des Kirchleins. Die kannte niemand.

Professor Lock hatte den Eingang dafür schon vor Jahren bei einer seiner Expeditionen in das längst vergessene, unterirdische London entdeckt. Es war das letzte der zahllosen, uralten Geheimnisse gewesen, die sein schemenhafter Gebieter ihm enthüllt hatte. Und es war der Ort, den er als letzten Unterschlupf für Guthrum und seine Männer ausgesucht hatte. Die zentrale Lage mitten in der Stadt sowie der versteckte Zugang zur Themse waren perfekte Voraussetzungen für ihre Raubzüge. Doch am meisten Vergnügen bereitete ihm die historische Ironie: Nach über tausend Jahren hatte er die Wikinger erneut in das Herz der britischen Hauptstadt geführt.

»Was die Leute bei diesem kleinen Liedchen immer vergessen«, sagte Lock, während er Guthrum und seine Äxte schwingenden Männer an einer Handvoll staunender Touristen vorbei aus der Krypta führte, »ist Folgendes: So nett es auch klingen mag – Orangen und Zitronen, lalalah –, aber am Ende wird es ziemlich grausam: ›Da kommt der Henker, schlägt ab ihm den Kopf, hack, hack, tschak, tschak, und tot ist der Tropf.‹«

Lock trat zur Seite und ließ die Wikinger nach draußen marschieren. Schon wenige Sekunden später ertönten die ersten Schreie, untermalt von grollenden Donnerschlägen und krachenden Blitzen, die in den Turm einschlugen und die Glocken zum Verstummen brachten.

Die Polizei hatte jede Straße zum Trafalgar Square abgesperrt. Sämtlicher Verkehr in der Innenstadt von London, einschließlich des Schiffsverkehrs auf dem Fluss, lag still, während die Nation darauf wartete, dass die Wikinger sich ihr Lösegeld abholten. Der Begriff »Dänengeld« war in den letzten Tagen zum geflügelten Wort geworden, und die Debatte, ob es wirklich eine gute Idee war, den Wikingern das Gold zu geben, noch längst nicht beendet. In den letzten Umfragen hatte die Mehrheit der Menschen im Land sich den Argumenten der Premierministerin angeschlossen. Wenn man die Wahl hatte zwischen einer Lösegeldzahlung oder noch mehr Gewalt vonseiten der Wikinger, dann sollte Großbritannien eben bezahlen. Es gab keine Garantie, dass das funktionieren würde, aber es waren nun einmal verzweifelte Zeiten.

Schwer prasselte der Regen auf die Straßen. Guthrum und seine Männer kamen am Bahnhof Charing Cross vorbei, angestarrt von den Menschenmassen, die sich hinter den Absperrungen drängten. Die Leute wussten nicht, ob sie sich wegen des ekelhaften Gestanks die Nase oder wegen des schmerzhaft dröhnenden Jagdhorns des Wikingerfürsten die Ohren zuhalten sollten.

»Lasst uns in Ruhe! Verschwindet!«, rief eine tapfere Stimme, als die Wikinger vorbeimarschierten.

Guthrum riss den Kopf herum und funkelte die Menge herausfordernd an.

»ÞEGIT, ÞRÆLAR!*«, brüllte er.

Die Menschen verstummten und kauerten sich unter ihre Schirme und Kapuzen. Guthrum verfiel in dröhnendes Gelächter und blies so laut wie nie zuvor in sein Horn, um die Ankunft seiner Kriegerschar am Trafalgar Square anzukündigen.

»Die marschieren hier rum, als wäre es ihre Stadt«, murmelte Premierministerin Thorn leise vor sich hin. Von ihrem erhöhten Standort aus hatte sie den ganzen Trafalgar Square im Blick und sah, wie die untoten Wi-

---

* »SCHWEIGT, IHR SKLAVEN!«

kinger ihre riesigen Äxte schwangen und auf ihre Schilde klopften. *Das Problem ist nur*, dachte sie, *dass es jetzt, wo wir ihnen das ganze Gold geben, im Prinzip tatsächlich ihre Stadt ist.*

Grelle Blitze zuckten über den fleckigen, violetten Himmel. Drei große, gepanzerte Lastwagen der Bank of England standen vor der Nelson-Statue. Jeder war bis zum Rand mit Goldbarren gefüllt. Mehrere mobile Einsatzkommando-Einheiten der Polizei, ausgestattet mit Schutzkleidung, Schutzschilden und Schlagstöcken, standen nervös und in Habachtstellung auf den Treppenstufen, wie eine einsatzbereite Armee. Aber heute sollte keine Schlacht stattfinden. All diese Maßnahmen dienten dem Frieden. Der Polizeichef trat einen Schritt vor und versuchte, das Plastikvisier seines Helms zu lüften. Anscheinend war das gar nicht so einfach.

»Im Namen der Bevölkerung Großbritanniens und Nordirlands übergebe ich hiermit diesen Tribut aus reinem Gold«, sagte er.

Guthrum baute seine riesenhafte Gestalt vor ihm auf. Seine wilden Augen glühten und der Gestank nach fauligem Fisch breitete sich nach allen Seiten aus. Der Polizeichef fuhr fort, obwohl seine Stimme ebenso stark zitterte wie seine Beine.

»Im Gegenzug erklären Sie und Ihre Männer sowie alle anderen untoten Kreaturen unter Ihrem Kommando sich bereit, diese großartige Nation fürderhin in Frieden zu lassen und …«

»*GULL!*«, brüllte Guthrum und schubste den Polizeichef beiseite. Dann riss er, begleitet von einem lauten, metallischen Kreischen, die Heckklappe eines der gepanzerten Lastwagen aus den Angeln.

Die Wikinger fielen über das Gold her wie ein Wespenschwarm über ein Glas Marmelade.

»*GULL! GULL! GULL!*«

Sie nahmen so viele Barren, wie sie tragen konnten, in die Arme und tanzten damit herum, warfen sie wie Tennisbälle hin und her. Vollkommen mühelos hüpfte Guthrum auf das Dach des zweiten Lastwagens und klappte das Dach auf, als wäre es nichts weiter als eine Sardinenbüchse.

»*GUUUUUUULL!*«, brüllte er der Menge zu und reckte triumphierend einen Goldbarren in die Höhe.

Die Premierministerin sah von ihrem Beobachtungsposten aus ungerührt zu. Das, was sie da sah, hatte zwar nichts mit der würdevollen Übergabe zu tun, die sie sich vorgestellt hatte, aber was wollte man von solch primitiven Kreaturen schon erwarten? Zumindest machten sie einen zufriedenen Eindruck, als sie jetzt anfingen, die mit Gold beladenen Lastwagen wegzuschieben. Sie hatte keine Sekunde daran gedacht, dass die Wikinger ja gar nicht Auto fahren konnten. Um sie herum klopften sich Berater und Minister gegenseitig auf die Schultern und schüttelten einander erleichtert die Hände. Die nationale Bedrohung durch die Wikinger war abgewendet worden. Und mit ein bisschen Glück hörten jetzt auch diese tosenden Gewitterstürme wieder auf.

»DA!«, rief jetzt einer der Berater und zeigte nach draußen.

Alle liefen ans Fenster zurück und sahen, wie der Defender auf seinem schimmernden Pferd vom dunklen Himmel herabschwebte und mitten auf dem Platz landete, um den Wikingern den Weg zu versperren.

»Was will DER denn hier?«, kreischte die Premierministerin. »Der versaut uns noch alles!«

»Du siehst echt nicht besonders gesund aus, Guthrum«, sagte Alfie.

Unter lautem Dröhnen ließ Guthrum den Lastwagen fallen, den er gerade noch hinter sich hergezerrt hatte, stieß seine Männer unsanft beiseite und kam mit langen Schritten auf den Defender zugestürmt. Doch bevor er dicht genug herangekommen war, um seine todbringende Streitaxt einzusetzen, schlug Wyvern mit den Vorderbeinen aus und wieherte trotzig. Der mächtige Wikingerfürst zog sich zurück und umkreiste Alfie mit wütendem Gebrüll.

»Ganz im Ernst jetzt. Du bist total bleich und hast ganz dicke Tränensäcke«, fuhr Alfie fort. »Und ist das ein Stück vom Schädelknochen, was man da an der Backe sehen kann? Igitt. Du solltest dich mal lange und gründlich *ausschlafen*.«

Mit diesen Worten reckte der Defender die Fahnenstange in die Höhe und rollte das Rabenbanner aus. Ehrfürchtig hielten Guthrum und seine Wikinger den Atem an und bedeckten ihre Augen, als sei das Banner eine gleißend helle Sonne.

»Ja, genau? Erkennt ihr das? Zeit für ein Schläfchen. Ein langes Schläfchen. Jahre. Vielleicht sogar eine ganze Ewigkeit …«

Alfie gingen die Worte aus. Was immer das Rabenbanner bewirken sollte, es wirkte nicht besonders schnell. Die Wikinger linsten hinter ihren Schutzschilden hervor, während alle Angst von ihnen abfiel.

»Muss man das Banner vielleicht einschalten?«, zischte Alfie leise in sein Mikro. »Helfen Sie mir, HM.«

Die Stimme des Hofmarschalls knisterte in Alfies Ohrhörer. »Vielleicht solltet Ihr versuchen, das Banner zu schwenken, Majestät?«

Alfie wedelte mit dem zerfledderten Rabenbanner hin und her, doch anstatt einzuschlafen fing Guthrum an zu kichern.

»Er lacht, Leute. Wieso lacht der denn? Da stimmt doch was nicht«, sagte Alfie.

Guthrum und seine ausgesprochen wachen Wikinger kreisten Alfie ein und schwangen ihre Äxte, während die Polizisten, die hinter ihm standen, mit ihren Gewehren auf ihn zielten. *He, ich bin doch auf eurer Seite!*, wollte Alfie rufen, als Wyvern sich um die eigene Achse drehte. Sie wusste gar nicht mehr, wohin sie sich wenden sollte.

»Ich verschwinde!«, sagte Alfie und gab ihr die Sporen.

Wyvern jagte an den stürmischen Himmel empor. Tief

unten auf dem Trafalgar Square sah Alfie, wie die höhnisch johlenden Wikinger ihr Gold einsackten und sich davonmachten. Die Polizei gab ihnen den Weg frei.

»Tja, also das war ziemlich peinlich«, sagte Alfie. Der Regen prasselte gegen sein Visier, während Wyvern sich einen Weg zwischen den gewaltigen Gewitterwolken hindurch suchte, die sich über London zusammengeballt hatten. »Ich dachte, das Banner hat Macht über alle, in denen Wikingerblut fließt? Aber davon war nicht viel zu sehen.«

»Majestät, ich habe auch keine Erklärung dafür«, sagte der HM. Alfie hörte die Enttäuschung in seiner Stimme. »Aber Königin Freya hat Euch gewarnt, dass das Banner sich außerhalb Norwegens womöglich anders verhält als erwartet …«

BUUUMM! Irgendetwas prallte mit Alfie zusammen und sie torkelten jetzt orientierungslos durch die Luft. Was war das denn? Ein Flugzeug vielleicht? Doch als Alfie zu Atem gekommen war und Wyvern wieder unter Kontrolle hatte, entdeckte er inmitten der Sturmwolken einen großen, schwarzen Schatten, der sich gerade zum nächsten Angriff bereitmachte.

»Ich bin nicht alleine hier oben!«, keuchte Alfie.

Doch falls die Zitadelle ihm überhaupt Antwort gab, ging sie im ohrenbetäubenden Kreischen des Schwarzen Drachen unter, der sich erneut auf ihn stürzte. Als seine Krallen über Alfies Rüstung scheuerten, flogen Funken in alle Richtungen davon. Wyvern schrie entsetzt auf, als der dicke, stachelige Schwanz des Drachen sich um ihren Leib wickelte und dann wie eine Python zudrückte. Alfies Arme waren ebenfalls eingeklemmt, und er konnte sich nicht bewegen. Er sah lediglich ein chaotisches Durcheinander aus Schuppen, gelben Fängen so groß wie Milchflaschen und den glühenden Augen des Drachen.

Blitze zuckten überall und für einen Moment konnte Alfie gar nichts mehr sehen. Doch dann, zu seiner großen Überraschung, löste der Drache seine Umklammerung, und genauso schnell, wie er gekommen war, war er auch wieder verschwunden.

»Majestät? Majestät?«, hörte Alfie die panische Stimme des Hofmarschalls rufen.

»Der Schwarze Drache«, keuchte Alfie. »Er war hier! Er ist wieder da. Lock ist wieder da!«

»In der Luft?«, schaltete sich Brian ein.

»Ja. Der Flügel ist nachgewachsen. Er hat mich total fest im Griff gehabt, und dann hat er losgelassen. Ich verstehe das nicht. Wieso hat er losgelassen?«

In diesem Augenblick wurde ihm bewusst, was er nicht mehr in der Hand hielt. Sein Magen ballte sich zusammen.

»Das Banner!«, stieß er hervor. »Er hat mir das Rabenbanner abgenommen!«

»WAS?«, brüllte der Hofmarschall mit sich überschlagender Stimme.

»Wyvern, hinterher!«, befahl Alfie.

Er merkte, dass sein Pferd nicht scharf darauf war, den

Schwarzen Drachen zu verfolgen, aber er musste das verlorene Banner unbedingt wiederhaben.

»SOFORT, WYVERN!«

Wyvern stieß ein durchdringendes Wiehern aus und galoppierte nach Westen, mitten hinein in eine gewaltige Schlucht aus düsteren, gelbgefleckten Wolkentürmen. Sie folgte der Spur des Schwarzen Drachen. Es dauerte nicht lange, bis Alfie ihn sehen konnte. Zwar wurde er immer wieder von den Wolken verschluckt, aber trotzdem war deutlich zu erkennen, wie er mit dem Rabenbanner in den Klauen mitten durch den brodelnden Sturm raste, der über London wütete.

Alfie trieb Wyvern an, doch der Schwarze Drache war schnell, und er hatte einen ziemlich großen Vorsprung. Alfie würde das Rennen verlieren, und das machte ihn wütend. Die Wikinger hatten ihn vor den Augen des ganzen Landes blamiert, und jetzt hatte ihn auch noch der Schwarze Drache aus dem Hinterhalt überfallen und ihm den einen Gegenstand gestohlen, der die Wikinger vielleicht noch aufhalten konnte. Wie konnten sie es wagen, in seinem Königreich einen Aufstand anzuzetteln? Es war an der Zeit, dem Spuk ein Ende zu bereiten. Alfie zog an den Zügeln und Wyvern blieb stehen. Dann hob er die Hand. Der Ring der Herrschaft fing an zu glühen. Er wusste nicht, ob es funktionieren würde, aber es war auf jeden Fall einen Versuch wert. So, wie er das sah, gehörten diese Wolken dem Defender. Schließlich bestanden sie aus gutem, altem, britischem Regen. Also würden sie sich vielleicht auch seinem Kommando unterwerfen. Alfie machte eine Handbewegung, und die Sturmwolken in seiner Nähe schienen tatsächlich zu reagieren und sich seitlich zu verschieben. Er wiederholte seine Geste und konzentrierte sich dieses Mal auf die Wolkenbank in der Ferne, dort, wo er gerade noch den Schwarzen Drachen erkennen konnte. Auf seinen Befehl hin fingen die Wolken an, Wirbel zu bilden. Sie waren nur schwer zu kontrollieren, aber Alfie konnte sie spüren – es fühlte sich an, als würde ein Seidentuch über seiner Hand liegen. Dann krümmte er seine Finger, und die dichte Wolkendecke wickelte sich um den Drachen und sperrte ihn ein. Alfie ballte die Faust. Blitze zuckten durch die Wolken. Der Drache stürzte wie ein Stein zu Boden.

»Ja!«, schrie Alfie triumphierend, gab Wyvern die Sporen und jagte seinem Gegner hinterher.

In der wundervollen Kuppel der St. Paul's Cathedral klaffte ein zerklüftetes, drachengroßes Loch. Alfie flog hindurch und landete auf der schmalen Empore, die sich unterhalb der Kuppel einmal um die Rundung zog. Es war dunkel geworden, und eine unheimliche Stille hatte sich ausgebreitet, als hätte der Sturm sämtliches Tageslicht aufgesaugt. Tief unten im Kirchenschiff sah Alfie die verstreuten Trümmer der Dachkonstruktion auf den schwarzweißen Bodenfliesen liegen, aber glücklicherweise schienen keine Besucher in der Kirche zu sein. Die meisten waren wahrscheinlich immer noch draußen auf den Straßen, um die Übergabe des Dänengeldes zu verfolgen. Aber auch vom Schwarzen Drachen war weit und breit nichts zu sehen.

»Alfie?«, flüsterte ihm jemand ins Ohr.

Der Defender wirbelte herum und zog sein Schwert, aber da war niemand. In der Ferne grollte der Donner und hallte durch das Innere der riesigen Kathedrale.

»Alfie!«

Wieder dieselbe Stimme, als ob jemand direkt neben ihm stand, aber immer noch war niemand zu sehen.

Auf einer Plakette an der Wand war zu lesen, dass er sich in der »Flüstergalerie« befand. Sie war angeblich so konstruiert, dass noch der leiseste Laut an jeder Stelle der Galerie klar und deutlich zu hören war.

»Sind Sie nicht vielleicht ein bisschen alt für solche Spielchen, Professor Lock?«, erwiderte Alfie gedämpft. Das würde sein Gegner dann ja wohl auch hören können, oder?

Er zog sein Schwert und schlich die Empore entlang.

»Haben Sie Guthrum und seine Männer zum Leben erweckt, Herr Professor? Wozu brauchen Sie das Banner?«

Aber als Alfie am anderen Ende der Galerie angelangt war, sah er etwas, was ihn augenblicklich erstarren ließ. In der Ecke kauerte eine nackte Gestalt. Auf ihrer grauen Haut glitzerte der Schweiß.

»Versteckspielen kannst du deutlich besser als früher, Alfie.«

Die Gestalt drehte sich um, so dass ihr Gesicht vom

Licht beschienen wurde. Ausgemergelt und mit wildem Blick, aber immer noch unverkennbar. Das war sein Bruder. Das war Richard.

In Alfies Kopf drehte sich alles. *Was wollte Richard denn hier? Woher wusste er, wer er war?*

Alfie klopfte seine Rüstung ab und versicherte sich, dass das Visier wirklich heruntergeklappt war.

»Ist schon okay. Dein kleines Geheimnis ist bei mir in guten Händen.« Richard kicherte, aber es klang vollkommen freudlos.

Er bewegte sich, und jetzt sah Alfie, dass er etwas unter seinem Körper versteckt hatte. Das Rabenbanner.

»Ach, und vielen Dank auch, dass du so freundlich warst, mir dieses Ding hier zu besorgen. Ich verspreche dir, dass ich es nicht verlieren werde. Im Gegensatz zu dir.«

Alfie ließ mit zitternden Fingern seine Rüstung verschwinden. Dann trat er einen Schritt auf seinen Bruder zu.

»Richard, ist alles in Ordnung? Was machst du denn hier? Was ist denn eigentlich los?«

»Nennen wir es ein kleine … Revolution«, erwiderte Richard, sprang über das Eisengeländer und stürzte sich in die Tiefe.

»RICHARD!«, brüllte Alfie.

Er rannte zum Geländer, nur um mitansehen zu müssen, wie sein Bruder sich in den Schwarzen Drachen verwandelte. Seine Knochen knackten und wurden länger, lederne Flügel entfalteten sich und von einem Augenblick auf den anderen war er bis hin zu seinem monströsen Schädel und dem Maul von einer dicken Schuppenschicht bedeckt. Mit einem einzigen, kraftvollen Flügelschlag bremste der Drache seinen Sturz, kreiste durch das Innere der Kathedrale, flog wieder nach oben, knapp über Alfies Kopf hinweg, und schwang sich durch das Loch in der Kuppel mitten in den Sturm.

Alfie sank auf die Knie. Er zitterte und konnte einfach nicht fassen, was er soeben mit eigenen Augen gesehen hatte.

ES IST RICHARD. MEIN BRUDER IST DER SCHWARZE DRACHE.

20
Auch das noch

Alfie hatte geweint.

Er saß auf dem Dach des Weißen Turms, der zentralen Festung des Londoner Towers, und dachte an seinen allerersten Aufenthalt in diesem Gebäude. Er und Richard waren neun Jahre alt gewesen und unbeschreiblich aufgeregt. Der Tower war wegen des Besuchs der Prinzen für alle anderen gesperrt worden, auch wenn ihnen das damals natürlich gar nicht klargewesen war. Sie mussten erst noch lernen, dass nicht jeder von der Polizei durch den dichten Verkehr eskortiert oder überall von winkenden Menschen und aufmerksamen Beefeatern begrüßt wird. Sie hatten eine Führung bekommen, hatten einander durch die Innenhöfe und Ausstellungsräume gejagt, auf dem Rasen neben dem Henkersklotz gerangelt und waren schreiend weggerannt, nachdem einer der Raben Richard in den Finger gebissen hatte. Alfie hatte sich nicht einmal die Zeit genommen, um einen Blick auf die Kronjuwelen zu werfen. Er war schließlich im Palast aufgewachsen und hatte schon jede Menge verstaubter Klunker und alter Schwerter gesehen. Aber jetzt fiel ihm ein, dass sein Bruder stehen geblieben war und die Vitrinen mit den Schmuckstücken ernsthaft, fast wie in Trance angestarrt hatte. Letzten Endes war Alfie die Warterei langweilig geworden, und er hatte ihn stehen lassen, um sich stattdessen die Spielzeuge im Souvenirgeschäft anzuschauen.

Jetzt blickte er nach Süden über die Themse und fragte sich, ob Richard vielleicht schon damals etwas gegen ihn gehabt hatte. Er hatte immer geglaubt, dass es seinem Bruder nichts ausmachte, nur der »Ersatzprinz« zu sein, aber was, wenn er sich irrte? Wenn Richard ihn von Anfang an gehasst hatte?

Das Bild, wie sein Bruder sich in den Schwarzen Drachen verwandelte, ging ihm jedenfalls nicht mehr aus dem Kopf – die verdrehten Gliedmaßen, der Zorn, der tief in sein monströses Gesicht eingegraben war. Alfie machte die Augen zu und hielt sich an dem Geländer fest, das an den Zinnen entlanglief. Das hier war schlimmer als die Turbulenzen der Thronnachfolge, und schon damals war es ihm so vorgekommen, als würde er gleich den Verstand verlieren. Schlimmer als die Erkenntnis – die *vermeintliche* Erkenntnis –, dass sein Lehrer, dem er vertraute, Professor Lock, in Wirklichkeit ein Ungeheuer war, und dass seine Familie in tödlicher Gefahr schwebte. Schlimmer als das Gefühl, das er beim Tod seines Vaters empfunden hatte. Wieso hatte er das nicht gesehen? Richard hatte ihren gemeinsamen Vater ermordet. Und bei der Krönungszeremonie hatte er versucht, auch Alfie zu ermorden. Was war bloß aus Richard geworden? Wie war aus dem liebevollen Zwillingsbruder, den er sein ganzes Leben lang kannte, das abgrundtief Böse geworden?

Da ertönte unten im Innenhof ein lauter Pfiff. Yeoman Eshelby ließ seine Vögel fliegen und tätschelte jedem einzelnen, der an ihm vorbeigehüpft kam, den schimmernden, schwarzen Kopf. Vielleicht spürte er ja, dass er beobachtet wurde, jedenfalls legte der Rabenmeister den Kopf in den Nacken und sah den jungen König oben auf der Turmspitze stehen. Er nickte höflich und widmete sich wieder den Raben. Alfie wischte sich die Tränen aus den Augen. *Inzwischen weiß es bestimmt die ganze Zitadelle*, dachte er voll Bitterkeit.

Auf der Tower Bridge staute sich der Verkehr. Hupen dröhnten, als sei es ein ganz gewöhnlicher Sommertag. Die Wikinger waren mit dem Gold verschwunden und seither nicht mehr gesehen worden, während die Premierministerin sich im Lob der ganzen Nation sonnte. *»Die Toten ruhen in Frieden!«*, dröhnten die Schlagzeilen der Zeitungen begeistert, während ein tiefes, kollektives Aufatmen durch das ganze Land ging. Die Stürme hatten sich gelegt, die Sonne stand strahlend am blauen Himmel, und die einzige Sorge schien zu sein, ob Kate Robertson ihren ersten Wimbledon-Titel gewinnen würde oder nicht. Alfie konnte sich nur ausmalen, wie groß die Panik gewesen wäre, hätten sie gewusst, was er wusste. Der Schwarze Drache war immer noch auf freiem Fuß und schmiedete gemeinsam mit Professor

Lock finstere Pläne, bastelte an der nächsten Phase ihres Plans. Etwas Grauenhaftes braute sich da zusammen und …

»Es tut mir sehr, sehr leid.«

Alfie hatte gar nicht gehört, wie der Hofmarschall das Dach betreten hatte.

Er sah noch älter aus als sonst. Tiefe Sorgenfalten zerfurchten seine Stirn, die aussah wie eine zerknitterte Landkarte.

»Wissen Sie was? Er wollte es mir sagen. Auf Ellies Party«, stieß Alfie hervor. »Er hat gesagt, dass alles meine Schuld sei. Stimmt das? Bin ich es, der ihm das angetan hat?«

Der Hofmarschall kam näher und legte Alfie die Hand auf die Schulter.

»Nichts von alledem ist Eure Schuld. Wenn überhaupt, dann ist es meine. Ich hätte es früher bemerken müssen. Denn jetzt ergibt alles einen Sinn.«

»Sinn?« Alfie wischte seine Hand beiseite. »Nichts davon ergibt einen Sinn, gar nichts.«

»Ich verstehe, Majestät. Ich spreche auch nur von dem Schwarzen Drachen – wie er zum Leben erwacht ist. Es war Richards Blut, das königliche Blut, das Lock benötigte, um die Macht der Krone König Alfreds mit dem Skelett des Drachen zu vereinen und eine neue Kreatur zu erschaffen. Das habe ich nicht erkannt. Aber jetzt ist es vollkommen offensichtlich.«

»Aber warum hat er sich dann nach der Krönungszeremonie versteckt? Er hätte mich doch jederzeit töten können!«

»Das vermag ich nicht zu sagen, Majestät. Allerdings haben sie sehr viel Aufwand betrieben, damit wir ihnen das Rabenbanner beschaffen.«

»Was wollen sie denn bloß mit dieser dämlichen Fahne anfangen? Sie funktioniert ja nicht mal.«

»Jedenfalls nicht so, wie wir gedacht haben. Aber vielleicht weiß Lock etwas, was wir nicht wissen. Was immer das sein mag, wir müssen die beiden aufstöbern, bevor sie ihren Plan in die Tat umsetzen können. Wir müssen sie ein für alle Mal besiegen, Lock und den Schwarzen Drachen.«

»Sie meinen Richard?« Der Blick, mit dem der Hofmarschall ihn ansah, jagte Alfie eine Gänsehaut über den Rücken. »Was ist denn?«

»Majestät, ich kenne Euch und Euren Bruder seit dem Tag Eurer Geburt. Und auch, wenn ich kein Meister darin bin, es offen zu zeigen, aber Ihr und er liegen mir gleichermaßen am Herzen, sehr am Herzen. Wenn alle diese Dinge früher ans Licht gekommen wären, dann, wer weiß, aber jetzt ...«

»Was soll das heißen?«

Der alte Mann richtete sich zu voller Größe auf und hob den Kopf, als wollte er eine Ansprache bei einem Staatsbankett halten.

»Prinz Richard hat seine Entscheidung getroffen. Er ist ein Verräter und muss entsprechend behandelt werden. Der Defender muss den Schwarzen Drachen töten.«

Alfie spürte, wie seine Knie weich wurden. Hatte der HM das wirklich gerade eben gesagt?

»Sie wollen, dass ich …« Alfie brachte es kaum über sich, die Worte auszusprechen. »Dass ich meinen eigenen Bruder umbringe?«

»Er ist nicht mehr Euer Bruder, Sir. Er ist Euer Feind. Und seid versichert: Wir befinden uns im Krieg.«

Alfie drängte sich an ihm vorbei zur Tür.

»Ich kann mir das nicht länger anhören.«

»Majestät, wir müssen jetzt zusammenstehen und diese Schlacht gemeinsam schlagen!«, flehte der Hofmarschall ihn an.

Alfie stieß die Tür auf … und prallte mit Hayley zusammen. Völlig außer Atem nach den vielen Treppenstufen kam sie auf das Dach gerannt.

»Miss Hicks, das ist jetzt nicht der richtige Zeitpunkt«, sagte der HM.

Sie streckte ihm wortlos ihr Handy entgegen und er verstummte.

»Die Zeit sollten Sie sich aber nehmen. Weil Sie sich das nämlich unbedingt anhören müssen. Und du auch, Alfie.«

Sie drückte auf eine Taste. Zuerst hörten sie nichts als ein tiefes Rumpeln, wie von einem anspringenden Motor. Doch dann war die Ansage einer Automatenstimme zu vernehmen.

»Nachrichten bitte nach dem Tonsignal.«

Alfie und der Hofmarschall erkannten die Stimme sofort, auch wenn es nur ein heiseres Flüstern war.

»Ich bin's«, sprach Brian jetzt auf den Anrufbeantworter. »Wir haben das Banner. Sind auf dem Rückweg von Oslo. Sie wollen es bei der Übergabe einsetzen. Aber halten Sie Abstand. Ich glaube, das Mädchen hat Verdacht geschöpft. Ich melde mich wieder, sobald ich kann.«

Dann war die Aufnahme beendet. Der HM und Alfie starrten einander schweigend und zutiefst erschüttert an.

***

Wenige Minuten später saßen sie Brian in der Zitadelle gegenüber und ließen die Aufnahme noch einmal laufen. Der Hofmarschall hatte die Yeoman Warders gebeten, den Raum zu verlassen. Allerdings sollten zwei von ihnen vor der Tür Wache halten und aufmerksam lauschen, ob er sie vielleicht zu Hilfe rief. Alfie war nach dem Hören der Aufnahme völlig durcheinander. Trotzdem war er sich sicher, dass Brian für alles eine vernünftige Erklärung hatte. Als die Nachricht zu Ende war, fixierte der Hofmarschall Brian mit durchdringendem Blick.

»Nun? Erklären Sie sich, königlicher Waffenmeister. Wem galt diese Nachricht?«

Brian hatte Hayley keine Sekunde aus den Augen gelassen. Einen solch kalten, harten Gesichtsausdruck hatte

Alfie bei seinem Leibwächter bis jetzt noch nie gesehen. Erst jetzt wandte Brian sich dem Hofmarschall zu.

»Tut mir leid, Chef, aber das kann ich Ihnen nicht sagen«, erwiderte er.

Der Hofmarschall sprang auf. »WAS HABEN SIE DA GERADE GESAGT?« Für einen kurzen Moment sah es so aus, als wollte der alte Mann Brian eine Ohrfeige verpassen. »SIE HABEN VERTRAULICHE INFORMATIONEN AN UNBEKANNTE WEITERGEGEBEN, UND DAS WERDEN SIE UNS GEFÄLLIGST ERKLÄREN, UND ZWAR AUF DER STELLE!«

Brian zuckte fast gar nicht zusammen und schwieg eisern. Herne, der ganz in der Nähe auf dem Boden lag, kam auf die Pfoten und tigerte unruhig auf und ab. Seine Nackenhaare sträubten sich, und er schenkte Brian ein leises, tiefes Knurren. Alfie stellte sich zwischen die beiden. Ihm schwirrte der Kopf.

»Bitte, Brian, sag uns doch einfach, was los ist, dann können wir das Ganze vergessen.«

Brian ließ sich gegen die Stuhllehne sinken und seufzte: »Tut mir leid, Kleiner. Kann ich nicht machen.«

»SIE SPRECHEN MIT IHREM MONARCHEN!«

Der Hofmarschall war vor Wut dunkelviolett angelaufen. Jetzt musste er husten und fing an zu schwanken. Alfie half ihm, sich wieder auf seinen Stuhl zu setzen. Hayley hielt den Blick auf den Boden gerichtet.

Dann schwiegen alle für einen Moment. Die Yeoman Warders, die vor der Tür Wache hielten, waren bei dem

Geschrei hereingestürmt und standen jetzt mit gezückten Spießen etwas ratlos in der Gegend herum.

»Gibt es denn gar nichts, was Sie zu Ihrer Verteidigung zu sagen haben?«, krächzte der Hofmarschall.

Brian starrte ungerührt die gegenüberliegende Wand an.

»Nein.«

Mit zitternden Fingern wischte der HM sich den Schweiß von den Augenbrauen.

»Yeoman Warders, stecken Sie den Waffenmeister in eine Zelle«, befahl der Hofmarschall. »Informieren Sie den Jailer.«

Die verblüfften Beefeater tauschten einen Blick aus, bevor sie zu Brian traten und ihn auf die Beine zogen. Ungläubig sah Alfie erst den Hofmarschall und dann Hayley an, doch sie wichen seinem Blick aus.

»Wartet!«, rief Alfie. »Das ist doch nicht richtig. Das könnt ihr doch nicht machen! Wenn Brian sagt, dass er seine Gründe hat, dann reicht mir das vollkommen.«

Doch Brian lächelte ihn nur an. »Ist schon okay, Chef.« Dann ließ er sich von den Beefeatern aus der Kommandozentrale führen.

Alfie kam sich vor wie in einem schlechten Film. Zuerst verlor er seinen Bruder und jetzt auch noch Brian? Er hatte das Gefühl, als würden die wichtigsten Stützpfeiler seiner Welt einer nach dem anderen zu Staub zerfallen. Er konnte sich nicht mehr beherrschen und wandte sich an Hayley.

»Was hast du bloß getan?«, blaffte er sie an.

»Wieso werde ich jetzt angemotzt?«, keifte Hayley zurück. »Wie wär's vielleicht mit ›Danke, Hayley, dass du so gut aufgepasst hast‹?«

»Ich habe noch gesagt, du sollst es bleiben lassen. Du siehst ja, was du angerichtet hast.«

»Du undankbarer kleiner …«

Da ertönten draußen vor der Kommandozentrale laute Rufe. Zuerst dachte Alfie, dass sich noch jemand an ihrem lautstarken Streit beteiligen wollte, doch dann wurde ihm klar, dass die Rufe aus der Richtung kamen, in der die Yeoman Warders mit Brian verschwunden waren. Sie eilten in den Flur und sahen einen Beefeater bewusstlos am Boden liegen, während der andere vornübergebeugt in der Ecke stand und sich stöhnend die Magengrube hielt.

»Was ist denn passiert? Wo ist der Gefangene?«, rief der HM laut.

In einer Wand stand die Tür eines Geheimgangs offen. Kalte Luft wehte zur Öffnung herein. Alfie rannte hinüber und blickte hinein. Der Gang schlängelte sich in die Dunkelheit davon.

Und von Brian war nichts mehr zu sehen.

21
Der Berg des Lichts

»Was sagen Sie zu den jüngsten übernatürlichen Ereignissen hier in London? Hat sich das vielleicht negativ auf Ihre Konzentration ausgewirkt?«

Kate Robertson lächelte den Reporter an und beugte sich etwas dichter vor das Mikrophon.

»Die einzige Sorge, die ich habe, ist, dass ich heute womöglich nicht meine beste Leistung zeige. Aber es braucht mehr als ein paar räudige, alte Wikinger, um mich daran zu hindern, diesen Titel zu gewinnen.«

Die Zuschauer, die die Wiederholung des Interviews auf dem Riesenbildschirm des Centre-Courts von Wimbledon sahen, brachen in tosenden Beifall aus. Sprechchöre schallten durch die Arena: »Ka-tie, Ka-tie, Ka-tie«. Die Finalistinnen wurden zwar erst in einer halben Stunde auf dem Platz erwartet, aber bereits jetzt herrschte hier knisternde Hochspannung. Seit Virginia Wade im Jahr 1977 war keine britische Dame mehr so weit gekommen wie Kate Robertson. Niemand, der eine gültige Eintrittskarte besaß, wollte dieses Spiel verpassen. Die Sonne schien, die Wikinger waren (wieder einmal) Geschichte, und das Leben nahm seinen ganz normalen Gang.

Prinzessin Eleanor setzte sich auf ihren Platz in der königlichen Loge und ließ den Blick über die Zuschauer in ihrer Nähe schweifen. Sie wurde von vielen bekannten Gesichtern umringt – Filmstars, Prominente und Adlige –, aber deswegen war sie nicht gekommen. Ellie ging es nur um den Sport. Sie hatte immer noch die Hoffnung, eines Tages mit dem britischen Team der Turner an Olympischen Spielen teilnehmen zu können. Superhelden wie der Defender waren das eine – und bei der Krönungsfeier hatte er sie ja tatsächlich vor dem Schwarzen Drachen gerettet –, aber trotzdem kamen ihr diese ganzen Superkräfte und die technischen Spielereien immer ein bisschen vor wie Betrug. Aber Hochleistungssportler wie Kate Robertson, die es allein durch harte Arbeit und Zielstrebigkeit bis an die Spitze geschafft hatte, das waren ihre wahren Helden.

Ellies Handy summte. Sie holte es aus der Tasche. Auf dem Display stand »Blödmann«. Unter diesem Spitznamen hatte sie Alfie abgespeichert, weil er ohne sich zu verabschieden ihre Party verlassen und sich seither nicht mehr gemeldet hatte. Aber jetzt wollte sie sich ihre gute Stimmung bestimmt nicht verderben lassen, darum wartete sie, bis die Mailbox ansprang, und ließ sich entspannt gegen die Stuhllehne sinken, um die Atmosphäre unmittelbar vor dem Match zu genießen. Robertsons Gegnerin war die dreifache Wimbledon-Siegerin Svetlana Volkov, die »russische Wölfin«. Egal, wie dieses Match ausgehen würde, es würde eine brutale Schlacht werden.

Frustriert ließ Alfie sein Handy sinken. Warum wollte Ellie nicht mit ihm sprechen? In der Zitadelle hatte die ganze Nacht über Hochbetrieb geherrscht, aber Alfie hatte sich noch nie so alleingelassen gefühlt. Er musste Ellie warnen. Er musste ihr sagen, was mit ihrem Bruder los war, auch wenn er keine Ahnung hatte, wie er das anstellen sollte, oder wie er es schaffen sollte, dass sie ihm auch nur ein Wort glaubte. Aber er durfte sie nicht länger im Dunkeln lassen. Normalerweise hätte er sich mit Hayley über Richard ausgetauscht, aber er war immer noch stinksauer auf sie. Der Hofmarschall hatte alle Hände voll zu tun, um die Suche der Beefeater nach dem Aufenthaltsort von Lock und dem Schwarzen Drachen zu koordinieren. Vielleicht bekamen sie dadurch einen Hinweis, wann und von wo der nächste Schlag erfolgen sollte. Jedes Mal, wenn Alfie das Thema Richard ansprechen wollte, sagte der Hofmarschall das Gleiche.

»Nichts ist wichtiger als Loyalität, Majestät. Gar nichts.«

Das ist genau das Problem, dachte Alfie. *Wem gegenüber soll ich denn loyal sein? Meinem Land oder meinem Bruder?* Sicher, Richard hatte etwas Schreckliches getan, aber Alfie wollte trotzdem verstehen, wieso. War es vielleicht seine Schuld? Oder war Richard krank? Was hatte Lock ihm angetan? Wie konnte der Hofmarschall Richard verdammen, solange sie nicht wussten, wodurch er zum Schwarzen Drachen geworden war?

Hayley betrat die Kantine, und sofort verstummten

die Gespräche der Beefeater, die vor der Frühstückstheke anstanden. Ihr war klar, dass sie über sie geredet hatten. Obwohl sie eigentlich gar keinen Appetit hatte, nahm sie sich einen Teller mit gebratenem Speck und Rührei und setzte sich an einen der langen Tische. Im selben Augenblick standen die anderen Beefeater, die dort saßen, auf. Nur Brenda blieb sitzen, aber auch sie schien sich irgendwie unbehaglich zu fühlen.

»Was habe ich denn Schlimmes gemacht?«, wollte Hayley von ihr wissen.

»Brian ist einer von uns, Hayley.«

»Und ich nicht?«

»Das habe ich nicht gesagt. Ich weiß auch nicht, was Brian vorgehabt hat, aber eines weiß ich hundertprozentig: Er ist kein Verräter. Wenn du doch bloß vorher mit mir darüber gesprochen hättest.«

Brenda trank ihren Tee aus, dann stand sie auf und ging ebenfalls weg. Hayley war am Boden zerstört. Sie hatte doch nur versucht, Alfie zu beschützen! Und jetzt fühlte es sich so an, als hätte sie schon wieder ihre Familie verloren.

Der Hofmarschall stürmte in die Kommandozentrale und diskutierte dabei mit dem Rabenmeister.

»Die Raben können auch einmal selbst auf sich aufpassen. Ich brauche im Moment jede zusätzliche Hilfe!«

»Die Vögel haben ja noch nicht einmal gefrühstückt«, protestierte Esh. »Wenn sie anfangen, die Touristen zu belästigen, will ich aber keine Klagen hören.«

»Im Augenblick haben wir schwerwiegendere Probleme als ein paar unzufriedene Touristen, Yeoman Rabenmeister. Wir müssen den Schwarzen Drachen aufspüren!«

Alfie fiel auf, dass der HM nie mehr den Namen »Richard« in den Mund nahm, wenn er von seinem Bruder sprach. Es war, als würde er nicht mehr existieren. Wahrscheinlich fiel es ihm dadurch leichter, seinen Tod anzuordnen. Aber für ihn war es nicht so einfach. Richard war immer noch sein Bruder, ganz egal, was er getan hatte. Wenn er doch nur mit ihm reden könnte …

»Was machen Sie denn noch hier?«

Der HM hatte gerade einen Beefeater erwischt, der sich in eine stille Ecke zurückgezogen hatte, um sich die Wimbledon-Übertragung anzuschauen und dabei ein paar Schokoladenbonbons zu verputzen.

»Unsere Feinde planen der-Himmel-weiß-was-für-schreckliche Dinge, und Sie sitzen da und sehen fern? Bis auf Weiteres sind alle Teepausen gestrichen!«

Mürrisch kehrten die Yeoman Warders an ihre Schreibtische zurück. *Natürlich*, dachte Alfie, *Wimbledon. Da ist Ellie!* Er wollte hastig zur Tür, doch der HM versperrte ihm den Weg.

»Majestät, bitte, wartet. Ich habe einen wichtigen Auftrag für Euch.«

»Tut mir leid, HM, aber ich habe jetzt keine Zeit. Ich muss Ellie vor Richard warnen. Sie soll Bescheid wissen, falls er irgendetwas versuchen will.«

»Aber, Majestät«, stammelte der Hofmarschall. »Das

würde ja bedeuten, dass Ihr Euer Geheimnis offenbaren müsst. Dann wüsste sie, dass Ihr der Defender seid. Das könnt Ihr nicht …«

»Auch Ellie hat ihren Vater verloren. Und sie weiß noch nicht einmal, weshalb. Wenn sie jetzt auch noch ihren Bruder verliert … Sie hat es verdient, die Wahrheit zu erfahren.«

Der Hofmarschall seufzte. Ihm war klar, dass Alfies Entschluss feststand.

»Bitte sehr. Aber ich flehe Euch an, sie zuerst hierher zu bringen, zu ihrer eigenen Sicherheit. Ich schicke Chief Yeoman Seabrook los, um sie persönlich abzuholen. Und in der Zwischenzeit brauche ich die Hilfe des Defenders.«

Alfie wollte sich mit dem HM nicht mehr streiten als unbedingt nötig. Immerhin hatte er ihm einen Kompromiss angeboten. Seufzend drehte er sich um.

»Was soll ich machen?«

»Die Premierministerin. Sie glaubt tatsächlich, dass die Bedrohung durch die Wikinger abgewendet ist, aber das ist ein schrecklicher Irrtum. Die Streitkräfte müssen in Alarmbereitschaft versetzt werden, aber sie steckt einfach nur den Kopf in den Sand. Irgendjemand muss ihr die Augen öffnen.«

»Und mit irgendjemand meinen Sie …«

»Wenn der Defender ihr gegenübersitzt und ihr deutlich macht, dass er nur lautere Absichten hegt, vielleicht hört sie ihm dann zu.«

»Ein Gespräch mit Vanessa Thorn ist bestimmt kein

Spaß, HM. Aber nehmen wir mal an, ich wäre einverstanden. Wo, genau, soll dieses Treffen denn stattfinden?«

Der HM räusperte sich. Das, was jetzt kam, würde Alfie ganz bestimmt nicht gefallen.

»In der Downing Street Nummer zehn, Majestät.«

»In der Downing Street Nummer zehn? Bei der Premierministerin zu Hause? Im bestgesicherten Gebäude Großbritanniens, abgesehen vielleicht von unserer Zitadelle hier?«

»Wenn Ihr mich bitte anhören wollt, Sir. Wir haben einen Plan. Yeoman Gillam!«

Ein Beefeater mit rosigen Wangen kam näher. Er hielt eine lederne Schatulle in der Hand. Alfie erkannte ihn. Das war Brians Lehrling, der die meiste Zeit damit verbrachte, die Insignien zu putzen. Für einen Beefeater war er sehr zaghaft und ängstlich, und er hatte nicht den geringsten Bartwuchs, als Einziger unter den Wächtern des Towers – abgesehen von den Frauen. Na ja, den meisten Frauen.

»Yeoman Gillam hat vorläufig die Aufgaben des Waffenmeisters übernommen, so lange, bis wir einen Nachfolger bestimmen können. Er hat eine recht interessante Idee entwickelt, wie wir Euch ins Innere des Hauses bringen können, ohne Alarm auszulösen.«

Der HM nickte Gillam zu. Dieser errötete und klappte die Schatulle auf. Darin kam eine kleine Krone zum Vorschein. Alfie hatte sie noch nie gesehen. Er war sich sicher, dass er sich daran erinnern könnte, denn ganz abgesehen von dem prächtigen, lilafarbenen Samtfutter und dem Kronreif aus glänzendem Platin saß auf ihrer Spitze der größte Diamant, den er je gesehen hatte.

»Wow, was für ein Klunker«, sagte Alfie und nahm die Krone heraus.

Der riesige Diamant war beinahe durchsichtig. Alfie drehte ihn hin und her, wobei sich das an den unzähligen Kanten des Steins vielfach gebrochene Licht auf seinem Gesicht spiegelte.

»Der Koh-i-Noor-Diamant, Majestät. Das bedeutet ›Berg des Lichts‹. Eine angemessene Bezeichnung, meint Ihr nicht auch? Der Stein wurde angeblich irgendwann im 13. Jahrhundert in Indien entdeckt, doch sein wahrer Ursprung ist recht geheimnisumwoben. Setzt sie ruhig auf.«

Alfie kam sich ein wenig albern vor. Die Krone war doch viel zu klein. Sie würde ihm niemals passen. Doch kaum hatte sie seine Haare berührt, kam es ihm vor, als hätte er einen Fünf-Liter-Eimer Wasser auf dem Kopf.

»Die ist ja total schwer!«, rief er.

»Seht Euch an«, sagte der HM und zog einen langen Spiegel heran.

Alfie musste blinzeln. Er stand direkt vor dem Spiegel und trotzdem konnte er sich nicht sehen. Stattdessen sah er die Yeoman Warders, die hinter ihm an ihren Schreibtischen saßen und arbeiteten. Er drehte sich um, dann blickte er nach unten auf seine Hände. Sie waren verschwunden.

»OH-HAA!«

Alfie riss sich die Krone vom Kopf und warf sie in die Schatulle zurück. Dann besah er sich den Spiegel und tastete anschließend seine Brust und Beine ab. Er konnte sich wieder sehen.

»Fragt mich nicht, wie es funktioniert, Sir. Das weiß niemand.«

»Moment mal«, sagte Alfie. »Soll das heißen, dass ich eine Krone habe, die mich unsichtbar macht? Und das sagen Sie mir JETZT? Finden Sie nicht, dass die vielleicht ganz nützlich gewesen wäre, als ich zum Beispiel im Kampf gegen die Wikinger mein Leben aufs Spiel gesetzt habe?«

»Zweifellos, Majestät«, sagte der HM. »Doch zu diesem Zeitpunkt war Brian für die Waffen verantwortlich, und er hat seine Zustimmung verweigert.«

»Und wieso?«, wollte Alfie wissen.

Jetzt endlich meldete Yeoman Gillam sich zu Wort: »Wahrscheinlich war er ein wenig besorgt wegen des Fluchs.«

Für einen kurzen Augenblick verschlug es Alfie die Sprache. Der HM und der Beefeater wichen seinen Blicken aus.

»Ähm … welcher Fluch?«

22
Überfall auf die Downing Street

Zwanzig Minuten später ging der Defender durch White-hall. Auf seinem Kopf saß eine kleine Krone mit einem verfluchten Diamanten. Sein einziger Trost bestand darin, dass er zumindest unsichtbar war. Er wartete vor dem hohen Eisengitter, das die Downing Street absperrte. Unmittelbar neben ihm standen drei schwerbewaffnete Polizisten, darum atmete der Defender so leise wie möglich. Der Hofmarschall hatte behauptet, dass der Fluch des Koh-i-Noor-Diamanten lediglich eine Legende sei. Angeblich waren nur männliche Regenten davon betroffen, da etliche von ihnen sehr viel früher den Tod erlitten hatten, als ihnen lieb gewesen wäre. Frauen, die die Krone trugen, Königin Victoria zum Beispiel, wurden nicht unsichtbar, hatten aber offensichtlich auch keine Nebenwirkungen zu erdulden. Alfie fand das ein bisschen unfair. Der Hofmarschall hatte ihm versichert, dass es keinen Beweis für die Existenz des Fluchs gab, ihm jedoch gleichzeitig empfohlen, die Krone nicht länger als unbedingt notwendig zu tragen, nur zur Sicherheit, und sie sofort abzunehmen, wenn ihm schlecht oder schwindelig wurde oder er das Gefühl hatte, er würde gleich tot umfallen.

Endlich kam eine Regierungsbeamtin auf das Tor zugeschlendert. Sie zückte ihren Sicherheitsausweis, und die Polizisten ließen sie passieren. Alfie schlüpfte hinter ihr durch die Absperrung. Er kam sich vor wie ein Schwarzfahrer in der U-Bahn und bemühte sich, die Beamtin nicht versehentlich anzustoßen, während er ihr auf ihrem Weg bis zu der berühmten schwarzen Tür mit der Nummer zehn dicht auf den Fersen blieb. Der Wachtmeister, der davor Wache hielt, wünschte ihr einen guten Morgen und klopfte an die Tür. Alfie hörte, wie ein schwerer Riegel zurückgeschoben wurde. Die Tür ging auf, und die Frau trat mitsamt ihrem unsichtbaren Schatten ein. Alfie hatte es geschafft! Er war tatsächlich ins Haus der Premierministerin gelangt! Jetzt eilte er die große, gewundene Treppe hinauf, vorbei an der Ölporträt-Galerie mit den Premierministern, angefangen beim allerersten, Sir Robert Walpole, bis hin zu der respektgebietenden Vanessa Thorn, die auch hier das schwarze Haar zu einem Knoten gebunden trug.

Jetzt ließ sich der HM in Alfies Ohr vernehmen. »Keine Zeit zur Besichtigung, Majestät. Sie müssen die Premierministerin suchen und sie davon überzeugen, uns zu helfen.«

Alfie hätte dem Hofmarschall am liebsten eine gepfefferte Antwort gegeben – dass er keine Erinnerung brauchte, worum es hier ging, recht herzlichen Dank auch –, aber er konnte jetzt kein einziges Wort riskieren. Im Erdgeschoss und im ersten Stock liefen jede Menge

Beamte und Hausangestellte herum, darum konnte er die Krone auf keinen Fall abnehmen.

Hinter der nächsten Ecke stieß er mit dem Ellbogen eines jungen Anzugträgers zusammen, der hastig an ihm vorbeieilte.

»'tschuldigung!«, rutschte es Alfie heraus. Erschrocken schlug er die Hand vor den Mund. Hoppla.

Der junge Mann sah sich einen Augenblick lang verwirrt um, dann ging er hastig weiter und verschwand hinter einer Bürotür. Noch eine Geistergeschichte, die sich nahtlos in die lange Reihe der Legenden rund um den uralten Regierungssitz einfügen würde.

Alfie holte einmal tief Luft, bog noch einmal ab und hatte plötzlich die riesenhafte Gestalt von Agentin Fulcher vor sich.

»O nein«, sagte Hayley, die den Videostream am Bildschirm verfolgte.

Alfie erstarrte. Fulcher saß auf einem Stuhl und hatte die Hand auf einen großen, silbernen Kasten gelegt, während ihr Partner, Agent Turpin, sich mit einer sehr unnahbar wirkenden Sekretärin stritt.

»Wir warten jetzt schon seit einer Stunde!«

»Ich weiß, Sir, aber wie gesagt: Die Premierministerin wurde bei ihrem letzten Termin aufgehalten. Ich sage Ihnen Bescheid, sobald sie Sie empfangen kann.«

Turpin knurrte unwirsch und kehrte in den Wartebereich zurück. Als er an Alfie vorbeikam, blieb er kurz stehen und schnüffelte, wie eine Ratte, die etwas gerochen hat. Alfie hielt den Atem an. Doch dann zuckte Turpin mit den Schultern und ließ sich auf den Stuhl neben seiner Partnerin fallen.

»Was für eine Frechheit, uns so lange warten zu lassen«, murrte er leise. »Dabei hat sie doch selbst um eine Demonstration gebeten.«

»Na ja, sie ist eben die Premierministerin«, knurrte Fulcher zurück.

Turpin stieß zwischen zusammengebissenen Zähnen den Atem aus und verschränkte die Arme. Alfie schlich leise zur nächsten Treppe.

Im zweiten Stock ging es sehr viel ruhiger zu. Alfie wusste, dass Thorn nicht verheiratet war und keine Kinder hatte. Mit ein bisschen Glück war sie also alleine. Bildete er sich das ein, oder bekam er wirklich leichte Kopfschmerzen? Fühlte es sich so an, wenn ein uralter Fluch seine Wirkung entfaltete? *Ach, was soll's!* Er nahm die Krone ab und machte sie an seinem Gürtel fest.

Sofort ertönte die verstörte Stimme des HM in seinem Ohrstöpsel.

»Majestät, ich bin mir nicht sicher, ob das eine kluge Entscheidung ist.«

»Sagt der Mann, der mir eine Krone mit einem Fluch auf den Kopf gesetzt hat«, flüsterte Alfie zurück.

Alfie machte eine Sehende Kugel von seinem Gürtel los und schickte sie voraus durch die vielen verzweigten Flure. Er folgte ihr in sicherer Entfernung. Vor seinem geistigen Auge sah er genau das, was die Kugel sehen

275

konnte. Jetzt überquerte ein Sicherheitsbeamter direkt vor der Kugel den Flur. Alfie reagierte sofort und befahl ihr, sich auf dem nächstgelegenen Beistelltisch niederzulassen. Der Wachmann hatte die Bewegung aus dem Augenwinkel bemerkt, hielt inne und trat zu dem Tischchen. Alfie sah das neugierige Gesicht des Mannes in Großaufnahme, als dieser die Kugel in die Hand nahm und sie stirnrunzelnd betrachtete. Doch dann stellte er sie wieder ab und ging weiter. Alfie wartete, bis er hinter der nächsten Ecke verschwunden war. Erst dann ließ er die Kugel weiterfliegen.

Da, plötzlich, hörte er hinter einer Tür ein seltsames Stöhnen. Vorsichtig machte er sie auf und streckte den Kopf ins Zimmer. Die Premierministerin hatte ihm den Rücken zugewandt. Sie trug Sportsachen und Boxhandschuhe und prügelte mit bemerkenswerter Wucht auf einen Sandsack ein. Sein erster Impuls war, laut zu lachen – das, was er da sah, entsprach so gar nicht dem Bild, das er von ihr hatte –, aber im selben Moment entdeckte sie sein Spiegelbild im Fenster. Mit angehaltenem Atem stürzte Vanessa Thorn zu ihrem Schreibtisch. Wahrscheinlich hatte sie dort so eine Art Alarmtaste. Alfie ging fest davon aus, dass der Schreibtisch aus britischer Eiche bestand. Er richtete seine Hand darauf und befahl ihm, wegzurücken. Der Schreibtisch schoss auf die andere Seite des Zimmers, so dass die Premierministerin mit ausgebreiteten Armen und Beinen auf dem Teppich landete.

Alfie wollte ihr aufhelfen, doch sie schlug seine Hand beiseite.

»Rühr mich nicht an, du Irrer!«, fauchte sie ihn an.

»Ich möchte lediglich mit Ihnen reden, Frau Premierministerin«, sagte Alfie mit seiner besten, tiefsten Superheldenstimme.

Er wusste, dass er sehr vorsichtig sein musste. Sollte sie auch nur ahnen, dass sich unter der Defender-Rüstung der junge König verbarg, den sie so gerne von oben herab behandelte, dann würde sie ihm niemals zuhören. Sie setzte sich auf ihren Stuhl und bot ihm den Ledersessel an, der ihr gegenüberstand.

»Also gut, reden wir. Du hast zwei Minuten, dann schreie ich um Hilfe.«

Alfie setzte sich.

»Die Bedrohung ist nicht vorüber, Sir. Ich meine, Madam«, sagte er. »Der Schwarze Drache ist zurückgekehrt. Wir kennen seine Identität.«

»Wer ist es?«, wollte Thorn wissen.

»Das … Das kann ich Ihnen nicht sagen.«

»Ha! Gar nichts weißt du.«

Alfie blieb ruhig und fuhr fort: »Der Drache und der Mann, der ihn erschaffen hat, diese beiden haben die Wikinger von den Toten auferweckt. Sie wollen sie für irgendetwas benutzen. Wir wissen zwar nicht genau, wofür, aber wir wissen, dass es … tja, also, … äh … schrecklich werden wird.«

Alfie verzog das Gesicht. Das lief überhaupt nicht gut.

Er konnte sich vorstellen, wie Hayley und der Hofmarschall in der Zitadelle saßen und die Augen verdrehten, während er versuchte, der Premierministerin sein Anliegen deutlich zu machen.

»Das eine kannst du mir nicht sagen, das andere weißt du nicht …«, sagte Thorn jetzt. »Kein besonders überzeugendes Argument für, ja, für was eigentlich? Eine Generalmobilmachung unserer Armee? Alarmstufe Rot im ganzen Land?«

»Ja. Bitte.«

»Ich sage dir jetzt mal, was ich glaube«, sagte sie. Es ließ sie offensichtlich ziemlich kalt, dass da ein leibhaftiger Superheld in ihrem Arbeitszimmer saß. »Ich glaube, dass die Wikinger schon längst über alle Berge sind und wieder in dem Loch liegen, aus dem sie gekrochen sind, zusammen mit unserer Goldreserve. Und anstatt mich wieder an meine Arbeit zu lassen und das Land zu regieren, willst du, dass ich uns die nächste Massenpanik beschere! Nein. Mich interessiert viel mehr, wer du wirklich bist. Der allmächtige Defender. Wer steckt wohl dahinter?«

Hayley brüllte in ihr Mikrophon: »DAS IST EINE FALLE! HAU AB!!«

Doch noch bevor Alfie reagieren konnte, flog die Tür auf und Fulcher stürmte herein. Sie hatte etwas in der Hand, was wie eine Strahlenkanone aus einem Science-Fiction-Film aussah. Sie richtete das Ding auf den Defender und drückte ab. Eine Spirale aus blauem Licht schoss hervor, wickelte sich wie eine Schlange um Alfie und fesselte ihn an den Ledersessel.

Die Premierministerin holte ihren tragbaren Alarmsender aus der Tasche und legte ihn auf den Schreibtisch.

»Niemals ohne Plan B«, sagte sie.

Alfie wollte sein Schwert ziehen, aber er konnte seine gefesselten Arme nicht bewegen. Er befahl den seltsamen, pulsierenden Laserstrahlen, ihn loszulassen, aber sie reagierten nicht. Jetzt betrat Turpin den Raum. Er hatte eine sehr selbstgefällige Miene aufgesetzt.

»Sie wollten ja eine Demonstration haben, Frau Premierministerin«, sagte er mit schmierigem Grinsen. »Ich würde sagen, das Geld war gut angelegt, finden Sie nicht auch?«

»Was ist das?«, stieß der Defender atemlos hervor.

»Ein zyklotronischer Partikelbeschleuniger. Die stärkste Energieform der Welt, Spitzentechnologie«, prahlte Turpin. »Das Militär hat viele Jahre in die Entwicklungsarbeit gesteckt, aber nachdem Fulcher eine kleine Unterredung mit ihnen gehabt hat, haben sie uns so ein Ding ausgeliehen.«

»Sie machen einen großen Fehler!«, sagte Alfie. »Wir stehen auf derselben Seite!«

Im Ohrhörer waren alle möglichen Rufe aus der Zitadelle zu vernehmen. Der Hofmarschall erteilte irgendwelche Befehle.

»Durchhalten, Alfie, der HM schickt die Yeoman Warders los«, sagte Hayley über Funk.

Thorn umkreiste den Defender. Sie genoss es, dass er ganz und gar ihrer Gnade ausgeliefert war.

»Wir werden schon sehen, auf wessen Seite du stehst«, sagte sie. »Agent Turpin, wie kriegt man die Rüstung da ab?«

Turpin nickte Fulcher zu, die daraufhin einen Regler an dem Gerät verstellte. Die Laserschlingen zogen sich noch fester zusammen, wanden sich hin und her und drückten mit ungeheurer Kraft zu. Alfie stöhnte vor Schmerz – es fühlte sich an, als würden ihm die Arme und Beine aus den Gelenken gerissen. Eine Schlinge wickelte sich um seinen Hals, fester und fester, bis er kaum mehr Luft bekam. Seine Rüstung war zwar unzerbrechlich, aber wenn sie noch lange so weitermachten, blieb ihm nichts anderes übrig, als sie freiwillig abzulegen.

PLOPP!

Ein warmer Lufthauch wehte durch das Zimmer, und plötzlich stand die Rote Robe neben dem Defender. Noch bevor irgendjemand reagieren konnte, steckte sie ihre Hand zwischen den Laserfesseln hindurch und berührte den Defender. Dann lösten sich alle beide in Luft auf. Die Laserstrahlen schwirrten haltlos wie durchtrennte Stromkabel durch das Zimmer, so dass Turpin, Fulcher und die Premierministerin fluchtartig Deckung suchen mussten.

23
Die Rote Robe wird enttarnt

Alfie landete auf dem Rücken, direkt vor der Nummer zehn. Gleichzeitig tauchte die Rote Robe neben ihm auf. Ihre Hand lag immer noch auf seiner Schulter. Der Polizeibeamte, der vor der Tür Wache stand, klappte den Mund auf und zu wie ein Goldfisch. Dann kam er schlagartig zur Besinnung und griff nach seinem Funkgerät.

»ALARM! ALARM! EINDRINGLINGE IN SPERR-ZONE!«

Zwei weitere Polizisten kamen bereits von den schwarzen Eisengittern am Ende der Downing Street her auf sie zugerannt.

»KEINE BEWEGUNG! POLIZEI! STEHEN BLEIBEN ODER WIR SCHIESSEN!«, brüllten sie und hoben ihre Maschinenpistolen.

Die Rote Robe half Alfie auf die Beine.

»Keine Ahnung, wie du das eben angestellt hast«, sagte Alfie. »Aber hättest du uns nicht ein Stückchen weiter wegbringen können?«

Die Rote Robe nahm ihn an der Hand und hielt ihn fest.

»Nicht loslassen. Könnte sein, dass dir gleich ein bisschen schwindelig wird.«

In dem Moment, als die ersten Schüsse krachten, verschwanden sie schon wieder. Alfie hielt den Atem an, als sie plötzlich mitten auf der vielbefahrenen Straße jenseits der Eisengitter standen. Ein Doppeldecker mit offenem Verdeck kam direkt auf sie zu. Der Fahrer drückte auf die Hupe und fuchtelte wie wild mit den Armen, während die blockierenden Reifen quietschten. Alfie kniff die Augen fest zusammen und machte sich auf den Aufprall gefasst. Aber dann befand er sich unversehens neben der Roten Robe auf dem menschenleeren Dach eines Hauses und blickte auf die Straße hinunter, auf der sie gerade eben noch gestanden hatten.

»Tut mir leid«, sagte sein Retter, während er Alfie von der Dachkante wegzog und durch ein regelrechtes Labyrinth aus Luftschächten, Abflussrinnen und Fahnenmasten führte. Über den Dächern von Whitehall waren jetzt die Glocken von Big Ben zu hören. »Ich kann mich immer nur an eine Stelle blitzblinzeln, die ich auch sehen kann.«

»Blitzblinzeln?«, erwiderte Alfie unsicher. Die Maske der Roten Robe mit dem gaffenden Gesichtsausdruck und den vorquellenden Augen machte ihm irgendwie Angst. Jetzt, wo Alfie sie aus der Nähe sehen konnte, stellte er fest, dass sie aus Holz geschnitzt und mit verblasster Silber- und Goldfarbe angemalt worden war.

»Ja, genau. Blitzblinzeln. Hab ich mir selbst ausgedacht. Ist einfacher als immer ›Teleportationszauber‹ zu sagen. Aber eigentlich ist es eher, als würde man von einem großen Stein zum nächsten hüpfen. So ganz riesige Sprünge sind damit leider nicht möglich«, erwiderte die Rote Robe. Jetzt waren sie bei einer Feuerleiter auf der anderen Seite des Hauses angelangt. »Von jetzt an kommst du alleine klar, oder?«

Alfie packte die Rote Robe am Arm, bevor sie erneut verschwinden konnte.

»Warte. Wieso verfolgst du mich? Und warum hast du mir geholfen?«

Die Rote Robe fuhr sich mit den Fingern über ihre monströse Maske.

»Hör zu, ich müsste eigentlich schon längst irgendwo anders sein …«

»Ach, komm schon. Es ist ja nicht so, dass du übermäßig lange brauchen würdest, um da hinzukommen.«

Die Rote Robe lachte. »Stimmt auch wieder. Tja, wieso ich dir geholfen habe? Ganz einfach. Was tut man nicht alles für einen Freund, Alfie-beth.«

Er nahm die Grinsemaske ab. Darunter kam ein Gesicht zum Vorschein, das Alfie sehr vertraut war.

»*TONY?!*«

Alfie ließ seine eigene Rüstung verschwinden und starrte seinen Freund mit offenem Mund und vollkommen erschüttert an.

»Da staunst du, was?«, lachte Tony.

»Aber wie hast du …? Wann bist du …? Du bist so groß!«

»Ja, na ja, da habe ich mir was ausgedacht.«

Tony schlug seinen bestickten roten Umhang zurück, so dass Alfie sehen konnte, dass er auf einer seltsam verzierten, grünen Scheibe mit einem Loch in der Mitte stand, die einen guten halben Meter über dem Boden in der Luft schwebte. Die Kante der Scheibe war dicht mit chinesischen Schriftzeichen beschrieben.

»Das ist ja ein Hoverboard. Cool«, sagte Alfie.

»Ha, du bist witzig, Alfie. Das ist das Chuán Guó Xǐ. Das altehrwürdige Siegel des Reiches. Ist seit vielen Jahren im Besitz meiner Familie.«

Sie setzten sich nebeneinander auf eine Klimaanlage und lauschten dem Jaulen der Sirenen, während unter ihnen Massen von Streifenwagen die Straßen verstopften. Alfie blickte seinen Freund staunend an.

»Du hast gar nicht gewusst, dass ich auch blaues Blut habe, was?«, sagte Tony.

»Machst du Witze? Ich dachte, dein Vater sei Banker.«

»Ist er auch. Aber sein Ur-Ur-Großvater war vor hundert Jahren der Kaiser von China. Nach der Abschaffung der Monarchie hat unsere Familie ihren Namen geändert und das Land verlassen. Aber die geheimen Kräfte müssen irgendwie an uns klebengeblieben sein.« Tony zuckte mit den Schultern. »Ich kann blitzblinzeln, seit ich drei Jahre alt bin. Wir haben jede Menge Kindermädchen verschlissen.«

Alfie schmunzelte und staunte. »Du hast also die ganze Zeit gewusst, dass ich ein Superheld bin, aber du hast nie was gesagt?«

»Das ist alles ziemlich kompliziert.«

»Wem sagst du das. Tony, es gibt da noch etwas, was du wissen musst. Richard … Er ist nicht der, für den man ihn hält … Er ist …« Seine Stimme erstarb.

»Der Schwarze Drache, ich weiß. Ganz schön doof, was?« Tony verblüffte Alfie mit einer stürmischen Umarmung. »Tut mir leid, dass ich dir nicht alles sagen kann. Ist streng geheim.«

»Geheim?« Alfie lächelte, halb belustigt und halb verärgert. »Ich bin der König, das ist dir schon klar, oder?«

»Ich habe jemandem versprochen, dass ich dir nichts verrate, und dieser Jemand ist echt superwichtig. Tut mir leid, Alfa-betti-Spaghetti.« Tony setzte die Maske mit dem starren Blick wieder auf, hüllte sich in seine rote Robe und schwebte zur Dachkante. »Aber mach dir keine Sorgen. Ich bin immer in deiner Nähe.«

»Wie soll ich dich eigentlich jetzt nennen? Du weißt schon, dein anderes Ich?«, wollte Alfie noch wissen.

»Man nennt mich Qilin. Wie Elefant, bloß ganz anders. Bis dann, du Ritter mit der perlweißen Rüstung auf einem Geisterpferd.«

»Defender.«

»Ja, das ist einfacher.«

Qilin blickte zum Horizont und löste sich mit einem leisen Plopp in Luft auf. Es sah so aus, als würde er auf einem weit entfernten Häuserdach noch einmal kurz auftauchen und Alfie zuwinken, doch dann war er endgültig verschwunden.

Alfie hörte die knisternde Stimme des HM – sein Funkgerät und die Helmkamera funktionierten wieder.

»Majestät! Gott sei Dank! Wie seid Ihr denn entkommen?«

»Mit ein wenig Hilfe, ehrlich gestanden.«

»Hilfe? Von wem?«

»Von einem neuen Freund – obwohl, eher ein alter Freund. Ich erzähl's Ihnen später. Hat Yeoman Seabrook Ellie schon abgeholt?«

»Er ist auf dem Weg nach Wimbledon im Verkehr stecken geblieben, Majestät. Aber er wird gleich da sein.«

»Alfie, es geht jeden Augenblick los«, schaltete Hayley sich ein. »Du musst jetzt wirklich langsam zurückkommen.«

Alfie wusste, dass sein Königreich wichtiger war als alles andere, aber er hatte wieder, wie damals bei der Trennung ihrer Eltern, dieses Gefühl, dass seine Familie auseinanderbrach. Er musste wenigstens das festhalten, was noch übrig geblieben war.

»Nein. Ich erledige das selbst. Es dauert nicht lang.«

Alfie befahl Wyvern herbei und schoss an den Himmel.

24
Der Feind im Inneren

Hayley saß in der Zitadelle und legte das Mikrophon auf den Tisch. Sie hatte die Kälte in Alfies Stimme sehr deutlich gehört, und das nagte an ihr. Es kam ihr vor, als sei das Band der Freundschaft zwischen ihr und ihm zerschnitten worden. Er vertraute ihr einfach nicht mehr. *Willkommen im Club, Euer Dämlichkeit. Niemand hier unten traut mir mehr*, dachte Hayley und blickte sich in der geschäftigen Kommandozentrale um. Die meisten Beefeater vermieden jeden direkten Augenkontakt mit ihr, seitdem sie wussten, mit welch hinterlistigen Methoden Hayley von Brians heimlichen Telefonaten erfahren hatte. Sogar Herne wollte nichts mehr mit ihr zu tun haben und schlug knurrend einen weiten Bogen um sie.

»Was soll ich eigentlich hier?«, sagte Hayley laut.

Wenn die Gefahr für London wirklich noch nicht gebannt war, dann musste sie zu ihrer Gran. Dann durfte sie sich nicht irgendwo verstecken, wo sie sowieso niemand haben wollte. Wenn Alfie seine Familie an die erste Stelle stellte, warum tat sie das nicht auch?

»Ich bin dann mal weg. Viel Glück mit dem Krieg und

so weiter«, sagte Hayley zum HM und verließ die Kommandozentrale.

Der Hofmarschall blinzelte ein paarmal, als hätte sie ihm gerade eine saftige Ohrfeige verpasst. »Miss Hicks? Sie können Ihren Posten nicht einfach so verlassen. Sie sind die Hüterin der königlichen Pfeile!«

»Ach, biiitte, Alterchen. Ich bin Hayley Hicks aus Watford«, erwiderte sie trotzig und sah sich noch ein letztes Mal um.

Keiner der Beefeater, nicht einmal Brenda, sagte etwas, als sie den Gang zum Ausfalltor ansteuerte.

»Warten Sie! Miss Hicks!«, rief der HM mit flehender Stimme und eilte ihr hinterher.

Doch Hayley stapfte weiter und knallte die Tür hinter sich ins Schloss. Der alte Mann blieb einen Augenblick lang regungslos stehen. Ihm war vollkommen bewusst, dass alle Augen auf ihn gerichtet waren. Dann wirbelte er herum und starrte zurück.

»Geht an eure Arbeit!«, herrschte er die Beefeater mit dröhnender Stimme an.

∗∗∗

Die Zuschauer in Wimbledon waren von ihren Sitzen aufgesprungen.

»Vorteil, Miss Robertson«, sagte der Schiedsrichter.

Ellie war total aus dem Häuschen. Sie hatte mitverfolgt, wie die junge Britin mit einem Satz und fünf Spielen im

Rückstand gewesen war und trotzdem den Satzausgleich geschafft hatte. Jetzt, kurz vor dem Ende des Entscheidungssatzes, brauchte sie nur noch einen einzigen Punkt, um zum Match-Gewinn aufschlagen zu können.

»Moment, bitte«, sagte der Schiedsrichter.

Die Spielerinnen hoben verwirrt den Blick hinauf zur königlichen Loge. Erst jetzt bemerkte Ellie die Unruhe in ihrem Rücken. Sie drehte sich um und sah, wie Alfie sich durch die Sitzreihen auf sie zuschob. Vielstimmiges Gemurmel ging durch das Stadion, als die Leute den Störer erkannten. Alfie fing Ellies Blick auf und winkte ihr zu, aber dann trat er einer alten Dame auf den Fuß und blieb stehen, um sich zu entschuldigen. Ein leises Kichern lief durch die Ränge. Die Spielerinnen taten ihr Möglichstes, um sich nicht ablenken zu lassen und konzentriert zu bleiben. Ellie legte schützend die Hand vors Gesicht und blickte auf ihre Fußspitzen hinab.

»'tschuldigung«, sagte Alfie, als er sich auf den freien Platz neben ihr setzte.

»Stillsitzen und Klappe halten«, zischte Ellie ihn an.

Das Spiel wurde fortgesetzt. Die Russin knallte einen harten Aufschlag die Mittellinie entlang. Robertson erreichte ihn ohne Mühe, doch ihr Return ging weit ins Aus.

»Einstand«, sagte der Schiedsrichter.

»Das war deine Schuld«, zischte Ellie Alfie an.

»Tut mir leid, aber ich muss mit dir reden. Können wir mal kurz rausgehen?«

Die Leute warfen ihnen vorwurfsvolle Blicke zu.

»Ganz im Ernst, Alfie«, flüsterte Ellie. »Wenn du live im Fernsehen von deiner kleinen Schwester verprügelt werden willst, dann sprich ruhig weiter.«

Alfie biss sich auf die Zunge und ließ sich gegen die Stuhllehne sinken. Das, was er ihr sagen musste – die Sache mit dem Defender, mit dem Schwarzen Drachen, mit ihrem Bruder –, konnte er ihr nicht hier sagen, umgeben von all diesen Fremden. Aber lange durfte er nicht mehr warten. Weil er das schreckliche Gefühl hatte, dass die Zeit knapp wurde.

✳✳✳

Lord Mortimer hieb mit seiner dicken Pranke auf die Hupe seines edlen Bentleys und lenkte den Wagen auf die Busspur. Rund um den Parliament Square herrschte, wie immer, dichter Verkehr.

»Aus dem Weg, ihr Nichtsnutze! Manche von uns müssen nämlich arbeiten, kapiert?«

Früher einmal war Lord Mortimer (»Sie dürfen mich Morty nennen, alter Knabe«) genauso sportlich gewesen wie sein Sohn Sebastian, und genau wie er war er Kapitän aller drei Sportmannschaften an der Harrow School gewesen – Rugby, Fußball und Kricket. Doch den Großteil seiner Politikerlaufbahn im House of Lords hatte er offensichtlich damit zugebracht, sich möglichst viel Essen in seinen feuchten, roten Mund zu stopfen. *Was für ein ekelhafter Mensch*, dachte Professor Lock, der auf dem Beifahrersitz saß und einen Blick auf die Uhr am Glockenturm des Big Ben warf. *Selbstsüchtig und intrigant. Also genau der richtige Partner für den letzten Teil meines Plans.*

»Wussten Sie eigentlich, dass die korrekte Bezeichnung für das Parlamentsgebäude der ›Palast von Westminster‹ wäre? Es ist nämlich immer noch im Besitz der Krone«, sagte Lock.

»Hast du gehört, Sebastian?« Lord Mortimer warf einen Blick in den Rückspiegel zu seinem quadratschädeligen Sohn, der neben Prinz Richard auf der Rückbank saß. »Hör doch mal zu. Da kannst du noch was lernen, wenigstens dieses eine Mal.«

»Sei still, Dad«, keifte Sebastian zurück. Dann beugte er sich zu Richard hinüber und fügte hinzu: »Wir erobern das alles zurück, für den König, stimmt's, Rich? Den neuen König. Ha, ich kann's kaum erwarten, das dämliche Gesicht deines Bruders zu sehen, wenn er mitkriegt, was wir ihm Schönes mitgebracht haben.«

Richard zog seine Mütze noch tiefer ins Gesicht und beachtete ihn nicht. Er hatte schon an der Schule nichts für diesen Schläger-Schwachkopf Mortimer übriggehabt, also warum sollte er jetzt seine Haltung ändern, bloß weil sie theoretisch auf derselben Seite standen? Außerdem musste er sich innerlich auf das, was da kommen sollte, einstellen.

»Also, sind Sie sicher, dass der haarsträubende Plan,

den Sie da ausgeheckt haben, auch wirklich funktioniert, Lock?«, wollte Lord Mortimer zum ungefähr tausendsten Mal an diesem Vormittag wissen und strich sich die wenigen, dünnen, fettigen, schwarzgefärbten Haarsträhnen, die er noch besaß, aus der Stirn.

»Bringen Sie uns rein, den Rest erledige ich dann schon«, erwiderte Professor Lock.

»Und nicht, dass Sie unsere kleine Abmachung vergessen.« Lord Mortimer zwinkerte ihm zu. »Eine Hand wäscht die andere. Wenn es tatsächlich einen Umsturz gibt, wie Sie uns versprochen haben, dann ist meine Familie die allererste, die ein schönes Stück vom Kuchen abbekommt.«

»Keine Sorge«, erwiderte Lock und schauderte innerlich bei der Vorstellung, diesem widerlichen Kerl eine Hand waschen zu müssen. »Sie bekommen das, was Sie verdient haben. Ihre Vorfahren werden stolz auf Sie sein.«

Lord Mortimer runzelte die Stirn. Hatte Lock da gerade eine Anspielung auf seinen Ahnen, Sir Roger Mortimer, gemacht, der König Edward II. einst so schmählich hintergangen hatte? Hatte er in der Tat. Der Professor kannte die ganze Geschichte. Er wusste, dass Mortimer damals mit Hilfe der Frau des Königs, Königin Isabella von Frankreich, die außerdem auch ein Werwolf war, das Land unter seine Kontrolle gebracht hatte. Diese ausgesprochen düstere Phase der britischen Geschichte wurde auch das Zeitalter des Verrats genannt. Aber heute war der Beginn eines weiteren, finsteren Zeitalters. Schon in wenigen Stunden würde es nicht mehr aufzuhalten sein.

Vor dem Old Palace Yard blieb der Wagen stehen. Lord Mortimer wuchtete sich aus dem Fahrersitz und brachte seine Gäste zu dem Eingang, der für die Angehörigen des House of Lords reserviert war. Hastig wurden sie von der Polizei abgetastet, ohne dass dabei versteckte Waffen oder Bomben zum Vorschein kamen. Lock täuschte eine Gehbehinderung vor und stützte sich auf einen langen Gehstock aus Metall, aber die Polizisten hatten dafür kaum einen Blick übrig.

Für einen Mann, der in Kürze Zeuge werden würde, wie »die Mutter aller Parlamente« in sich zusammenkrachte, war Lord Mortimer allerdings mächtig stolz auf das Gebäude. Er machte seine Begleiter unentwegt auf die verschiedenen Sehenswürdigkeiten aufmerksam – Westminster Hall, die Bibliothek des House of Lords, die Royal Gallery –, und wenn sie ihn gelassen hätten, dann hätte er ihnen eine vollständige Führung nicht erspart. Richard bildete den Schluss der kleinen Gruppe. Er hatte die Mütze tief ins Gesicht gezogen, um sich möglichst vor neugierigen Blicken zu schützen. Hier konnte ihn nichts beeindrucken. Zwar machte das ganze Gebäude auf den ersten Blick einen gepflegten Eindruck – das kräftige Gold und Blau der Wände, die sorgfältigen Einfassungen aus rotem Leder, die verspielte Architektur mit den schnörkeligen Verzierungen –, aber wenn man etwas genauer hinsah, dann waren die Teppiche fadenscheinig, viele Mauersteine brüchig und die Wände von feuchten Schimmelflecken überzogen. Lock hatte recht: Dieses einst so vornehme Gebäude war, genau wie das ganze Land, im Verfall begriffen. Es war Zeit für einen Neubeginn, für echte, wahre Pracht.

Während Mortimer weiter seine Vorträge hielt, nickte Lock Richard zu, der sich unbeobachtet in einen Nebenraum absetzte, um dort letzte Vorbereitungen zu treffen. Jetzt war Lock mit Lord Mortimer und dessen Sohn alleine, und sie setzten die Führung fort. Lock stützte sich auf seinen Gehstock.

»Das Hauptfoyer!«, trötete Mortimer, als sie eine große, achteckige Halle mit einem schwarzweiß karierten Fliesenboden betraten. Über ihren Köpfen hing ein gewaltiger, zweistöckiger Kronleuchter.

Am Rand des Foyers standen Marmorstatuen von berühmten Politikern und starrten sie stumm und schweigend an.

»Das Epizentrum des Britischen Weltreichs beziehungsweise was davon übrig ist«, fuhr Lord Mortimer fort. »Von hier aus kann man in der einen Richtung den Thron im House of Lords und in der anderen Richtung den Stuhl des Parlamentspräsidenten im House of Commons sehen. Der König am einen Ende, das Volk am anderen.«

»Ich weiß genau, was mir lieber ist«, sagte Lock und stieß Mortimer beiseite.

»Immer mit der Ruhe!«, sagte der verdutzte Lord,

geriet aus dem Gleichgewicht und prallte gegen eine der Statuen.

Lock stürmte an dem verblüfften Türsteher vorbei direkt ins House of Commons, spazierte quer durch den Parlamentssaal und sprang mit einem Satz auf einen schweren Eichentisch. Empörte Abgeordnete erhoben sich von ihren Bänken und riefen nach dem Wachdienst. Der diensthabende Sergeant rannte herein und zog sein Schwert. Er war die einzige Person im Haus, die eine Waffe tragen durfte, und es sah ganz danach aus, als könnte er sehr wohl damit umgehen. Aber Lock war vorbereitet. Mit einer einzigen, kräftigen Handbewegung ließ er seinen Gehstock herumschnellen und schlug dem Sergeant das Schwert aus der Hand. Anschließend versetzte er ihm einen kräftigen Schlag auf den Kopf. Alle Anwesenden hielten den Atem an, als der Sergeant zusammenbrach.

»Dieses Parlament existiert ab sofort nicht mehr!«, brüllte Lock aus voller Kehle. »Eure jämmerliche Demokratie ist am Ende!«

»Blödsinn!«, erwiderte ein alter Abgeordneter mit einem struppigen, weißen Schnurrbart in der ersten Reihe. »Verziehen Sie sich!«

»Hab ich nicht vor«, murmelte Lock.

Da ertönte lautes Gebrüll, und der Schwarze Drache brach durch die Tür. Er flog einmal quer durch den Parlamentssaal. Die Politiker duckten sich vor dem Stachelschwanz des Ungeheuers und rannten schreiend zu den Ausgängen, wo sie mit entgegenkommenden Polizisten zusammenprallten. Der Drache spuckte eine glühend heiße Stichflamme über die Köpfe der Fliehenden hinweg, so dass der Polizei nichts anderes übrigblieb, als sich zurückzuziehen. Dann landete er und trat die Tür ins Schloss. Die Abgeordneten saßen in der Falle.

»Ruhe bitte, Ruhe bitte!« Lächelnd ließ Lock den Blick über die anwesenden Politiker gleiten.

Eine gelähmte, angsterfüllte Stille senkte sich über das House of Commons. Alle Augen waren auf Lock gerichtet. Wie ein riesiger, bösartiger Wasserspeier lauerte der Schwarze Drache auf dem Stuhl des Parlamentspräsidenten.

»So, nachdem ich jetzt Ihre Aufmerksamkeit habe: Hiermit löse ich dieses Parlament auf. Ab sofort wird eine neue Ordnung errichtet, unter meiner Führung. Rein, unbestechlich und mit Unterstützung meiner Wikingerarmee.«

»Das ist empörend!«, brüllte der alte Abgeordnete dazwischen.

Lock konnte seinen Mut nur bewundern.

»Und wenn Sie glauben, dass die großartige britische Öffentlichkeit sich vor Ihrer kleinen Bande toter Wilder fürchtet, dann können Sie sich schon mal auf eine große Überraschung gefasst machen!«

Der Schwarze Drache schoss einen schmalen Feuerstrahl auf den alten Abgeordneten ab, und dieser setzte sich unverzüglich wieder auf seinen Platz. Rauchwölkchen stiegen von seinem angekokelten Schnurrbart auf.

»Die Zeit des Debattierens ist vorbei. Aber natürlich hat der ehrenwerte Gentleman recht«, gab Lock zu. »Dieses Unterfangen würde in der Tat sehr viel mehr Macht in Anspruch nehmen, als mir momentan zur Verfügung steht. Darum habe ich das hier mitgebracht.«

Lock schraubte das Ende seines Gehstocks auf und zog ein Verlängerungsrohr mit einem spitzen Ende heraus. Anschließend schraubte er die andere Seite des Gehstocks auch noch auf und holte ein dreieckiges Stück Stoff hervor – das Rabenbanner. Das befestigte er an der Spitze der Stange. Nachdem er es ganz entfaltet hatte, schwang er es hin und her, damit alle es sehen konnten.

»Die Wikinger mögen sich schon vor langer Zeit aus unserem Land zurückgezogen haben, aber sie haben ihre Spuren hinterlassen – in unserer Sprache, mit der Gründung unserer großartigen Städte … und in unserem Blut.«

Lock warf die Fahne wie einen Speer quer durch den Parlamentssaal. Der Schwarze Drache schwang sich in die Luft, fing den Speer auf und schwebte damit über den zu Tode erschrockenen Abgeordneten.

»Durch zahllose britische Adern fließt uraltes Nordmannblut«, fuhr der Professor fort. »Seit Jahrhunderten im Tiefschlaf und auf den Tag wartend, an dem der Ruf erschallt. Die Legende besagt, dass, wer immer das Banner Odins beherrscht, auch diejenigen beherrscht, die sein Blut in sich tragen.«

Der Drache plumpste zu Boden und rammte das Rabenbanner mit einem ohrenbetäubenden KRRRRAA-

ACK tief in den steinernen Fußboden. Die Abgeordneten duckten sich auf ihren Bänken zusammen.

»Aber es ist nicht damit getan, die Legende zu kennen. Ein guter Historiker führt sorgfältige Recherchen durch.« Lock holte das kleine uralte Buch der Altnordischen Zauberkunst aus seiner Tasche. »Wie heißt es so schön? Wissen ist Macht. In diesem Fall entspricht das tatsächlich und wortwörtlich der Wahrheit. Ohne die richtigen Worte ist dieses Banner nichts weiter als eine alte Fahne. Mit den Worten jedoch … Nun, ihr werdet es sehen. Es wird sich jedenfalls einiges ändern.«

Lock machte einen Schritt nach vorne, das Banner in der einen und das aufgeschlagene Buch in der anderen Hand, und rezitierte mit donnernder Stimme:

»Hart er í komandi ǫld,
Brœðr munu berjazk
ok at bǫnum verðazk,
skeggǫld, skalmǫld,
vindǫld, vargǫld.
Mun engi maðr
*ǫðrum þyrma.«**

---

* »In dem harten Zeitalter, das folgt,
  werden Brüder sich bekämpfen und einander töten.
  ein Zeitalter der Streitaxt, ein Zeitalter des Schwertes,
  ein Zeitalter des Windes, ein Zeitalter des Wolfes.
  kein Mann wird Gnade walten lassen gegenüber dem anderen.«

Während er diese Worte sprach, knisterte die Luft, die den Professor umgab. Funken sprühten. Die Männer und Frauen auf den Bänken zitterten vor Furcht, als eine wabernde rote Wolke über Locks Kopf zu entstehen begann. Als die Zauberformel endete, schien die Wolke mit einem Donnerschlag in das Banner hineingesaugt zu werden. Lock trat einen Schritt zurück und riss die Augen auf, als das Banner anfing, rot zu glimmen und dann einen Energiestoß durch den Saal jagte, der das Gebäude in seinen Grundfesten erbeben ließ und die Menschen reihenweise von den Beinen holte.

Dort, wo das Banner im Boden steckte, taten sich jetzt erste Risse auf. Gefüllt mit dunkelroter Glut breiteten sie sich in alle Richtungen aus wie dick geschwollene Zornesadern. Als sie sich unter den Abgeordnetenbänken hindurchschlängelten, fing etwa jeder dreißigste Abgeordnete an, sich in Krämpfen zu winden und vor Schmerz laut zu brüllen. Ihre Augen traten aus den Höhlen, ihre Gliedmaßen wurden steif und ihre Köpfe wurden mit großer Wucht hin und her geschleudert. Der alte Abgeordnete mit dem angekokelten Schnurrbart kam schwankend auf die Füße, aber er sah ganz anders aus als noch vor wenigen Augenblicken. Sein Gesichtsausdruck war härter geworden, seine Haut röter und sein Blick scharf und irgendwie wahnsinnig. Sein altersschwacher Körper begann zu wachsen, praller werdende Muskeln sprengten seinen Anzug, und auf seiner Haut waren immer mehr blaue Tätowierungen zu erkennen. Dichtes, verfilztes

Haar spross aus seinem Gesicht wie in einem grässlichen Zeitrafferfilm, so lange, bis ein zotteliger Bart ihm bis auf die Brust reichte. In jeder Ecke des Saals suchten die Menschen Schutz vor den grunzenden, sabbernden Wikinger-Berserkern, die da in ihrer Mitte entstanden. Das waren die neugeborenen, lebenden, atmenden Cousins und Cousinen Guthrums und seiner untoten Draugar. Zufrieden sah Lock zu, wie das Rabenbanner seine schwarze Magie verbreitete.

»Sieht ganz so aus, als hätten wir auch hier ein paar nordische Nachkömmlinge«, kicherte er. »Gemeinsam werden wir dieses Königreich seinem *Ragnarök* entgegenführen – dem Tod und der Neugeburt. Und dann wird aus dem Chaos eine neue Herrschaft entstehen.«

25
Ragnarök

Big Ben pulsierte wie ein böses rotes Herz, umhüllt von der Zauberenergie des Rabenbanners, die ihn wie ein schimmernder, roter Nebel umfing. Rote Risse taten sich im Bürgersteig zu Füßen des Glockenturms auf und breiteten sich wie ein Spinnennetz entlang der uralten Ley-Linien in alle Richtungen aus. Schon bald würden sie den Berserkerfluch in alle Winkel Großbritanniens verbreiten, bis sie das Blut jedes einzelnen Wikingernachfahren zum Leben erweckt hatten.

Declan Appleby, ein freundlicher Busfahrer aus Catford, wurde mitten auf der Westminster Bridge zum Wikingerberserker und ließ seinen offenen Doppeldeckerbus mit voller Absicht und voller Wucht in das Heck eines Taxis krachen. Der glatzköpfige Taxifahrer stieg aus und wollte eine jener altmodischen und vielfach bewährten Londoner Straßenraufereien anfangen. Aber nur, bis er Declans Muskelberge, seinen schäumenden Mund und seine flammend roten Augen gesehen hatte.

In einer Grundschule im Londoner Stadtviertel Lambeth war Sarah Axelsen gerade dabei, ihrer vierten Klasse das Bruchrechnen beizubringen, als der Berserkerfluch zuschlug. Sie stieß ein lautes Gebrüll aus, trat ihren Schreibtisch um und sprang zum Fenster hinaus. Ihre Klasse blieb verdutzt und vollkommen sprachlos sitzen, bis sich auch zwei der Schüler verwandelten und nordische Flüche ausstießen, während sie mit ihren spitzen, gelben Zähnen ihre Mathebücher in Fetzen rissen.

Überall, wo sich die roten Risse auftaten, wurden aus Menschen Wikingermonster. Berserkerköche verließen ihre Küchen, aber erst, nachdem sie sich laut schmatzend über das rohe Fleisch hergemacht hatten, das sie gerade zubereitet hatten. Transformierte Klempner zerschmetterten wutschnaubend Toilettenschüsseln und Waschbecken. Verzauberte Verkehrspolizisten warfen Autos um, denen sie eben noch Strafzettel an die Windschutzscheibe geklemmt hatten. Es dauerte nicht lange, bis der Wikinger-Wirrwarr London fest im Griff hatte.

⁂

In der Downing Street Nummer zehn wurde Premierministerin Thorn, die sich immer noch nicht von ihrer Begegnung mit dem Defender und Qilin erholt hatte, von zwei Sicherheitsbeamten aus ihrem Büro geholt.

»Madam, wir haben einen Notfall. Sie müssen uns in den Schutzraum begleiten.«

Während sie also mit ihr den Flur entlang- und die Treppe hinunterliefen, warf Thorn einen schnellen Blick durchs Fenster. Draußen herrschte völliges Chaos. Ein

Bus stand in Flammen, und ein offensichtlich durch-
geknallter Riese in einer zerfetzten Polizeiuniform riss
mit bloßen Händen Gehwegplatten aus dem Bürgersteig.

»Was ist denn da los?«, kreischte sie, als sie im Keller
angelangt waren.

»Wir informieren Sie, sobald wir im KOBRA sind, Madam«, sagte der eine Agent, während er und sein Kollege
verdutzte Angestellte beiseitestießen und weiterstürm-
ten.

KOBRA war die Abkürzung für »Konferenz- und Be-
sprechungsraum A«. Das hörte sich zwar einigermaßen
langweilig an, war jedoch ein speziell ausgestatteter Raum,
in den die Premierministerin sich bei jeder nur denkbaren
Krise, sogar bei einem Krieg, zurückziehen und von wo
sie trotzdem ihre Regierungsverantwortung wahrneh-
men konnte. Thorn wusste, dass die Lage sehr ernst sein
musste. Hinter ihnen riss plötzlich der Boden auf und
offenbarte den rotglühenden, magischen Boden darunter.
Dann kamen sie zu einer Stahltür. Einer der Agenten gab
einen Code ein, und die Tür schwang auf. Ohne auf das
Gebrüll und die Schreie überall im Gebäude zu achten,
schoben die Agenten die Premierministerin hinein, gingen ihr nach und verriegelten die Tür von innen.

Im Inneren des KOBRA stand ein langgestreckter
Schreibtisch mit mehreren Computermonitoren. Davor
saßen bereits etliche hochrangige Militärs, die das Glück
gehabt hatten, dass sie, als die Katastrophe ihren Lauf
genommen hatte, ganz in der Nähe der Downing Street

gewesen waren. Hier, in diesem Bunker, waren sie absolut sicher. Der einsatzleitende Agent wischte sich den Schweiß von der Stirn und griff nach seinem Funkgerät.

»Die Premierministerin ist in Sicherheit. Ich wiederholte, die Premierministerin ist …«

Ein tiefes Grollen ertönte im Raum. Alle blickten sich um und wollten wissen, woher das Geräusch kam. Die Premierministerin hatte sich über den Schreibtisch gebeugt und zitterte und bebte am ganzen Körper. Während ihre Mitarbeiter sie vollkommen entsetzt anstarrten, brachen ihre Schultern durch das Jackett. Ihre Haare wurden blond, dicker und länger, und auf ihrem Gesicht zeigten sich zahllose, lilafarbene, nordische Tätowierungen. Sie brüllte laut und hieb den Schreibtisch mit einem einzigen Schlag ihrer mächtigen, schwieligen Faust in zwei Teile. Als die Agenten zu ihren Waffen greifen wollten, war es bereits zu spät.

***

In Wimbledon war Kate Robertson noch einen Aufschlag vom Titelgewinn entfernt. Einige Zuschauer starrten wie gebannt auf die Displays ihrer Smartphones und konnten anscheinend den Blick nicht mehr davon losreißen, andere waren bereits gegangen, doch die meisten waren immer noch voll und ganz auf das Spiel konzentriert. Ermunternde Sprechchöre – »Auf geht's, Kate!« –, liefen durch das Rund.

»Ruhe, bitte!«, sagte der Schiedsrichter.

In der königlichen Loge beugte Ellie sich nervös und angespannt nach vorne, während Alfie besorgt den immer dunkler werdenden Himmel ins Auge fasste. War das Grollen in der Ferne etwa Donner gewesen?

»Alfie, schau doch hin«, zischte Ellie ihm zu. »Das ist ein historisches Ereignis.«

Kate Robertson ließ den Ball in aller Ruhe noch ein paarmal aufprallen und wartete, bis es ganz still geworden war. Dann warf sie ihn zum Aufschlag hoch in die Luft. Viele Millionen Augen überall im Land verfolgten seine Flugbahn, sahen, wie er seinen höchsten Punkt erreichte und den Rückweg antrat, wo Robertsons Schläger ihn bereits erwartete. TSCHAK! Sie jagte den Ball hoch über das Netz … und über das Stadion hinweg! Das Stöhnen der Zuschauer war laut wie ein Jumbo-Jet. Großbritanniens Nummer eins hatte sich verwandelt. Ihre Berserker-Fratze war voller blauer Tattoos, ihr Haar plötzlich blond und strähnig. Sie prügelte mit ihrem Schläger auf den Tennisplatz ein. Begleitet von einem lauten, ratschenden Geräusch erschien plötzlich ein glühend roter Riss im berühmten Rasen von Wimbledon, als hätte jemand ein Messer einmal quer durch den Court gezogen.

»Verwarnung wegen ungebührlichen Betragens, Miss Robertson!«, brüllte der Schiedsrichter.

Aber niemand in der Menge hörte zu. Alle hatten genug damit zu tun, zu den Ausgängen zu hasten, weil immer wieder einzelne Zuschauer schlagartig zu Wikinger-berserkern wurden, ihre Plastiksitze aus der Verankerung rissen und ihre Picknickkörbe in die Luft schleuderten.

»Alfie, was ist denn da los?« Ellie blickte ihren Bruder ratlos an.

Doch Alfie saß nicht mehr neben ihr. Er verschwand bereits durch den Ausgang in den abgeschotteten Bereich hinter der königlichen Loge. Ellie war außer sich vor Empörung – beim ersten Anzeichen von Gefahr hatte er sie einfach sitzenlassen.

»ALFIE!«

Doch Alfie war lediglich auf der Suche nach einem stillen Örtchen, wo er unbeobachtet seine Defender-Rüstung überstreifen konnte. Denn was immer dort draußen auch vor sich gehen mochte, er wusste genau, was los war. Lock, Richard und die Wikinger verfolgten einen Plan. Er konnte nur hoffen, dass es noch nicht zu spät war. Dass sie noch aufzuhalten waren.

✳ ✳ ✳

In der Zwischenzeit war Hayley im Seniorenstift Flüsterwäldchen, wenige Kilometer nördlich von London, angekommen und stürmte in Grans Zimmer.

»Ah, Schwester, sehr gut, ich könnte ein wenig Hilfe gebrauchen«, sagte Gran und löste den Blick vom Fernseher. Sie erkannte Hayley nicht. »Das Tennisspiel ist plötzlich so merkwürdig geworden.«

Hayley sah gerade noch einen kurzen Ausschnitt der

Panik, die den Centre-Court erfasst hatte, dann brach die Übertragung ab. Sie löste die Bremsen von Grans Rollstuhl und half ihr hinein. Was immer da in Wimbledon vor sich ging, sie hoffte, dass Alfie damit klarkam. Aber sie musste jetzt ihrer Gran helfen, von hier zu verschwinden.

»Gran, ich bin's. Ich dachte, wir könnten vielleicht einen kleinen Ausflug machen – aufs Land oder so«, sagte Hayley, während sie den Rollstuhl Richtung Ausgang schob.

Eigentlich war sie darauf gefasst gewesen, dass das Personal ihr Schwierigkeiten machen würde, aber die Pfleger und Schwestern starrten alle wie gebannt auf die Nachrichten im Fernseher.

»Das hört sich aber schön an, Liebes«, erwiderte Gran. Anscheinend dämmerte ihr so langsam wieder, wer Hayley war.

Starker Wind rüttelte an den Bäumen. Ein Sturm braute sich zusammen. Hayley lief noch schneller und sah sich nach allen Seiten um. Vielleicht gab es ja irgendwo ein Auto, das sie sich schnappen konnte.

»Wieso denn so eilig, mein Kind?«, sagte Gran und klammerte sich an die Lehnen ihres Rollstuhls.

»Damit wir nicht in den Stau kommen, Gran«, sagte Hayley.

»Können wir euch vielleicht mitnehmen?«, sagte Agent Turpin, während er mit lauerndem Blick hinter dem Wartehäuschen einer Bushaltestelle hervortrat.

Gleichzeitig packte Agentin Fulcher Hayley mit beiden Armen und hob sie hoch. Die beiden mussten schon die ganze Zeit auf der Lauer gelegen haben.

»Hast wohl gedacht, wir hätten aufgegeben, was?«, stieß Fulcher triumphierend hervor.

»Lasst mich in Ruhe!«, brüllte Hayley und strampelte mit den Beinen.

Doch Fulcher hielt sie mit eisernem Griff gepackt. Turpin hatte ein Paar Handschellen in der Hand. Offensichtlich hatten sie aus dem letzten Mal ihre Lehren gezogen.

»Beeilung, leg ihr endlich die Handschellen an. Sie ist glitschig wie ein Aal!«, sagte Fulcher, während Hayley sich in ihrem Griff wand und zappelte.

Es machte Klick, und dann saßen die Handschellen fest um Hayleys Handgelenke.

»He! Sie sind doch der Mann, der das Bingo verbieten will!«, sagte Gran zu Fulcher.

»Nein, will ich nicht. Und ein Mann bin ich auch nicht«, beschwerte sich Fulcher.

»RÜHRT SIE JA NICHT AN!«, brüllte Hayley aus voller Kehle.

Turpin lächelte böse, wie ein Piranha. Dann half er Gran aufzustehen und verfrachtete sie auf die Rückbank ihres Wagens.

»Also dann, Mrs Hicks. Sie hatten doch vorhin erst über einen kleinen Ausflug gesprochen, nicht wahr? Wir kennen da ein wunderhübsches Plätzchen, wo Sie sich bestimmt wohl fühlen werden, während wir uns ein klein wenig mit Ihrer Enkelin unterhalten.«

Gran sah ihn misstrauisch und mit trüben Augen an. »Ich möchte Lawrence sprechen.«

»Hör nicht auf sie, Gran!«, rief Hayley und starrte die beiden Agenten wütend an. Sie konnte gar nicht glauben, dass die beiden tatsächlich eine gebrechliche alte Dame für ihre gemeinen Spielchen benutzten. »Gran ist vielleicht krank, aber bestimmt nicht so krank wie ihr beiden!«

»Weißt du was? Irgendwie wünsche ich mir, dass du uns nicht verrätst, was es mit deinem Freund, dem Defender, auf sich hat«, erwiderte Turpin. »Weil ich dann nämlich Agentin Fulcher bitten kann, das mit dir zu machen, was sie am allerbesten kann.«

Fulcher grunzte zustimmend, und dann warfen sie Hayley auf die Rückbank zu ihrer Gran.

Der Wagen jagte zurück in Richtung Innenstadt, und Hayley streichelte Gran tröstend die Hand. Dabei überlegte sie, was sie als Nächstes unternehmen sollte. Sie konnte jedenfalls nicht einfach weglaufen und Gran bei diesen beiden finsteren Brutalos lassen. Vielleicht sollte sie um Hilfe schreien und andere auf sich aufmerksam machen? Doch als sie die Straße nach einem Streifenwagen oder einem Polizeibeamten absuchte, stellte sie fest, dass überall verlassene Autos herumstanden und die Leute schreiend kreuz und quer durch die Gegend liefen.

»Da draußen stimmt was nicht«, sagte sie.

Turpin drehte sich zu ihr um und verzog spöttisch das Gesicht. »Ha-ha. Darauf falle ich nicht mehr rein. Dieses Mal entkommst du uns nicht, junge Dame.«

Plötzlich erhielt der Wagen einen kräftigen Stoß. Ein roter Riss zog sich quer über die Straße. Hayley warf sich schützend vor ihre Gran, als sie schlitternd zum Stehen kamen. Anschließend setzte sie sich wieder auf und sah, dass Fulcher mit der Nase direkt an der Scheibe hing und eine Horde Berserker vorbeiwüten sah. Sie rissen Verkehrsschilder aus der Verankerung und terrorisierten kreischende Passanten.

»Das Mädchen hat recht. Da stimmt was nicht, Turpin.«

Sie blickte ihren Partner an. Dabei musste sie feststellen, dass er mit dem Kopf an die Decke des Wageninneren stieß. Seine Augen quollen angriffslustig aus seinem riesigen Schädel hervor, und seine Schultern und Arme wuchsen immer weiter, bis sie noch mächtiger waren als ihre eigenen.

»RHOOOAAAAAARCHCH!«, brüllte der Berserker Turpin. Dann riss er das Lenkrad ab und schleuderte es durch die Windschutzscheibe.

Fulcher stieß einen Schrei aus, der erstaunlicherweise verblüffend nach kleinem Mädchen klang, und stürzte aus dem Auto.

»HALT! HELFEN SIE UNS!«, rief Hayley.

Ein Taxi fuhr ihnen krachend ins Heck, und erneut schleuderte ihr Wagen über die Straße. Als er wieder zum Stillstand kam, sah Hayley, dass die Tür auf Grans Seite sich geöffnet hatte. Hayley lehnte sich gegen ihre Großmutter und schob sie nach draußen.

»GRAN!! WIR MÜSSEN HIER WEG!«

Hayley kugelte auf die Straße. Der Berserker Turpin sprang gerade auf Fulcher los, schlug und biss wie ein tollwütiger Hund um sich. Fulcher wehrte sich, so gut sie konnte, aber jetzt endlich waren die Kräfte zwischen den beiden einmal ausgeglichen. Während sie ineinander verkeilt an Hayley vorbeikugelten, sah sie, wie der Schlüssel für die Handschellen aus Turpins zerrissener Hosentasche fiel.

»Der Schlüssel!«

»Ich hol ihn eben, Liebes«, sagte Gran leichthin, als sei ihr überhaupt nicht klar, wie gefährlich die ganze Situation war.

»Nein, Gran!«

Doch noch bevor Hayley sie daran hindern konnte, war Gran schon losgetrippelt, hatte den Schlüssel aufgehoben und ihn Hayley gegeben. Im selben Augenblick taumelte Fulcher an ihnen vorbei. Den um sich schlagenden Turpin hatte sie sich wie ein unartiges Kleinkind über die Schulter geworfen.

»RUNTER DA!«, brüllte Fulcher.

Gran schloss Hayleys Handschellen auf, und sie rieb sich die schmerzenden Handgelenke. Dann zog sie Gran von dem Durcheinander auf der Straße weg und suchte nach einem Versteck, nach irgendeinem Unterschlupf, wo sie vor diesem … diesem Tohuwabohu, oder was das sein sollte, sicher waren.

***

In der Kommandozentrale starrten der Hofmarschall und Yeoman Box fassungslos die Alarmlichter auf dem Kartentisch an. Jedes einzelne blinkte, überall im gesamten Vereinigten Königreich. Der Zauber des Rabenbanners aktivierte jede Ley-Linie im Land, und die Königlichen Schutzvögte meldeten in heller Panik, dass ihre Prognoskope völlig durchdrehten. Die Yeoman Warders hetzten mit grimmigen Mienen durch die Zitadelle, nahmen Telefonanrufe entgegen und verzeichneten den unaufhaltsamen Fortschritt der schwarzen Magie auf der Karte.

»Die Ley-Linie unter dem Wandle River ist jetzt an Wimbledon vorbei, Sir!«, rief Brenda.

»Der Schutzvogt in Greenwich meldet, dass sein Prognoskop explodiert ist!«, rief ein anderer Beefeater durch den Saal.

Voller Verzweiflung starrte der HM auf die Karte. Die magische Infektion schien vor nichts und niemandem haltzumachen. Bald würden in jeder Stadt, in jedem County, in jedem Dorf, verwandelte Berserker ihr Unwesen treiben. Eine Armee des Irrsinns, allzeit bereit, Locks Befehle zu befolgen.

»Ragnarök«, murmelte der Hofmarschall düster vor sich hin.

»Ich glaube, von denen habe ich ein Album«, sagte Brenda.

»Das Wort bezeichnet die Wikinger-Apokalypse. Chaos. Furcht. Das Ende der Welt, wie wir sie kennen. Wir MÜSSEN Ihre Majestät finden!«

»Keine Nachricht vom Defender!«, rief der Beefeater, der das Funkgerät betreute.

Sie hatten Alfie zuletzt in Wimbledon gesehen, aber dann waren alle Bildschirme ausgefallen. Der mächtige Zauber, der das Land mehr und mehr in seinen Bann schlug, störte allem Anschein nach die mobile Kommunikation, jedenfalls schienen nur noch die altmodischen Festnetztelefone zu funktionieren.

»Wie lauten Ihre Befehle, Herr Hofmarschall?«, erkundigte sich Yeoman Warder Gillam. Es gelang ihm nicht ganz, das Zittern aus seiner Stimme zu verbannen. »Was sollen wir tun?«

Der Hofmarschall blickte sich in der Kommandozentrale um. Alfie wurde vermisst, Brian war auf der Flucht, und Hayley war auch nicht da. So langsam machten sich erste Anzeichen von Panik breit. Sogar Herne benahm sich merkwürdig, drehte sich ununterbrochen im Kreis und bellte und jaulte dazu.

»Ruhig bleiben und das Königreich verteidigen!«, blaffte der HM in den Raum und ging dabei unruhig auf und ab. Die Beefeater stellten ihre Tätigkeiten ein und sahen ihn aufmerksam an. »Der Tower von London steht jetzt seit fast einem Jahrtausend, und noch nie ist es jemandem gelungen, hier einzudringen. Er hat jedem Feind widerstanden – den Rattenmenschen des Schwarzen Todes von 1348, dem Drachensturm von 1666. Nicht einmal Hitlers abscheuliche Schneesoldaten konnten seine Mauern zum Einsturz bringen. Er wird niemals fallen …«

Ein gewaltiges Beben ließ die Zitadelle in ihren Grundfesten erzittern. Gips fiel von der Decke, und ein prächtiger Wandteppich, auf dem der Sieg eines ehemaligen Defenders über eine Horde riesiger Fledermäuse abgebildet war, flatterte zu Boden. Ein breiter, roter Riss schob sich unter der Eingangstür hindurch und quer durch die Kommandozentrale. Er spaltete die Tudor-Rose auf dem Fußboden in zwei Hälften, und die Yeoman Warders suchten Deckung. Die Raben gaben Alarm und sammelten sich auf den Zinnen des Turms. Der Hofmarschall klammerte sich mit beiden Händen an den Kartentisch, aber mit Brenda, die neben ihm saß, ging eine plötzliche Veränderung vor sich. Sie zuckte und verkrampfte sich immer mehr, als der Bannerzauber das Wikingerblut in ihren Adern zum Leben erweckte und sie in einen zähnefletschenden Berserker verwandelte. Nur wenige Augenblicke später hing ihre Uniform in Fetzen an ihr herab, die Spucke lief ihr wie ein Sturzbach aus dem Mund und ihre Augen leuchteten rot und wild.

Der Feind war bis in die Zitadelle vorgedrungen.

26
Vereinigtes Berserkerreich
von Großbritannien

Ellie schwang die Venus-Rosewater-Schale – der große Silberteller, den die Gewinnerin des Damen-Finales von Wimbledon als Preis überreicht bekommt – und schlug Kate Robertson damit mit voller Wucht ins Gesicht. Sie hatte sich die Übergabezeremonie mit ihrem Idol zwar etwas anders vorgestellt, aber schließlich hatte sie auch nicht damit gerechnet, dass die Tennisspielerin sich in ein Wikinger-Berserker-Monster verwandeln würde. Da ihr vollkommen nutzloser Bruder offensichtlich beschlossen hatte, sich möglichst schnell in Sicherheit zu bringen, sah Ellie es als ihre Pflicht an, Vorbild zu sein. Darum tat sie, was sie konnte, um entsetzten Zuschauern zu helfen, von den wütenden Berserkern weg zu den Ausgängen zu gelangen. Die Vorstellung, dass irgendwo da draußen eine Bande wildgewordener Zombie-Wikinger unterwegs war und Unheil stiftete, das war ja schon schlimm genug, aber dass sich jetzt hier im Stadion ganz normale Mitbürger in grässliche, wahnsinnige Kreaturen verwandelten, das war absolut entsetzlich. Was war denn bloß los?

Ein lautes Krachen und erneutes, schrilles Kreischen ertönten am hinteren Eingang – Guthrum und seine

Draugar-Krieger stürmten auf den Centre-Court. Blitze zuckten über den schwärzer werdenden Himmel und sintflutartiger Regen setzte ein, so dass aus dem Rasen in kurzer Zeit ein morastiger Sumpf wurde. Es stank nach vergammeltem Fleisch und totem Fisch, während die zum Leben erweckten Wikingerleichen das Stadion besetzten. Guthrum ließ den Blick über die Menge schweifen, und dann hatten seine grausamen, toten Augen die Beute entdeckt.

»ELEANOR!«, dröhnte er.

Guthrum richtete einen Finger, der mehr Knochen als Fleisch war, auf sie. Seine Männer stießen alle Umstehenden beiseite und kamen auf sie zugewalzt. Der Wikingerfürst befolgte Locks Anweisungen bis auf den letzten Buchstaben.

»Bring mir Prinzessin Eleanor«, hatte Lock gesagt. »Und zwar vollkommen unversehrt, sonst musst du vor dem Schwarzen Drachen Rechenschaft ablegen.«

Ellie sprang mit einem Satz über das Netz und schlitterte durch den Matsch, während ein hohläugiger Wikinger sich auf sie stürzen wollte. Er verfing sich allerdings im Netz, brüllte laut vor Wut und befreite sich mit roher Gewalt, während Ellie von zwei anderen Männern Guthrums eingekreist wurde. Sie hob einen abgebrochenen Schläger vom Boden auf und schleuderte ihn einem der beiden Berserker entgegen. Der Schläger bohrte sich in den Hals des Zombies, doch der zog ihn einfach wieder heraus und warf ihn beiseite, als sei es nichts weiter als ein harmloser kleiner Splitter gewesen. Ellie wich zurück und kippte den Schiedsrichterstuhl um, so dass er quer vor ihren Verfolgern landete. Sie trampelten einfach darüber hinweg und kamen näher. Als Ellie sich mit dem Gedanken abgefunden hatte, dass sie jeden Moment in die Hände der übelriechenden, untoten Wikinger fallen würde, hob sich die durchgeweichte Erde unter den Füßen der Draugar in die Höhe und schleuderte die verwirrten Wilden gegen die Anzeigetafel. Ellie hob den Blick und sah den Defender auf Wyvern am Himmel schweben. Er landete neben ihr und streckte ihr die Hand entgegen.

»Steig auf!«, rief er ihr zu.

Ellie wischte sich die Regentropfen von den Wangen und der Stirn und blickte in die Gesichter der vielen zu Tode erschrockenen Zuschauer, die immer noch im Stadion kauerten.

»Und was wird aus den anderen?«, rief sie zurück.

»Die Wikinger sind nur wegen dir hier!«, brüllte der Defender.

Als wollte er Alfies Worte bestätigen, stürmte Guthrum jetzt mit Riesenschritten auf Ellie los. Während er näher kam, blieben seine Männer regungslos stehen und stimmten ihren seltsamen Gesang an. Der Körper ihres Anführers bebte und wuchs mit unglaublicher Geschwindigkeit. Nach zwei weiteren Schritten war er bereits ein Riese geworden. Der Schock war so groß, dass Ellie sich nicht mehr auf den Beinen halten konnte und auf den

Rücken fiel. Gleichzeitig riss der Defender Wyvern herum und stellte sich mit gezogenem Schwert Guthrum in den Weg. Der riesenhafte Wikingerfürst stieß ein entsetzliches Gebrüll aus, fingerdicke, grünliche Schleimfäden spritzten aus seinem Mund in alle Richtungen, und er ließ seine Streitaxt auf den Defender niedersausen. Ellie war fest überzeugt, dass der Superheld gleich in zwei Hälften gehackt werden würde, aber irgendwie gelang es ihm, den Schlag mit seinem glühenden Schwert abzublocken. Guthrum brüllte laut vor Wut, während er seinen Gegner umkreiste, und versuchte, näher an die Prinzessin heranzukommen, aber der Defender versperrte ihm jedes Mal wieder den Weg. Dabei hielt er so viel Abstand, dass Guthrums Axt ihn nicht erreichen konnte. Irgendwann schien der Riese genug von dem fruchtlosen Hin und Her zu haben, jedenfalls machte er einen Schritt zurück und sah sich um.

»Los, verschwinden wir!«, rief der Defender und streckte Ellie erneut die Hand entgegen.

Doch noch bevor sie sie ergreifen konnte, schleuderte Guthrum seine Axt quer über den Platz. Sie blieb in einer der Stahlstreben der Zuschauertribüne stecken. Der Aufprall war so heftig, dass sich einzelne Teile aus der Dachkonstruktion lösten und wie eine Lawine herabfielen. Entsetzt sah Alfie, wie Dutzende Menschen auf den Rängen unter der Stütze eingeklemmt waren – falls die Tribüne einstürzte, dann würden sie alle zerquetscht werden.

»Worauf wartest du denn?«, rief Ellie ihm zu. »HILF IHNEN!«

Alfie zog an Wyverns Zügeln, und sie schoss quer über den Platz. Er war gerade noch rechtzeitig bei der beschädigten Strebe und konnte verhindern, dass sie umkippte. Mit aller Kraft, die er aufbieten konnte, stemmte er sich dagegen. Aber zuvor hatte er seine Nunchuck-Zepter nach dem Riesen geworfen. Jetzt blickte er sich noch einmal um und sah, dass einer von Guthrums Draugar sich in die Flugbahn der Zepter warf und sich für seinen Herrn und Gebieter opferte. Der magische Draht, der die beiden Zepter miteinander verband, trennte ihm mühelos den Kopf vom Rumpf. Nicht, dass das den körperlosen Kopf daran gehindert hätte, dem Defender von dem Sitz in der ersten Reihe der Tribüne, wo er gelandet war, pausenlos Verwünschungen entgegenzuschleudern. Guthrum lachte höhnisch und hob Ellie mit einer seiner riesigen Pranken empor. Sie kreischte laut und wehrte sich, aber ohne Erfolg.

»NEIN!«, brüllte Alfie.

Unter ihm hatten immer noch nicht alle Zuschauer die einsturzgefährdete Tribüne verlassen. Er konnte nicht loslassen, und so blieb ihm nichts anderes übrig, als zuzusehen, wie der untote, riesenhafte Wikinger über den Rand des Stadions kletterte und seine Schwester mit sich nahm.

***

»Oh, was für ein hübscher Hut«, sagte Hayleys Gran beim Blick in ein Schaufenster. »Was meinst du, ob sie den auch in meiner Größe haben?«

Hayley zog sie weiter. In diesem Augenblick sauste ein Betonpoller an ihren Köpfen vorbei, so dass die Schaufensterscheibe zersplitterte. Die gesamte Oxford Street war ein Schlachtfeld, noch mehr als sonst. Ein Bus lag auf der Seite, während der ehemalige Fahrer und jetzige Berserker darauf herumhüpfte und dabei an einem Scheibenwischer kaute. Die Berserker-Dame, die gerade den Poller in das Schaufenster des Hutladens geworfen hatte, wandte sich jetzt einem schwarzen Taxi zu und zerrte an der Stoßstange. Dabei kicherte sie laut vor Vergnügen. Die Fetzen, die an ihrem muskulösen, mit blauen Tätowierungen übersäten Körper baumelten, sahen aus wie eine ehemalige Schwesterntracht. Schaudernd dachte Hayley daran, wie viele Menschen wohl heute Morgen aufgewacht und ganz normal zur Arbeit gegangen waren, ohne zu ahnen, dass sie sich wenige Stunden später in riesenhafte, grunzende Wahnsinnige verwandeln würden. Eine schreiende Lehrerin rannte an ihnen vorbei. Sie wurde von einer Horde blonder, glubschäugiger Berserkerkinder verfolgt, die sich wutschnaubend die letzten Reste ihrer Schuluniform vom Leib rissen.

»Tststs, keine Manieren, die Jugend von heute«, sagte Gran.

Hayley zog sie in einen Hauseingang. Da schlitterte ein halbes, brennendes Motorrad an ihnen vorbei.

»Gran, das ist kein Spaß mehr. Wir müssen zusehen, dass wir von der Straße wegkommen.«

»Warum nehmen wir nicht die U-Bahn? Wo wollen wir denn hin?«

Hayley war klar, dass es nur einen Ort gab, an dem sie – zumindest höchstwahrscheinlich – in Sicherheit waren. Falls sie es bis dorthin schaffen würden, was alles andere als sicher war.

»In die Zitadelle.«

»Wohin, Liebes?«

»Entschuldigung. Zum Tower von London. Dort habe ich … äh … ein paar Freunde.«

»Ganz einfach«, sagte Gran. »Mit der Central Line nach Osten bis zur Haltestelle Bank, dann ein kleines Stück zu Fuß und an der Station Monument in die District Line umsteigen. Dann ist es nur noch eine Haltestelle. Das schaffen wir im Handumdrehen.«

»Kannst du denn so weit laufen? Wir haben deinen Rollstuhl verloren.«

»Rollstuhl? Welchen Rollstuhl? So was hab ich doch noch nie benutzt!«

Und mit diesen Worten trippelte sie Richtung U-Bahn-Eingang. Sie blieb nur noch einmal kurz stehen, um sich von einem Straßenhändler, der sich soeben in einen sabbernden Berserker verwandelt hatte, eine Gratiszeitung geben zu lassen. Hayley zog sie weiter, bevor der irre Wikinger sie packen konnte. An einem Tag wie heute hatte es durchaus Vorteile, dass Gran nicht mehr alles mitbekam.

Unter der Erde war die Lage allerdings auch nicht viel besser als auf der Straße. Hayley und ihre Gran quetschten sich auf den überfüllten Bahnsteig, als gerade eine Bahn einfuhr. Doch kaum hatten sich die Türen geöffnet, strömten entsetzte Fahrgäste nach draußen, verfolgt von ehemaligen Pendlern oder Touristen, die während der Fahrt zu Berserkern geworden waren. In jedem Wagen schien es mindestens einen von der Sorte zu geben. In einem sah Hayley sogar einen Berserker-Polizisten, der Sitze zerfetzte und Haltegriffe abriss.

»Was ist denn los, Liebes?«, wollte Gran wissen. »Warum steigen wir denn nicht ein?«

»Außer Betrieb«, erwiderte Hayley. »Wir werden uns wohl einen anderen Weg suchen müssen.«

»Ach, was soll's, warum nehmen wir nicht einfach die Wartungstunnel? Das haben wir am Ende der Schicht doch auch immer gemacht.«

Hayleys Gran war vor vielen Jahrzehnten nach London gekommen und hatte hier als U-Bahn-Fahrerin gearbeitet. Und sie hatte ständig damit angegeben, dass sie über das unterirdische Tunnelsystem jede x-beliebige Stelle in der ganzen Stadt erreichen konnte. Jetzt brachte sie Hayley zu einer kleinen Wendeltreppe, die zu einer Tür führte. Darauf stand: »Betreten für Unbefugte strengstens verboten«. Hayley hielt kurz inne. Sie hatte keine Zweifel, dass ihre Gran sich in früheren Jahren in den U-Bahn-Tunneln so gut ausgekannt hatte wie in ihrer eigenen Wohnung. Aber in ihrem jetzigen Zustand? Womöglich verliefen sie sich da unten in der Dunkelheit und fanden nie wieder heraus?

»Bist du sicher, Gran? Dein Gedächtnis ist schließlich auch nicht mehr so gut wie früher.«

»Oh, immer diese Zweifler! Vertrau mir, Kindchen, und jetzt hopp hopp, marsch marsch.«

Irgendwo hinter ihnen, gar nicht weit entfernt, ertönte vielstimmiges Kreischen, während das Gebrüll eines Berserkers durch die Tunnelröhren hallte. Hayley lächelte ihre Gran an und machte die Tür auf.

»Du bist der Boss. Los geht's.«

***

In der Betriebszentrale der U-Bahn herrschte das totale Chaos. Jeder Fahrer meldete per Funk irgendwelche gewalttätigen Zwischenfälle in seinem Zug. Bahnhofsvorsteher berichteten in heller Aufregung von plötzlicher Zerstörungswut und ungezügelter Brutalität auf ihren Bahnhöfen. Alle starrten wie gebannt auf die vielen Monitore mit den Bildern der Überwachungskameras und versuchten sich einen Reim auf dieses Durcheinander zu machen. Als sie schließlich merkten, was sich im Pumpenraum abspielte, war es bereits zu spät. Die meisten Menschen, die heutzutage die Londoner U-Bahn benutzten, wussten gar nicht, dass ohne die riesigen Wasserpumpen, die rund um die Uhr in Betrieb waren, ein Großteil der Tunnel unter Wasser stehen würde. Die uralten, unterirdischen Nebenflüsse der Themse lassen sich nur durch die ununterbrochene Arbeit der Pumpen zähmen. Und diese Pumpen wurden gerade eben von einem Wikinger-Draugar zu Klump gehauen.

»Pumpenversagen in Sektor neun! Wasser steigt!«, rief eine Ingenieurin, nachdem sie endlich die blinkenden Alarmleuchten direkt vor ihrer Nase bemerkt hatte.

Alle Blicke in der Betriebszentrale wanderten jetzt zum Schichtleiter. Er wusste doch bestimmt, was in solch einer Situation zu tun war. Doch bedauerlicherweise hatte sich der Schichtleiter gerade über eine leckere, saftige Ratte gebeugt, um sie genüsslich zu verspeisen. Er hob den Blick und sah seine Mitarbeiter mit wildem Blick und prallen Halsmuskeln an, während überall auf seinem frischen Berserkergesicht blaue Tätowierungen auftauchten.

Wenige Minuten später hüpften die verängstigten Fahrgäste eines Zuges der District Line auf ihre Sitzbänke, um dem Wasser zu entkommen, das langsam immer höher stieg. Und als wäre das nicht schon schlimm genug gewesen, mussten sie auch noch mit ansehen, wie ein Wikinger-Langschiff an ihnen vorbei durch den Tunnel segelte.

✳✳✳

Hayley hätte sich in den Hintern treten können. Es war kalt und dunkel hier unten, und sie hatten bereits mehrere Schienenstränge überquert, nur um sie anschließend in die andere Richtung noch einmal zu kreuzen, weil ihre Gran sich nicht entschließen konnte, welches nun der richtige Weg war. Hayley wusste, dass sie einen tödlichen Stromschlag bekommen würden, wenn sie auf die falsche Schiene traten. Was hatte sie sich bloß dabei gedacht, als sie ihrer Großmutter die Führung überlassen hatte? Das war ein Riesenfehler gewesen.

»Weißt du, wo wir sind, Gran? Vielleicht sollten wir lieber wieder umkehren.«

»So ein Quatsch! Wir sind doch fast da, Kindchen.«

Doch Hayley sah weit und breit keine Spur von Tageslicht, von einem Ausgang ganz zu schweigen. Aber dafür hörte sie jetzt etwas. Ein seltsames, weit entferntes Rauschen, irgendwo hinter ihnen.

»Pschscht, Gran, hör doch mal. Ist das ein Zug?«

»Aber nein, Kindchen, das ist doch kein Zug«, erwiderte ihre Gran fröhlich. »Hört sich eher so an, als hätte jemand den Wasserhahn laufen lassen.«

Hayley starrte angestrengt in den langen, dunklen Tunnel. Da kam etwas Weißes auf sie zu. Es wogte von einer Seite zur anderen, wurde immer mehr … WASSER!

»Da müssen wir durchklettern«, meldete sich Gran zu Wort und zeigte auf eine Montageluke in der Nähe. »Darauf würde ich mein Leben verwetten.«

Hayley verstärkte ihren Griff um Grans Arm und zog sie, so schnell sie nur konnte, zu der Luke, weg von den immer näherkommenden Wassermassen.

»BEWEGUNG!«

Weiter oben, am Eingang der U-Bahn-Station Tower Hill, waren einige Angestellte gerade dabei, die Gitter herunterzulassen. Da hörten sie Hayleys atemlose Rufe von der Rolltreppe her.

»WARTEN SIE!«

Hayley rannte zum Ausgang, etwas langsamer als sonst, weil sie ihre Gran auf den Rücken genommen hatte. Doch die gewaltige Flutwelle, die ihr im Nacken saß, war eine hervorragende Motivationshilfe. Sie rasten zum Ausgang hinaus und konnten sich gerade noch in Sicherheit bringen, als hinter ihnen eine gewaltige Wasserwand ins Freie schwappte. Nur wenige Sekunden später explodierte die Front der U-Bahn-Station, und das Wikinger-Langschiff wurde auf der Flutwelle nach draußen getragen, sauste über die Straße hinweg und direkt in den Burggraben des Towers, der sich zum ersten Mal seit fast zweihundert Jahren wieder mit Wasser füllte.

In der Zwischenzeit trug Hayley ihre Gran mit schmerzenden Knochen in den Merchant Navy Memorial Garden, der direkt neben der Bahnstation lag, und von dort in den Geheimgang, der zur Zitadelle führte.

27
Unter Belagerung

Zur großen Überraschung des Hofmarschalls waren ausgerechnet Hayley und ihre Gran seine Rettung. Er wollte Yeoman Box nichts antun, obwohl sie sich in einen ziemlich grässlichen, wutschäumenden Berserker verwandelt hatte. Doch er konnte auch nicht zulassen, dass die Zitadelle verlorenging, nicht jetzt, wo Lock eine Attacke eingeleitet hatte, die das gesamte Land erzittern ließ.

Etliche Yeoman Warders hielten ihre · kreischende ehemalige Kollegin mit ihren langen Speeren in Schach, während wieder andere das schwere Geschütz in Stellung brachten, das wie ein auf Eisenrädern montiertes Maschinengewehr aussah. Gerade, als der Hofmarschall »Feuer frei!« befehlen wollte, stürmten Hayley und ihre Gran in die Kommandozentrale.

»BRENDA?« Hayley hielt entsetzt den Atem an, als sie sah, wie ihre einstige Freundin knurrend einen Stuhl in zwei Hälften biss.

»Miss Hicks?«, rief der Hofmarschall entgeistert. »Bleiben Sie zurück!«

Er fuchtelte mit den Armen, doch Hayley hatte die Situation bereits erfasst.

»Gran, nimm Platz!«, sagte sie und half ihr, sich auf Hernes Ledersofa zu setzen. »Esh, wirf mir ein Stück Fleisch rüber!«

Der Rabenmeister hatte sich in eine stille Ecke gekauert und versuchte, die krächzenden Raben zu beruhigen, die er gerade eben aus dem Innenhof nach drinnen geholt hatte. Er hörte Hayleys Anweisung und zeigte mit dem Finger auf sich. *Wer, ich?*, sollte das wohl heißen.

»UND ZWAR EIN BISSCHEN PLÖTZLICH!«, brüllte sie ihn an.

Er zuckte zusammen und warf ihr ein rohes Steak zu, sehr zum Ärger seiner Vögel. Doch der HM merkte, dass sie etwas Bestimmtes vorhatte und bedeutete den Beefeatern, vorerst nicht zu schießen.

»Schau mal, Brenda!«, rief Hayley und hielt das bluttriefende Fleischstück in die Höhe, so dass die Berserkerin es gut sehen konnte. »Komm und hol's dir doch.«

Brenda stieß einen nordischen Fluch aus, und während der Speichel ihr aus dem Mund tropfte wie bei einem ausgehungerten Hund, stürmte sie auf Hayley los, krabbelte über Schreibtische und stieß Yeoman Warders beiseite. Sie wollte nichts anderes mehr als dieses Stück Fleisch.

Hayley ließ Brenda noch ein Stückchen näher kommen, dann warf sie das blutige Steak quer durch die Kommandozentrale. Klatschend landete es neben der Klappe, die ins Archiv hinabführte. Eine Sekunde später hatte die einstige Brenda es in ihren Klauen und schlug ihre spitzen gelben Zähne in die roten Fleischfasern. Sie war so sehr mit ihrer Beute beschäftigt, dass sie nicht merkte, wie Hayley behutsam näher schlich, den Riegel zurückschob und die Klappe öffnete. Die Yeoman Warders wussten genau, was sie zu tun hatten. Mit raschen Schritten eilten sie zu ihrer ehemaligen Kollegin und verpassten ihr ein paar kräftige Stiefeltritte in den Rücken. Brenda versuchte noch, sich irgendwo festzuhalten, doch ihre Klauen fanden nirgendwo Halt und so stürzte sie taumelnd in die dunklen Tiefen des Archivs. Bevor Hayley die Klappe wieder verriegelte, gab sie den Überresten des Steaks einen Tritt, so dass sie ebenfalls in die Öffnung fielen, dann hörte sie ein fernes Rülpsen. Offensichtlich hatte Brenda den Sturz überlebt.

Die Yeoman Warders spendeten spontan Beifall, scharten sich um Hayley und klopften ihr auf die Schulter.

»Das war sehr mutig von dir, Hayley«, sagte der Chief Yeoman Seabrook.

»Es tut gut, die Hüterin der königlichen Pfeile wieder auf ihrem angestammten Posten zu sehen«, fügte der Hofmarschall hinzu.

Hayley verneigte sich ein wenig verlegen.

»Also dann«, meldete sich Hayleys Gran vom Sofa her zu Wort. »Wer von euch netten jungen Männern bringt mir denn jetzt eine schöne Tasse Tee?«

»Obwohl ich Sie vielleicht noch einmal an die Regeln bezüglich des Mitbringens von Besuchern in die Zitadelle erinnern sollte?«, sagte der HM mit schiefem Lächeln zu Hayley.

Ein paar Minuten später nippte Hayleys Gran an ihrem Tee (mit Keks) und sah zu, wie mehrere Yeoman Warders den Haupteingang der Zitadelle mit Eisengittern verstärkten, während andere Spieße und Schwerter verteilten.

»Alle Touristen sind evakuiert«, rief Chief Yeoman Seabrook. »Die Draugar sind in den Weißen Turm vorgedrungen.«

»Dann stehen wir also unter Belagerung«, sagte der Hofmarschall und blickte zur Decke empor, als könnte er die plündernden Wikinger über ihnen sehen.

»Alles ist gut, Gran. Hier unten sind wir sicher«, flüsterte Hayley ihrer Großmutter ins Ohr, obwohl sie es selbst nicht wirklich glaubte. Wenn der Zauber des Rabenbanners sogar in die Zitadelle eindringen konnte, wo sollte es denn dann überhaupt Sicherheit geben?

»Mach dir mal keine Sorgen um mich, Kindchen. Ich gebe den Schläger nicht so schnell aus der Hand«, erwiderte Gran und deutete einen Kricket-Schlag an.

Ihre Augen leuchteten, und sie drückte Hayley fest die Hand. Die Schuldgefühle bohrten sich wie ein Messer in Hayleys Brust. Wie hatte sie an ihrer wunderbaren Gran jemals zweifeln können? Sie hatte ihnen vorhin im U-Bahn-Tunnel das Leben gerettet.

»Es tut mir leid«, sagte sie.

»Was tut dir denn leid, Kindchen?«, wollte Gran wissen.

»Es tut mir leid, dass … na ja … dass du so weit zu Fuß gehen musstest.«

»Unsinn. Aber noch ein Tässchen wäre schön«, erwiderte Gran und wackelte mit ihrer leeren Teetasse.

Auf dem Weg zur Kantine machte Hayley kurz am Kartentisch Halt. Der Hofmarschall beobachtete gerade, wie die Yeoman Warders immer mehr Wikinger-Figuren auf die Karte schoben.

»Was ist denn da draußen los?«, erkundigte sich Hayley.

»Tumulte und völliges Chaos, genau wie Lock es geplant hat«, erwiderte der Hofmarschall. »Ich fürchte, dieser durchtriebene Professor hat mir wieder einmal ein Schnippchen geschlagen. Nur er konnte auf die Idee kommen, sich eine Armee aus lauter unschuldigen, unwissenden Menschen zu schaffen und sie zu Sklaven zu machen.«

»Um was zu tun?«

Der HM sah sie an. Seine Augen waren gerötet. Das Alter und die Erschöpfung waren ihm überdeutlich anzusehen.

»Das Königreich an sich zu reißen, Miss Hicks. Er will König Alfred entmachten und stattdessen seine Marionette, Prinz Richard, auf den Thron setzen. Und mit dieser enormen Berserker-Macht im Rücken könnte er es vielleicht sogar schaffen. Der Defender ist der Einzige, der die Katastrophe noch abwenden kann.«

Hayley warf einen Blick auf den Monitor mit dem Videostream aus der Helmkamera des Defenders. Darauf war nur weißes Rauschen zu sehen.

»Wo bist du, Alfie?«, sagte Hayley.

331

»Haben wir den Kontakt zu Ihrer Majestät schon wieder hergestellt?«, blaffte der HM los.

»Sind noch dabei, Sir!«, lautete die angespannte Antwort von Chief Yeoman Seabrook.

KLONG ... KLONG ... KLONG ...

Die ganze Zitadelle erstarrte. Irgendetwas pochte gegen das Eingangstor, so kräftig, dass der Staub auf den dicken Holzbalken aufgewirbelt wurde. Unter lautem Gebrüll versuchten die Wikinger, das Tor aufzubrechen.

»ZU DEN WAFFEN!«, rief der HM, und die Yeoman Warders hasteten los, griffen nach ihren Spießen und rollten das Geschütz vor das Tor.

»Wird es halten?«, fragte Hayley zaghaft.

»Wir können es nur hoffen, Miss Hicks«, erwiderte der Hofmarschall.

»Bringt mir meinen Bogen!«, rief Hayley.

Yeoman Gillam eilte in die Trainingsarena.

»Sehr gut, Hüterin der königlichen Pfeile«, sagte der Hofmarschall kopfnickend.

»SIR!«, rief da der Yeoman Warder an der Funkkonsole. »ICH HABE DEN DEFENDER IN DER LEITUNG!«

***

Als der Defender endlich nach draußen kam, war weder von Guthrum noch von Ellie etwas zu sehen. Die Hauptstraße, die durch das Einkaufsviertel von Wimbledon führte, lag voller zurückgelassener Einkaufstüten und Kinderwagen. Fußgänger rannten panisch in alle Richtungen durcheinander und flüchteten vor denen, die sich gerade eben in muskelbepackte, geifernde Berserker verwandelt hatten. Das einzig Positive aus Alfies Sicht war, dass Guthrum seine Schwester eindeutig lebend haben wollte – garantiert auf Anweisung von Lock oder vielleicht auch Richard. Er würde sie suchen und finden, aber zuerst musste er mit diesem Aufstand der Nordmänner und -frauen fertigwerden. Er hob den Arm und aktivierte mit einem seiner Armbänder einen Schild. Damit streckte er einen Berserker zu Boden, der gerade eine Frau mit einem Baby auf dem Arm verfolgte. Sie stammelte mit vor Entsetzen geweiteten Augen: »Vielen Dank.« Alfie wurde bewusst, dass es Tausende wie sie auf den Straßen der Stadt geben musste – Millionen im ganzen Land. Verängstigt, verwirrt und hilflos angesichts eines Feindes, von dessen Existenz sie bis zum heutigen Tag nicht einmal etwas geahnt hatten.

»Gern geschehen«, sagte er und lächelte ihr ermutigend zu, bis ihm klarwurde, dass das eine dämliche Idee war. Sie konnte sein Gesicht ja gar nicht sehen. »Ähm, vielleicht sollten Sie sich ein Versteck suchen, wo Sie unterkriechen können, bis das alles hier vorbei ist.«

Eine schrille Rückkoppelung ertönte und stellte Alfies Trommelfelle vor eine schmerzhafte Belastungsprobe. Das war der Hofmarschall, der sich über den Helmfunk bei ihm meldete.

»Euer Majestät? Kommen, Sir?«

»Ich bin hier«, erwiderte Alfie und rammte einer Berserkerin, die sich gerade auf ihn stürzen wollte, sein Schwert an den Schädel.

»Dem Himmel sei Dank. Wo seid ihr?«

»In Wimbledon. Guthrum war hier. Er hat Ellie mitgenommen. Ich konnte ihn nicht daran hindern. Keine Ahnung, wohin er sie gebracht hat.«

Hayley nahm dem Hofmarschall das Mikrophon ab. »Alfie, ich bin's. Guthrums Männer sind hier. Sie versuchen, in die Zitadelle einzudringen. Wir könnten ein bisschen Unterstützung gebrauchen.«

Alfie befahl Wyvern aus den Sporen und hob ab.

»Bin schon unterwegs.«

Doch in diesem Augenblick bäumte Wyvern sich auf und taumelte rückwärts durch die Luft. Ein Feuerstrahl jagte quer über die Straße und setzte Autos und Geschäfte in Brand. Begleitet von lautem Kreischen senkte sich der Schatten des Schwarzen Drachen über die Hausdächer. Er landete auf dem Bürgersteig, und die rußgeschwärzten Gehwegplatten unter seinen Klauenfüßen zerbrachen.

Alfie versuchte etwas zu sagen, doch zunächst blieben ihm die Worte im Hals stecken. Er hatte diese Kreatur schon einmal so dicht vor sich gehabt, aber da hatte er noch nicht gewusst, dass es sich um seinen eigenen Bruder handelte. Trotz allem, was er in der St. Paul's Cathedral gesehen hatte – allein die Vorstellung erschien ihm schon völlig unmöglich.

»Richard …«

Der Drache stieß seine gespaltene Zunge zwischen den Zähnen hervor, und dann schoss der nächste Feuerstoß aus seinem Maul und fegte über Alfies hastig errichteten Schutzschild hinweg. Er sprach mit einem kehligen, reptilhaften Zischen.

»Das ist nicht mehr mein Name.«

»Was hast du mit unserer Schwester angestellt?«, fragte Alfie ihn. Er achtete sorgfältig darauf, außerhalb der Reichweite des hin- und herschwingenden, stacheligen Schwanzes zu bleiben.

»Da mach dir mal keine Sorgen. Sie steht jetzt unter meinem Schutz.«

»Etwa so, wie du Dad beschützt hast?«

Der Schwarze Drache kreischte laut und flatterte mit seinen Schwingen. Dabei fegte er die Ziegel von den Dächern der Häuser links und rechts am Straßenrand.

»Er war niemals *mein* Vater. Für mich hat er sich doch nie interessiert. Immer bloß für dich, seinen Erstgeborenen.« Diese Worte spie er Alfie regelrecht entgegen, während Rauchwolken aus seinen Nüstern aufstiegen.

Jetzt bahnte sich ein Minivan einen Weg durch das Trümmerfeld hinter dem Drachen. Als der Fahrer das Ungeheuer entdeckte, das die ganze Straße blockierte, kam der Wagen ruckartig zum Stehen. Der Mann am Steuer, blass und Mitte vierzig, klammerte sich starr vor Angst an das Lenkrad, während seine Frau sich umdrehte, um die drei weinenden Kinder auf der Rückbank zu trösten.

Der Drache streifte das Fahrzeug mit seinem Schwanz, so dass es für einen Augenblick nur auf zwei Rädern stand und umzukippen drohte. Alfie hörte, wie das Geschrei der Insassen noch lauter wurde, als der Drache sich hinunterbeugte und mit fiesem Grinsen durch die Windschutzscheibe starrte.

»Hör auf, Richard! Lass sie in Ruhe!«

Der Schwarze Drache schob eine Klaue unter den Minivan und zog ihn über den Asphalt zu sich heran, bis sein Unterkiefer die Motorhaube berührte.

»Warum machst du dir überhaupt Gedanken um diese … Bauern?«, kicherte er. »Die haben sich doch immer bloß über uns lustig gemacht. Aber jetzt lachen sie nicht mehr, stimmt's?«

Er legte den Kopf schief und riss das Maul auf. Alfie konnte die orangefarbene Glut, die sich in seinem Rachen sammelte, gut erkennen. Jeden Augenblick würde der Drache das Auto in einen Feuerball hüllen. Mit einem Satz war der Defender bei dem Drachen und ließ sein Schwert auf ihn niedersausen. Es prallte zwar von seinen harten Schuppen ab, trotzdem ließ er das Auto los. Daraufhin schlängelte es sich schnell durch die Trümmer davon.

Alfie ließ sich von Wyvern senkrecht in die Höhe tragen. Wenn er mit diesem Ding, das einmal sein Bruder gewesen war, schon nicht vernünftig reden konnte, dann konnte er wenigstens versuchen, den unvermeidlichen Kampf irgendwo stattfinden zu lassen, wo sie weniger Schaden anrichten würden.

28
Bruderkampf

»Schneller, Wyvern!«, brüllte Alfie.

Sie war noch nie so schnell, noch nie so ausdauernd galoppiert wie jetzt. Ob es eine Höchstgeschwindigkeit für magische Gespensterpferde gab? Falls ja, dann hatte sie den Rekord garantiert gebrochen. Er blickte sich um, weil er wissen wollte, ob der Schwarze Drache ihm auf den Fersen war. Die Antwort auf diese Frage kam in Gestalt einer Feuerexplosion, die seinen Rücken nur um wenige Zentimeter verfehlte. Er spornte Wyvern noch einmal an. In der Ferne, unterhalb der untergehenden Sonne, waren die Schaumkronen der Nordsee zu erkennen.

»Majestät, wo wollt Ihr denn hin?«, brüllte der HM in sein Funkmikrophon.

Seine Stimme klang außer Atem, aber jetzt war keine Zeit, ihn zu fragen, was in der Zitadelle gerade vor sich ging. Alfie hatte selbst alle Hände voll zu tun.

»Irgendwohin, wo er niemandem schaden kann!«, brüllte Alfie über den Gegenwind hinweg.

»Ihr müsst den Drachen zum Kampf zwingen! Zieht Euer Schwert, Sir! Setzt dem allem ein Ende, HIER UND JETZT!«

Alfie wusste nicht, was er machen sollte. Er kam ja kaum mit der Tatsache klar, dass sich irgendwo unter diesen grässlichen schwarzen Schuppen Richard verbarg. Aber dass er ihm auch noch das Schwert in den Leib bohren sollte? Unvorstellbar!

Schnell war der Defender über dem Meer. Der Schwarze Drache verfolgte ihn mit mächtigen Schwingenschlägen und jagte den nächsten Feuerstoß um Millimeterbreite an ihm vorbei. Wenige Sekunden später lag das Festland weit hinter ihnen. Alfie zog an Wyverns Zügeln und ließ sie wenden. Er wollte seinen Bruder stellen und zog das Große Staatsschwert aus der Scheide, so dass der Nachthimmel zu leuchten begann.

Der Schwarze Drache schoss mit einem Mal steil an den Himmel, um sich im nächsten Augenblick schon im Sturzflug auf Alfie zu stürzen. Seine Klauen trafen auf Metall, und der Defender wehrte den Angriff ab. Doch dann streifte der Schwanz der Bestie Alfies Rücken. Er schrie auf vor Schmerz, und mit dem Schmerz kam der Zorn. Er hatte es satt, ein schlechtes Gewissen zu haben wegen etwas, was überhaupt nicht seine Schuld war. Richard hatte ihren Vater getötet und ihr Land verraten. Alfie hatte den Streit nicht angefangen, aber wenn Richard Krieg wollte, dann sollte er Krieg bekommen. Der Defender packte sein Schwert und ließ Wyvern im Galopp direkt auf den Drachen losstürmen. Erneut trafen Schwert und Klauen aufeinander, dann lenkte Alfie Wyvern neben den Drachen und verpasste ihm eine Schnittwunde am Bauch. Die Wunde war zwar nicht tief, aber die Botschaft war eindeutig: Der Defender hatte keine Hemmungen, Blut zu vergießen, wenn es sein musste.

Drache und Defender umkreisten einander am Himmel wie zwei Kampfflugzeuge. Sie schlugen mit allem, was sie hatten, aufeinander ein. Alfies Herz hämmerte wie verrückt. Er existierte ausschließlich im Augenblick, dachte nicht nach, reagierte nur und wartete auf die entscheidende Lücke. Es war, als hätte sein Geist alles andere ausgeblendet, als würde er nur die Informationen durchlassen, die notwendig waren, um ihn am Leben zu halten. Er schwang das Schwert, tauchte unter dem Schwanz des Drachen durch und wehrte mit seinem Schild einen Feuerstoß ab.

Ducken, schwingen, parieren, zustoßen. Verschwommene Bilder von Schuppen, Fängen und Flammen. Ducken, schwingen, parieren, zustoßen. Klauen streiften funkensprühend über seinen Brustpanzer. Wyvern wieherte vor Schmerz, aber Alfie hörte es kaum. Das Schwert des Defenders strahlte wie ein Leuchtfeuer in der Nacht.

Hunderte Meter unter ihnen, inmitten der düsteren Nordsee, hatten sich die Arbeiter einer riesigen Ölbohrinsel in ihren Arbeitsoveralls an der rostigen Reling versammelt und sahen der übernatürlichen Schlacht, die da am Himmel über ihren Köpfen stattfand, ehrfürchtig staunend zu.

Irgendwann prallten die erschöpften Kämpfer dann aufeinander. Der Schwarze Drache packte den Defender mit einer seiner schuppigen Klauen an der Kehle. Der Defender packte den Drachen am Schwanz. So taumelten sie, ineinander verkrallt, in einem Gewirr aus Schwingen und Geisterpferdehufen der Wasseroberfläche und der Bohrinsel entgegen. Im einen Moment schwebten sie Auge in Auge nebeneinander, dann wirbelten sie wieder Hals über Kopf durch die Luft. Keiner wollte nachgeben, keiner wollte loslassen. Kurz bevor sie auf der Bohrinsel aufschlugen, sah Alfie, wie sich ein anderer Ausdruck in die Augen des Drachen schlich. Jetzt waren es nicht mehr die glühenden Augen einer zornbebenden Bestie, sondern die eines jungen Mannes in Todesangst, seines Bruders Richard.

Die Arbeiter suchten in aller Eile Deckung, als der Drache und der Defender auf die Bohrinsel krachten und Stockwerk für Stockwerk durchschlugen. Stahl krümmte sich, Lastkräne stürzten ein, und Drahtseile wurden in Fetzen gerissen. Der Leib des Drachen schlug ein zerklüftetes Loch in den Wohnbereich der Bohrinsel, und dann war er plötzlich verschwunden. Er hinterließ eine Spur aus verbogenen Metallteilen, zerfetzten Stromkabeln und abgerissenen Rohren.

Alfie schlug laut scheppernd mit dem Rücken auf einer Gangway auf. Die Rüstung rettete ihm das Leben, aber trotzdem bekam er erst einmal keine Luft mehr. Als er die Augen aufschlug, stand ein wettergegerbter Vorarbeiter mit rußgeschwärztem Gesicht vor ihm und starrte auf ihn herab.

»FEUER!«, brüllte der Mann.

Eine dichte, schwarze Rauchwolke ballte sich über der Bohrinsel zusammen, als Flammen durch das Loch, das der Drache geschlagen hatte, ins Freie brachen. Doch es waren keine Feuerstöße aus der Kehle des Ungeheuers. Es war brennendes Öl. Während Alfie sich mühsam aufrappelte, konnte er den beißenden Gestank riechen, ja, er spürte das Brennen sogar in den Augen, trotz seines Visiers. Alarmsirenen jaulten. Warnlichter blinkten. Die Arbeiter machten hastig ein Rettungsboot startklar. Aber die Winde, mit der das Boot zu Wasser gelassen werden musste, war beim Aufprall des Drachen zu Bruch gegangen.

In der Zitadelle hatten alle die Ereignisse mitverfolgt. Der Ton war während der Luftschlacht zwar immer wieder ausgefallen, aber die Helmkamera des Defenders hatte ununterbrochen Bilder gesendet und so auch den Sturz auf die Bohrinsel aus Alfies Perspektive übertragen.

»Majestät? Könnt Ihr mich hören?«, rief der Hofmarschall, während Yeoman Gillam fieberhaft versuchte, den Ton wiederherzustellen. Gleichzeitig beugte Hayley sich über ihren Laptop und hackte sich in das Sicherheitssystem der Bohrinsel ein, um auf den Bildern der einzelnen Überwachungskameras nach Spuren des Schwarzen Drachen zu fahnden.

Alfie stand auf der Plattform, den Blick aufs Meer gerichtet, und streckte die Hand aus. Er wollte dem Wasser befehlen zu steigen und das Feuer zu löschen. Aber jedes

Mal, wenn er dachte, er hätte es geschafft, brach die geistige Verbindung zu den Wellen ab. Es war, als würde er versuchen, auf einem kaputten Radio einen bestimmten Sender einzustellen.

»Majestät? Was macht Ihr da?« Der HM war wieder da.

»Das Meer …«, erwiderte Alfie angestrengt. »Es folgt meinen Befehlen nicht …«

»Das liegt daran, dass die Strömungen hier draußen sich vermischen«, meinte der HM. »Es handelt sich nicht nur um britische Gewässer. König Canute hatte ein recht ähnliches Problem.«

»Wissen Sie, was mit Richard los ist?«, rief Alfie über das laute Ächzen des immer heißer werdenden Stahls hinweg.

»Noch nicht!«, brüllte Hayley zurück.

Der Vorarbeiter packte Alfie an der Schulter und schrie ihn an: »Wir müssen hier weg, bevor das ganze Ding in die Luft fliegt.«

»Alle Mann ins Boot«, erwiderte Alfie. »Ich lasse es zu Wasser.«

Der Vorarbeiter nickte und scheuchte seine Männer in die geräumige Kabine des orangefarbenen Rettungsbootes. Dazu brüllte er sie an, dass sie sich endlich in Bewegung setzen sollten, anstatt immer nur den Defender anzustarren.

Eine Explosion ließ die Bohrinsel beben, und sie neigte sich zur Seite, wankend wie ein angeschlagener Riese. Die Männer im Rettungsboot schrien laut vor Angst. Alfie musste es zu Wasser lassen, bevor die ganze Plattform zusammenkrachte und es unter sich begrub. Also hielt er sich mit einer Hand an einem Stahlträger fest und zog das Schwert. Der Vorarbeiter streckte noch einmal den Kopf zur Kabine heraus und sah den Defender erschrocken an.

»Wenn wir aus dieser Höhe aufs Wasser stürzen, dann bricht das Boot auseinander!«

Alfie warf einen Blick auf die schäumende See tief unten und sah, dass der Mann recht hatte. Sie waren viel zu hoch. Schon ließ die nächste Explosion Trümmerteile auf das Dach des Rettungsboots regnen. Jetzt oder nie.

»Festhalten!«, rief Alfie und durchtrennte mit einem einzigen Schwerthieb die Seile. Das Rettungsboot fiel senkrecht nach unten, dem Wasser entgegen.

»SPOREN!«

Wyvern war sofort da, und dann jagten sie dem fallenden Boot hinterher. Im letzten Augenblick tauchte der Defender unter die Kabine und hielt den Atem an. Hoffentlich war die Rüstung stabil genug, um den Aufprall zu verkraften. Das vollbeladene Rettungsboot prallte auf seine Schultern und glitt dann wie auf einer Rampe über ihn hinweg ins Wasser. Dabei wurde Alfie zum zweiten Mal an diesem Abend sämtliche Luft aus den Lungen gepresst.

Die Angstschreie der Arbeiter verwandelten sich in grenzenlosen Jubel, als die Motoren des Rettungsbootes ansprangen und es von der brennenden Bohrinsel wegbrachten. Alfie flog ein kurzes Stückchen hinterher, so lange, bis keine Gefahr mehr drohte. Der Vorarbeiter streckte den Kopf zur Türöffnung heraus und winkte dem Defender zu – seine Männer waren in Sicherheit. Alfie winkte zurück, dann galoppierte er wieder zu der einstürzenden Bohrinsel und landete an der Stelle, die den stabilsten Eindruck machte. Inmitten schwarzer Rauchwolken nahm er seine Sehende Kugel vom Gürtel und schickte sie in das flammende Inferno. War der Drache, sein Bruder, ins Wasser gefallen? War er ertrunken? Alfie musste es wissen.

»Richard?«, rief Alfie.

Die Sehende Kugel schickte ihm nur Bilder von Feuer und Rauch, aber nicht den geringsten Hinweis auf seinen Bruder. Alfie holte sie wieder zurück. Die Bohrinsel bebte noch einmal, aber er suchte weiter, stieß einen Stahlträger beiseite, ignorierte die pulsierende Hitze, während der Schweiß ihm in Strömen übers Gesicht lief. Lag Richard irgendwo da unten, gebrochen und allein? Und wenn er tot war? Bei dem Gedanken zuckte Alfie zusammen. Er konnte ihn nicht hier liegen lassen. Oder war er noch am Leben und hatte den Rückzug angetreten?

»Da kannst du nichts mehr machen, Alfie«, ließ Hayley sich per Funk vernehmen. »Verschwinde!«

In diesem Augenblick brach der Schwarze Drache laut kreischend und mit kräftigem Flügelschlag durch den Qualm nach oben. Der Kampf und der Sturz hatten zwar deutlich sichtbare Spuren an seinem Körper hinterlassen, aber er war immer noch quicklebendig. Alfie zog sich zurück und schob sich an dem hohen Gasfackelturm vorbei, der wie ein Kran in die Höhe ragte. Am oberen Ende wurden austretende, überschüssige Gase abgefackelt. Der Schwarze Drache kam Alfie hinterher und zischte ihn an.

»Der edle Defender, immer hilfsbereit, immer der Held. Und was hat es dir gebracht?«

»Es tut mir leid«, erwiderte Alfie. »Ich wusste doch gar nicht, wie du dich gefühlt hast. Wieso hast du mir nie etwas gesagt?«

»Heulend zum großen Bruder laufen?«, schnaubte der Drache. »Sorry, ist nicht mein Stil.«

Er atmete ein paar Stichflammen aus, die über Alfies Füße züngelten. Der Defender zog sein Schwert.

»So ist es richtig, Sir«, rief der Hofmarschall, der von der Zitadelle aus alles mitverfolgte. »IHR MÜSST IHN TÖTEN!«

Alfie blickte sich um. Die Plattform brach jetzt endgültig auseinander. Wenn er noch etwas unternehmen wollte, dann musste es jetzt sein.

»Nein!«, erwiderte er mit ruhiger Stimme. »Ich kann nicht.«

Er ließ sein Schwert fallen, so dass es klappernd auf dem Lastkran landete. Dann hob er die Arme und ließ auch seine Rüstung verschwinden.

»*NEIN! MAJESTÄT! WAS MACHT IHR DENN DA?!*«, schrie der Hofmarschall entsetzt, als die Bilder aus der Helmkamera schlagartig erloschen.

»Die Verbindung wurde unterbrochen, Sir!«, rief Yeoman Gillam.

»Hier!«, sagte Hayley und drehte ihren Laptop um. Darauf waren immer noch die Live-Bilder aus den verschiedenen Überwachungskameras der Bohrinsel zu sehen. Sie zeigten zwei Gestalten auf einer Gangway, umhüllt von dichtem Qualm und Flammen.

Alfie stand in zerknitterten Kleidern vor dem Schwarzen Drachen. Er nahm den Ring der Herrschaft ab und warf ihn zusammen mit den Sporen und den anderen Insignien auf die Schleiertunika.

»Ich weiß, dass du noch da drin bist, Richard. Ich habe dich gesehen. Wir finden bestimmt einen Weg, um dieses Ding wieder loszuwerden. Gemeinsam!«

Der Drache neigte den Kopf zur Seite, als würde er mit Alfies Worten ringen. Dann reckte er den Hals und schickte einen Feuerstoß an den Himmel.

»Dafür ist es zu spät«, stieß er heiser hervor.

Alfie ging einen Schritt auf ihn zu.

»Nein, ist es nicht. Ganz egal, was Lock dir versprochen hat, nichts davon ist wahr. Sieh doch nur, was er dir angetan hat!«

Erneut begegneten sich ihre Blicke, und Alfie konnte sehen, dass Richard kämpfte, dass er sich von der Kreatur, die ihn in Besitz genommen hatte, befreien wollte. Er konnte sehen, wie das Gift zurückwich, der Schleier der Krankheit sich langsam hob.

Alfie streckte ihm die Hand entgegen. »Ich werde nicht gegen dich kämpfen, Bruder.«

Der Drache schloss die Augen, als würde er darüber

nachdenken. Doch als er sie wieder aufschlug, waren sie glühend rot und voller Hass.

»Ich bin nicht dein Bruder!«

Der Schwarze Drache beugte sich nach vorne und nahm die Insignien in seine Klauen. Nur die Sporen ließ er liegen.

»Den Gaul kannst du behalten. Wir würden sowieso nicht besonders gut miteinander auskommen.«

»Richard, warte …«

Der Drache breitete seine Flügel aus, schwang sich in die Luft, riss das Maul auf und ließ einen erbarmungslosen Feuersturm auf den Gasfackelturm einprasseln, so lange, bis die gesamte Bohrinsel in Flammen aufging.

Der Hofmarschall, Hayley und die Yeoman Warders in der Zitadelle sahen voller Entsetzen zu, wie die Bohrinsel mit unvorstellbarer Wucht explodierte. Danach waren alle Kameras tot. Herne legte den Kopf in den Nacken und fing an zu heulen.

Der Drache schwebte über dem Trümmerfeld, umgeben von ölig-schwarzen Rauchwolken. Nirgendwo war ein Lebenszeichen seines Bruders zu sehen. Nichts und niemand hätte ein solches Inferno überleben können. Er kreiste noch einmal über seinem Zerstörungswerk, stieß einen schrillen Triumphschrei aus und flog zurück zum Festland. Zurück in das Königreich, das jetzt ihm gehörte.

29
Der Sturz des Königreichs

Der Buckingham Palace stand in Flammen. So etwas kann schon mal vorkommen, wenn aus einem der königlichen Köche plötzlich ein wahnsinniger, wütender Wikingerkrieger wird, der Töpfe mit heißem Trüffelöl durch die Gegend schmeißt. Während die meisten Palastangestellten durch die offenen Tore auf die Prachtstraße flüchteten, drehten drei weitere Berserker auf dem Palastdach völlig durch. Einer, der bis vor einer Stunde noch ein außergewöhnlich unbeliebter Hausdiener gewesen war, trat den Fahnenmasten um und riss mit seinen neuen, scharfen, gelben Zähnen den Union Jack in Fetzen.

Die BBC, der letzte Nachrichtensender, der an diesem Tag sein Programm einstellte, konnte gerade noch das eindrückliche Bild des brennenden Palastes in die Haushalte der Nation übertragen, dann wurde er von Kameraleuten, Kantinenmitarbeitern und mindestens einem bekannten Showmaster, die allesamt zu Berserkern geworden waren, überrannt.

Auf der heiligen Insel Lindisfarne stellte sich der Yeoman Schutzvogt Roderick »Sultana« Raisin tapfer Trisha Harald in den Weg, der Wirtin des »Ship Inn«, die komplett durchgedreht war, zunächst ein Darts-Match unterbrochen und anschließend angefangen hatte, ihre Gäste aus dem Pub zu werfen … Bevorzugt durch das Fenster. Es gelang Sultana, sie in den Bierkeller zu sperren, wo sie deutlich hörbar ein Fass nach dem anderen leerte und rülpste, dass die Wände zitterten.

An der Harrow School hatte Mr Lang gerade die Schulversammlung zum Thema »Respekt und Toleranz« eröffnet, als er zum Berserker wurde und anfing, seine Lehrerkollegen sowie die Schüler durch die Schulaula zu jagen.

Panik und Verwirrung hatten die Menschen fest im Griff. Hinzu kam, dass die meisten große Hemmungen hatten, sich gegen ihre Freunde und Familienmitglieder zu wehren, auch wenn diese zu geifernden Monstern geworden waren. Darum ergriffen sie in der Regel die Flucht und suchten sich ein sicheres Versteck.

Im Tower von London trommelten Guthrum und die Draugar-Wikinger immer noch an das massive Eingangstor der Zitadelle. Die schwere Eisenkanone, die sie draußen irgendwo gefunden hatten, leistete ihnen dabei wertvolle Unterstützung.

Jenseits des bebenden Tores legte Hayley einen Pfeil in ihren Bogen. Ihr Kopf war seltsam leer und sie verspürte eine tiefe Ruhe, als hätte der Anblick des Schwarzen Drachen, wie er auf der Bohrinsel den Defender – *ihren* Defender, Alfie – getötet hatte, sämtliche Gedanken bis auf einen einzigen ausgelöscht: Rache. Wenn das hier wirklich das Ende war, dann würde sie einen Teil dieses Wikinger-Abschaums eben mit ins Grab nehmen. Die Yeoman Warders, einige mit tränenüberströmten Gesichtern, hatten ihre Waffen fest gepackt. Der Hofmarschall saß gebeugt und mit aschfahler Trauermiene auf einem Stuhl.

»Unser König … ist tot. Nicht schon wieder … Nicht der junge Alfred«, murmelte er.

Hayley zog den HM auf die Füße. »Passen Sie auf sie auf«, sagte sie und schob ihn auf ihre Gran zu, die hinter einer dicken Steinsäule Deckung suchte.

Unter schrecklichem Ächzen und Knarren gab das Hauptportal der Zitadelle schließlich nach, und die irre Wikingerbande stürmte herein.

»FEUER FREI!«, brüllte Hayley.

Das Geschütz ratterte und mähte die erste Reihe der Draugar auf einmal um. Hayley spannte ihren Bogen und jagte dem größten noch stehenden Wikinger einen Pfeil direkt in die Stirn. Sie brüllte laut vor Wut und ließ einen Pfeil nach dem anderen auf die Angreifer niederregnen. Es war nicht das erste Mal, dass sie Trauer empfand, aber die Wut war ihr eindeutig lieber und im Moment außerdem sehr viel hilfreicher als Trauer. Doch dann kamen die gefallenen Wikinger schon wieder knurrend und grunzend auf die Beine, zogen Kugeln und Pfeile aus ihrem fauligen Fleisch und setzten ihren Angriff fort.

»Wie kann man die umbringen?«, brüllte Hayley und wich langsam zurück.

»Das ist nicht so einfach«, erwiderte Seabrook, während er einen Wikinger aufspießte. »Genau das ist ja das Problem mit diesen Untoten.«

Die Draugar trieben die Yeoman Warders immer weiter in eine Ecke und zwangen sie dadurch zum Nahkampf. Sie setzten sich erbittert gegen die Streitäxte der Wikinger zur Wehr. Und dann blies zu allem Überfluss auch noch einer der Draugar in sein Schlachthorn. Etliche Krieger fingen an zu zittern und verwandelten sich in zähnefletschende Teufelshunde mit glänzendem schwarzem Fell.

Hayley schoss ihren letzten Pfeil ab, dann wurde sie von einem der Hunde an die Wand gedrückt. Er stank widerlich aus dem Maul. Sie schlug mit ihrem Langbogen nach dem Vieh und zerbrach ihn dabei. Der Hund richtete sich auf und machte sich zum tödlichen Biss bereit. Da sprang Herne unversehens auf den Rücken des Teufelshundes, schlug seine Zähne in dessen Nacken und biss sich fest. Der Teufelshund jaulte laut, schlug wie wild um sich und wurde wieder zum Wikinger.

Hayley packte die Gelegenheit beim Schopf und gesellte sich zu ihrer Gran und dem Hofmarschall hinter der Säule.

»Hier können wir nicht bleiben! Sie müssen den Rückzug anordnen!«

Der HM sah sie empört an. »Und die Zitadelle aufgeben? Den geheimen Stützpunkt Ihrer Majestät? Niemals!«

»Alfie kommt doch sowieso nicht wieder!«, brüllte Hayley mit tränenerstickter Stimme. »Und ich will heute nicht noch mehr Menschen verlieren, die mir etwas bedeuten!«

Da sank Yeoman Gillam neben ihnen zu Boden. Blut strömte aus einer Wunde an seinem Kopf. Hayley zog ihn ein Stück beiseite, während der Hofmarschall fassungslos auf das Kampfgetümmel starrte.

»Also gut. Chief Yeoman: Bereit machen zum Rückzug!«

Seabrook gab den Befehl weiter, und dann verschoben die Yeomen gemeinsam den schweren Kartentisch. Sie wollten den Wikingern ein Hindernis in den Weg stellen und so wertvolle Sekunden gewinnen, um sich mit den Verwundeten zurückziehen zu können. Hayley half ihrer Gran in den Evakuierungstunnel und riskierte noch einen letzten Blick zurück in die Kommandozentrale. Herne kämpfte immer noch tapfer und hielt die Wikinger mit wildem Beißen und Knurren in Schach.

»HERNE! HIERHER! BEI FUSS!«

Der graue Hund wandte ihr seinen zottigen Kopf zu. Im selben Moment fielen zwei Teufelshunde über ihn her, und sie kugelten zu dritt als dichtes Knäuel außer Sichtweite.

»MISS HICKS!«, rief der Hofmarschall vom Tunnel her.

Völlig verzweifelt zog Hayley die Tunneltür ins Schloss und rannte den anderen hinterher.

Als sie auf der anderen Seite ans Tageslicht kamen und die Straße entlangblickten, wurde das Ausmaß ihrer Niederlage offensichtlich. Keine Polizei, kein Krankenwagen, keine Soldaten, die versuchten, die Ordnung wiederherzustellen. Einige wenige Passanten waren immer noch auf der Suche nach einem Versteck und rannten blind vor Angst von Tür zu Tür. Ganz in der Nähe war das Heulen und Knurren der Berserker zu hören. Heute Abend gehörte die Stadt ihnen. Die Yeoman Warders stellten sich in Reih und Glied auf.

»Wie lauten Ihre Befehle, Sir?«, wollte Seabrook wissen.

Der Hofmarschall neigte feierlich den Kopf. Für einen kurzen Moment glaubte Hayley, dass er Seabrook keine Antwort geben würde. Doch dann sagte er im Befehlston und ohne jedes Zittern in der Stimme: »Yeoman Warders des Königlichen Palastes seiner Majestät und der Festung des Towers von London. Ihr habt einen ritterlichen Kampf gekämpft, doch die Zitadelle ist verloren. Jetzt ist es an Euch, Eure Uniformen abzulegen und in der Bevölkerung unterzutauchen.«

Vielstimmiges Murmeln und Murren war zu hören, aber er fuhr fort:

»Kümmert Euch um die Verletzten, benehmt Euch unauffällig. Sobald der rechte Zeitpunkt gekommen ist, wird man auf überlieferte Art und Weise mit Euch in Kontakt treten. Und jetzt geht. Gott schütze den König.«

»GOTT SCHÜTZE DEN KÖNIG!«, schallte es vielstimmig zurück.

Doch sofort ertönte am hinteren Ende der Straße ein bösartiges Knurren. Dort waren jetzt mehrere Berserker aufgetaucht. Die furchtlosen Beefeater machten ihre Waffen bereit, aber der Hofmarschall schüttelte nur den Kopf. Daraufhin verneigten sich die Beefeater und zogen ab.

Hayley legte die Hand auf den Arm des Hofmarschalls. »Und was ist mit Ihnen?«

»Mit mir?«

»Wo wollen Sie jetzt hin?«

»Oh, ich … Also, darüber habe ich noch nicht nachgedacht, Miss Hicks. Ich denke, ich suche mir eine Unterkunft in einer Pension oder einem kleinen Hotel.«

Hayleys Gran blickte die Gruppe der geifernden Berserker an. Sie kamen immer näher.

»Nun sieh dir bloß diese Flegel an. Sturzbetrunken«, sagte sie missbilligend.

Hayley lief zu einem verlassenen Taxi und sah nach, ob der Zündschlüssel steckte. Ja! Sie setzte sich hinters Lenkrad und ließ den Motor an. Der Hofmarschall half Gran, sich auf die Rückbank zu setzen.

»Sie kommen auch mit. Los, einsteigen!«, befahl Hayley.

Ohne jeglichen Widerspruch stieg er ein, und Hayley fuhr los.

»STOPP!«, schrie Gran.

Mit quietschenden Reifen brachte Hayley das Taxi zum Halten und drehte sich um.

»Was ist denn los?«, fragte sie ihre Gran.

Und dann sah sie ihn. Er kam über die Towerbrücke auf sie zugelaufen und hatte einen abgerissenen Wikingerarm im Maul.

»HERNE!«, rief Hayley erleichtert.

Der graue Hund wurde von dem wütenden Besitzer des Arms verfolgt. In der anderen Hand schwang er eine Streitaxt. Hayley riss die Beifahrertür auf, während Herne immer näher kam.

»Braver Junge. Ähm, das da kannst du gerne draußen lassen. Danke!«

Herne ließ den Arm fallen und hüpfte mit einem Satz auf den Beifahrersitz. Hayley zog die Tür ins Schloss und merkte zu ihrer großen Überraschung, wie der Hund ihr die Hand leckte. KNIRSCH. Die Wikingeraxt bohrte sich ins Dach des Taxis. Das war das Startsignal für Hayley. Sie trat aufs Gas. Im Rückspiegel sah sie den Tower von London immer kleiner und kleiner werden. Ob sie ihn jemals wiedersehen würde?

»Und jetzt?«, fragte sie, als sie auf der Hauptstraße waren, die stadtauswärts Richtung Norden führte.

Der Hofmarschall betrachtete die verwüstete Stadt. Überall ließen Berserker ihrer Zerstörungswut freien Lauf, ohne dass jemand sie daran hinderte. Hunderte Rauchsäulen aus Hunderten Bränden schwebten über den Bürohäusern und Wohnblocks der Stadt.

»Wir müssen Prinzessin Eleanor finden«, sagte er. »All unsere Hoffnungen ruhen jetzt auf ihr.«

✳✳✳

Guthrum warf Ellie auf den kalten Steinboden der Zelle tief unten im Verlies des Towers von London. Sie wischte sich das Blut von den Lippen und starrte den Wikingerfürsten grimmig an.

»Du bist ein ganz harter Kerl, was? Kannst sogar ein Mädchen rumschubsen«, sagte Ellie.

Guthrum schnaubte und hob drohend die Faust, aber dann schien er es sich anders zu überlegen und ließ sie grunzend liegen. Die schwere Zellentür schlug hinter ihm ins Schloss und wurde von dem mysteriösen Schlüsselbund, der in der Mitte des Vorraums hing, auf magische Weise verschlossen. Der Yeoman Jailer lag bewusstlos daneben.

Ellie kam auf die Beine. Die Zelle war klein und kahl, und die einzige Lichtquelle war ein winziges, vergittertes Fenster, so hoch, dass sie es unmöglich erreichen konnte. Sie versuchte, nicht daran zu denken, wie es sein würde, eine ganze Nacht hier zu verbringen. Oder noch länger. Hatten sie ihre restlichen Familienmitglieder auch gefangen genommen? Waren ihre Brüder ebenfalls hier eingesperrt? Da fiel ihr ein schmales Gitter in einer der Wände auf, und sie beugte sich hinunter. Ein seltsamer Geruch nach Kupfermünzen quoll ihr entgegen.

»Hallo?«, rief sie, ohne mit einer Antwort zu rechnen.

»Einen guten Tag wünsche ich Euch, junge Dame«, drang die unbeschwerte Stimme von Colonel Blood durch das Gitter an ihr Ohr. »Ich würde Euch nur allzu gern meine Bekanntschaft andienen, jedoch habe ich soeben neue Hoffnung geschöpft, dass meine Kerkerhaft in Kürze beendet sein wird.«

»Wie bitte?« Ellie war sehr verwirrt.

»Die süße Freiheit, Prinzessin, für mich und meinesgleichen. Denn heute ist der neue Tag angebrochen, wie wollen wir ihn nennen? Eine Wachablösung!«

Sein schrilles Gelächter hallte durch das Kerkergewölbe, und bald schon ertönte ein fürchterliches Durcheinander aus Rufen und Schreien aus den anderen Zellen. Ellie setzte sich in eine Ecke und hielt sich mit beiden Händen die Ohren zu.

✳✳✳

In Westminster betrachtete Lock sehr zufrieden die Angst und das Durcheinander, das seine neugeschaffenen Berserker angerichtet hatten. Aber jetzt wurde es Zeit, sie wieder einzufangen. Er griff nach dem Rabenbanner und stolzierte aus dem verlassenen Parlamentsgebäude. Gehorsam reihten sich die Berserker hinter ihm ein. Während sie durch die verwüsteten Straßen gingen, hörten immer mehr Berserker auf zu randalieren und schlossen sich ihnen an – eine stetig wachsende Armee, die nur auf sein Kommando hörte. Das Vereinigte Königreich war jetzt ganz seiner Gnade ausgeliefert.

Lächelnd überquerte Professor Lock die Brücke, die zum Tower führte. Das letzte Mal hatte er die Festung durch das Verrätertor betreten. Jetzt kam er als freier Mann mit einer ganzen Armee im Rücken – der Sieger der letzten Schlacht um Großbritannien. Er stellte eine Tasche mit Kleidern hinter eine Mauer und wartete. Das Flattern lederner Schwingen kam näher, bis der Schwarze Drache hinter der Mauer landete.

»Ist es vollbracht?«, wollte Lock wissen.

Richard kam hinter der Mauer hervor. Er trug die Sachen, die der Professor für ihn bereitgelegt hatte. Sein Gesicht war blass, die Haare klebten ihm am Kopf und er hatte rotgeränderte Augen. Seine Stimme war heiser, und seine Kehle brannte immer noch nach der vielen Feuerspuckerei.

»Ja. Wir sind ihn los.«

Richard zeigte dem Professor die Insignien – die klatschnasse Schleiertunika, die Sehende Kugel und das Große Staatsschwert. Guthrum und seine plündernden Wikinger kamen vom Weißen Turm zu ihnen, und Lock verneigte sich vor Richard.

»Also dann, meinen herzlichen Glückwunsch, *Euer Majestät.*«

Lock ging vor Richard in die Knie, und nach der einen oder anderen Aufforderung taten Guthrum und seine Männer es ihm nach, wenn auch mit einer gewissen Verzögerung. Die Armee der neuen Berserker im Hintergrund neigte respektvoll die Köpfe.

»Meine Schwester?«, erkundigte sich Richard.

Guthrum stieß ein paar kurze, kehlige Laute hervor.

»Ihre Königliche Hoheit ist gut versorgt«, übersetzte Lock.

Richard lächelte zufrieden und blickte zum Tower hinüber. *Sein* Tower. *Sein* Königreich.

»Wir sollten heute Abend ein großes Siegesfest feiern, finden Sie nicht?«, sagte Richard. »So wie früher, in der guten, alten Zeit.«

Ein kehliges *KRÄCHZ!* lenkte ihre Blicke nach oben zur Spitze des Weißen Turms. Ein Rabe flog zwischen den Zinnen hervor, beschrieb einen Kreis und glitt dann in die Ferne davon.

»NEIN!«, rief Lock und rannte zur Treppe, die in den Turm führte. Jetzt machten sich zwei weitere Raben auf den Weg.

Yeoman Eshelby stand auf dem Dach des Turms und scheuchte seine Vögel weg, ermutigte einen nach dem anderen, wegzufliegen. Nur noch Gwenn, sein Liebling, war da. Sie hatte er sich bis zum Schluss aufgespart, weil er wusste, dass er bei ihr besonders viel Überredungskunst anwenden musste. Und wenn er ehrlich war, hatte auch er überhaupt keine Lust auf einen Abschied.

»Na, komm schon, Gwenny«, flüsterte er ihr zu und kraulte sie unter dem Schnabel. »Wir müssen unsere Pflicht erfüllen, und das gilt auch für dich.«

In diesem Augenblick flog die Tür auf, und Professor Lock stürmte auf das Dach.

»Was machen Sie hier? Wer sind Sie?«, brüllte er den Beefeater an.

Yeoman Eshelby ließ Gwenn los, und sie spreizte die Flügel und schwebte hoch über der Turmspitze in der Luft. Dann stieß sie ein heiseres Krächzen aus, glitt über die Außenmauer und verschwand in der Ferne.

»Ich bin der Rabenmeister«, sagte er, als er sich schließlich zu Lock umdrehte. In seinem Blick lag reinste Verachtung. »Und wenn ich du wäre, Kumpel, dann würde ich mich jetzt gut festhalten.«

Lock spürte, wie das Dach unter seinen Füßen zu beben begann. Alarmiert blickte er über die Türme und Erker der alten Festung hinweg. Ein Wasserspeier löste sich von der Spitze des Beauchamp Towers und fiel zu Boden. Weit unter ihnen fingen die untoten Wikinger an zu brüllen und hielten sich schützend die Hände über die Köpfe, während ein ganzer Wasserfall aus Steinen und Mauerwerk auf sie niederprasselte. Die Zinnen, die Lock und den Rabenmeister umgeben hatten, lösten sich der Reihe nach in ihre Bestandteile auf. Erst im allerletzten Moment kam der Schwarze Drache angeflogen und pflückte Lock vom Dach. Dann stürzte der Weiße Turm in sich zusammen und ließ eine mächtige Staubwolke zum Himmel aufsteigen.

Wenige Augenblicke später betrachteten Professor Lock, seine ziemlich zerzausten untoten Wikinger sowie der neue König Richard die Ruinen aus sicherem Abstand von der Straße her. Richard glühte vor Wut. Die Flucht der Raben hatte ihm den Sieg vergällt. Er war zwar König, doch der Tower und das Königreich waren zusammengebrochen.

»Lasst Euch von ein paar staubigen alten Steinen nicht die Laune verderben, Euer Majestät.« Lock lächelte ihn aufmunternd an. »Solche Dinge lassen sich wieder aufbauen. Großbritannien gehört Euch.«

30
Exil

Ich ertrinke, dachte Alfie.

Er hatte die Luft angehalten, so lange er nur konnte, aber jetzt drang Meerwasser in seine Lungen. Er wusste nicht, ob ihm eiskalt war oder brennend heiß, und er hatte keine Ahnung, wo oben und wo unten war. Überall nur schwarz. Außerdem hatte er nicht mehr genügend Kraft, um an die Wasseroberfläche zu schwimmen. Der Einsturz der Bohrinsel ging ununterbrochen weiter, und jeder herabfallende Träger jagte neue Stoßwellen durch das Wasser. Aber da war noch etwas anderes, ein wohlbekanntes Geräusch am äußersten Rand seines Bewusstseins. Wyvern rief nach ihm, von irgendwo her. Es war ein verzweifeltes, weinendes Wiehern. Das Letzte, was Alfie wahrnahm, bevor er bewusstlos wurde, war das Glitzern der Sporen, die neben ihm zum Meeresgrund hinabsanken.

Alfred II., König von Großbritannien und Nordirland, Defender des Reiches, glitt in die Bewusstlosigkeit hinüber. Nach und nach verließen ihn seine Sinne.

Sein letzter Gedanke galt seinem Bruder.

Alfie sah nicht, wie sich die Gestalt in der roten Robe

neben ihm im aufgewirbelten, rostroten Wasser materialisierte. Er spürte nicht, wie Qilin seinen Arm nahm. Er sah nicht den dunklen Schatten des Mini-U-Bootes, der sich unter sie schob, und bekam auch den Luftzug nicht mit, als Qilin sich selbst und Alfie ins Innere des U-Bootes teleportierte.

»Na los, mach schon, atme!«, schrie Brian Alfie an, während er in regelmäßigen Abständen die Hände auf seinen Brustkorb presste.

»Ist er tot?«, fragte ein triefend nasser Tony, während Brian Alfie die Nase zuhielt und ihm Luft in den Mund blies. »Ist er tot?«

Brian gab keine Antwort, aber er machte keine Pause und bearbeitete den triefenden Alfie, während das Wasser aus seinen nassen Kleidern sich über den Fußboden des U-Bootes verteilte. Plötzlich spuckte Alfie eine Meerwasser-Fontäne aus und holte einmal lang und tief Luft.

»Dreh ihn um!«, rief Brian Tony zu. »Klopf ihm auf den Rücken. Fest!«

Tony tat, wie befohlen, und schlug seinem Freund die Faust ins Kreuz. Alfie hustete und keuchte wie ein kaputter Motor.

»Tut mir leid, Alfa-beth«, sagte Tony. »Ärztliche Anweisung.«

»Fertigmachen zum Auftauchen!«, sagte Brian und legte einen Schalter um. Die Ballasttanks des kleinen U-Bootes füllten sich mit Luft.

Schon eine Minute später lagen sie schaukelnd auf der

Oberfläche der Nordsee und fuhren den Kommunikationsmasten hoch. Im Westen, hinter der brennenden Ölbohrinsel, hatte sich die Nacht über Großbritannien gelegt. Brian gab ein paar Zahlen in eine Tastatur ein und griff nach einem angeschlossenen Telefonhörer.

»Wir haben ihn, Madam«, sagte Brian. »Wir kommen jetzt zu Ihnen. Halten Sie sich bereit.«

Die Stimme, die jetzt aus den blechernen Lautsprechern des U-Bootes drang, gehörte Königin Tamara.

»Dem Himmel sei Dank. Ich warte.«

Als Alfie das hörte, drehte er sich um. Er wusste nicht so recht, ob er lebte oder doch schon tot war.

»Mum?«, krächzte er.

»Ruh dich erst mal aus, Kumpel. Komm wieder zu Kräften«, sagte Tony und tätschelte Alfie die Schultern. »Du wirst sie brauchen.«

Brian gab einen nördlichen Kurs ein und behielt über das Periskop die Umgebung im Blick. Ein kleiner Schwarm schwarzer Vögel näherte sich vom Festland her. Das waren die Turmraben. Unter lautem Krächzen kamen sie vom Himmel herabgestürzt, um dann über dem U-Boot zu kreisen. Eine loyale Eskorte, die ihren König ins Exil begleitete.

Danksagungen

Zuerst geht unser herzlicher Dank an alle Leserinnen und Leser, denen der erste Band gefallen hat, die eine Buchbesprechung veröffentlicht oder eine Empfehlung ausgesprochen haben. Wir hoffen sehr, dass dieser zweite Band eure Erwartungen erfüllen konnte.

Danke auch dem gesamten Team bei Scholastic, die dafür sorgen, dass Alfie, Hayley und ihre Abenteuer in aller Welt bekannt werden, ganz besonders aber Rachel Phillips und Lucy Richardson, die uns sicher durch den Wirbelsturm unserer ersten Lesereise geführt haben, sowie unserem Lektor Linas Alsenas für seine wohlüberlegten und aufmerksamen Anmerkungen. Und auch dieses Mal geht ein Riesen-Dankeschön an den einzigartigen David Stevens, der zwar seinen Namen geändert, seine grenzenlose Unterstützung und Weisheit aber uneingeschränkt beibehalten hat.

Wie immer sind wir auch dem unermüdlichen Team bei der Independent Talent Group, bestehend aus Cathy King, Ikenna Obiekwe, Alex Rusher und Sam Kingston-Jones, zu großem Dank verpflichtet.

Das Gleiche gilt für Chris Skaife, den echten Raben-

meister im Tower von London, der uns eine unvergess-
liche Führung zu den Lieblingsorten seiner Raben ge-
währt und uns mit der wunderbaren Merlina bekannt
gemacht hat. Sie war unsere Inspiration für Gwenn (ihr
Name geht übrigens auch auf Chris' Vorschlag zurück).

Darüber hinaus möchten wir uns bei Dr. Erika Sigurd-
son von der Universität Island bedanken, die die Worte
des schrecklichen Guthrum freundlicherweise ins Altnordische übertragen hat.

Danke auch unserem alten Freund Olivier Hein, der
bereit war, sein mit zahlreichen Cidre-Proben gespicktes
Ferienprogramm zu unterbrechen, um die erste Fassung
dieses Buches zu lesen und uns eine Rückmeldung zu
geben.

Ein besonders herzlicher Dank geht an unsere phan-
tastische neue Veranstaltungsmanagerin, Melanie Ostler.

Aber mehr als allen anderen danken wir den Hunderten von großartigen Lehrerkräften, Bibliothekarinnen
und Schülern aus dem ganzen Land, die wir im vergangenen Jahr kennenlernen durften. Wir fühlen uns geehrt,
dass so viele Schulen uns eingeladen haben, um mit uns
über unsere Arbeit zu sprechen. Ihre Hingabe und ihre
Begeisterung empfinden wir als großartige Bereicherung
und echte Inspiration. Vielen Dank dafür.